Senhora
LAFARGE
Lembranças íntimas

Alexandre DUMAS

Senhora LAFARGE
Lembranças íntimas

Texto estabelecido e anotado por
Claude Schopp

Tradução
Dorothée de Bruchard

martins
Martins Fontes

O original desta obra foi publicado com o título
Madame Lafarge
© 2005, Éditions Flammarion, département Pygmalion, Paris, France.
© 2007, Livraria Martins Fontes Editora Ltda., São Paulo, para a presente edição.

Tradução
Dorothée de Bruchard

Preparação
Mariana Echalar

Revisão
Adriane Gozzo
Eliane de Abreu Santoro

Produção gráfica
Demétrio Zanin

Dados Internacionais de Catalogação na Publicação (CIP)
(Câmara Brasileira do Livro, SP, Brasil)

Dumas, Alexandre, 1802-1870.
Senhora Lafarge / Alexandre Dumas ; texto estabelecido e anotado por Claude Schopp ; tradução Dorothée de Bruchard. — São Paulo : Martins, 2007. — (Coleção Prosa)

Título original: Madame Lafarge
Bibliografia
978-85-99102-63-3

1. Lafarge, Marie (1816-1852) — Biografia
I. Schopp, Claude. II. Título. III. Série.

06-8491   CDD-944.06092

Índice para catálogo sistemático:
1. França : Mulheres : Século 19 : História : Biografia   944.06092

Todos os direitos desta edição para o Brasil reservados à
Livraria Martins Fontes Editora Ltda. *para o selo* ***Martins.***
Rua Conselheiro Ramalho, 330
01325-000   São Paulo SP Brasil
Tel. (11) 3241.3677   Fax (11) 3115.1072
info@martinseditora.com.br
www.martinseditora.com.br

Prefácio

O processo da senhora Lafarge, acusada de ter envenenado o marido, Charles, foi aberto em 2 de setembro de 1840 no Tribunal de Corrèze, com sede em Tulle.

"Uma afluência que supera qualquer previsão toma conta, desde já, de todos os alojamentos disponíveis na cidade de Tulle. A abertura do julgamento, a chegada dos jurados, das testemunhas, a sessão do conselho geral já quase dobraram a população da sede administrativa da Corrèze. Os curiosos, que inúmeras cadeiras de posta vêm trazendo a todo instante, chegam de todas as cidades vizinhas, e até da capital, atestando o forte interesse despertado pelo debate que está para ocorrer no Tribunal. O sr. Barny, conselheiro da Corte real de Limoges, presidente da Corte, abriu hoje a sessão para casos de menor importância, os quais já reuniam grande número de espectadores, vindos em sua maioria para, de certa forma, estudar o terreno e se familiarizar com os meios de introdução. Uma quantidade ínfima de bilhetes, dizem, será distribuída, e o sr. Presidente decidiu com sabedoria que o espaço maior fosse reservado ao público propriamente dito, que deve comprar, fazendo fila na porta, o direito de assistir a esse grande drama judiciário", escreve, em 5 de setembro de 1840, a *Gazette des Tribunaux*, que, no dia seguinte, por via extraordinária, relata a primeira audiência do processo cujas implicações ela começa por definir:

"Abrir-se-ão os debates desse caso grave e misterioso que há tanto tempo vem mantendo em suspense a curiosidade pública, serão revelados os mistérios da solidão de Glandier. Os mais íntimos segredos dos primeiros anos de uma jovem, os primeiros meses de uma vida de mulher que seria interrompida pelo crime serão pela primeira vez trazidos à luz em debates contraditórios, entregues ao julgamento dos homens e à apreciação da publicidade.

Inflamada há tempos e já impaciente para além do razoável, a curiosidade pública vem, há uma semana, enchendo a cidade de Tulle, tomando conta de seus hotéis, de suas mais modestas estalagens e de todos os quartos disponíveis que os moradores conseguiram ceder aos últimos a chegar. Esta manhã ainda, ao raiar do dia, e por todas as estradas que vêm dar na sede administrativa de Corrèze, novos reforços de curiosos vieram juntar-se a essa multidão vinte vezes maior do que a que poderá ocupar o recinto do Tribunal, e durante as três horas que antecederam a audiência foi possível avistar, nas calçadas do cais de Corrèze, caravanas de recém-chegados vindos dos diversos pontos do departamento, procurando alojamento de porta em porta, cruzando, frustrados, com outros retardatários rejeitados como eles, vendo-se obrigados a pedir hospitalidade nos subúrbios, fazendo concorrência com os vaqueiros atraídos pelas feiras dos arredores e com os carreteiros da estrada que vai de Lyon a Bordeaux. [...]

Às sete e meia abrem-se as portas, e todos os lugares disponíveis são imediatamente ocupados. As elegantes de Tulle, os ilustres da cidade colocam-se a toda pressa nas cadeiras que lhes são reservadas ou ocupam os estrados erguidos, feito anfiteatro, na tribuna especialmente construída para essa grande solenidade judiciária. Conversas animadas, barulhentas, têm início em todos os pontos da sala a respeito do caso a que o pequeno número de eleitos admitidos no recinto está feliz em assistir. Ali, em todos os cantos, por antecipação, é instruído o processo de Marie Cappelle, cuja defesa irá finalmente se fazer ouvir. Àqueles que lembram as sérias restrições levantadas contra essa acusada que, por uma fatalidade deplorável, traria com ela para o recinto judiciário os nomes mais conhecidos e honrados, respondem com ardor e convicção seus numerosos partidários, todos oriundos dentre os que a conheceram e se deixaram arrastar, seduzir e convencer pelos irresistíveis encantos dessa jovem senhora, síntese completa de todos os encantos do espírito.

Nesse conflito de opiniões tão categóricas se encontra a explicação para o atrativo dessa curiosidade tão potente, que interroga e arde por saber, afinal, que decisão a justiça irá lançar sobre essa vida de jovem mulher tão lamentavelmente fadada à publicidade.

Será verdade que os primeiros anos de sua juventude se viram maculados na pureza pela mentira e pelos mais deploráveis instintos? Será verdade que uma paixão vergonhosa a fez descer ao mais baixo grau entre os criminosos vulgares e que, culpada de incontáveis furtos, violou a hospitalidade da família e da amizade, somando a esses aviltamentos o crime ainda maior da calúnia contra uma jovem, sua amiga? Terá ela, ocultando o ódio sob falsas aparências de amor, concebido e executado o mais covarde dos crimes contra o marido? Terá ela, por fim, entranhando na perpetração do crime desde a mais odiosa perversidade até o mais incrível requinte, preparado pessoalmente, e durante a longa agonia da vítima, remédios que pioravam o mal e acompanhado com ávido olhar, aparentando o mais intenso afeto, os progressos da dor, as derradeiras convulsões da vida que arrancava ao infeliz esposo?

Marie Cappelle, pelo contrário, não será a deplorável e inocente vítima de enganosas aparências? Seu berço, sua educação, os exemplos recebidos da família que a criou, da sociedade que a acolheu, os excelentes talentos com que a natureza a dotou, o nível prodigioso de sua inteligência, o próprio encanto que a cerca, e ao qual ninguém que dela se aproxime consegue resistir, não serão eloqüentes desmentidos oferecidos à acusação que a pressiona?

São essas as conversas que se entabularam por todos os lados, em todos os cantos da sala, sintetizadas em seu dialeto, de modo talvez mais prosaico, mas com a mesma energia, pela multidão que, desde a abertura das portas, vem encher o recinto ampliado que a justiça distributiva da Corte soube reservar para ela".

Cerca de trinta anos mais tarde, o *Grand dictionnaire universel du XIXe siècle* de Pierre Larousse, que ainda dedica cinco colunas à acusada, considera que aquele caso tinha tudo "para exacerbar a curiosidade, em razão das próprias obscuridades e da simpatia quase geral que envolvia a acusada. Esses debates apaixonaram a França inteira e obtiveram repercussão em toda a Europa; a sociedade viu-se dividida em dois campos, os lafargistas e antilafargistas [P. Larousse coloca-se decididamente no campo dos lafargistas], tão ardorosos um quanto o outro e encontrando, quer para acusar, quer para defender, argumentos de igual valor. Os interesses políticos do momento foram deixados de lado [em especial, as coalizões de operários contra os salários de fome que agitavam Paris]; só se liam os jornais para saber o que se passava em Tulle".

Quando, após a condenação, a sra. Lafarge, indo de uma prisão a outra, percorre o trajeto de Tulle a Montpellier, tentam ocultar seu itinerário "das curiosidades demasiado ávidas e simpatias demasiado dedicadas" e, no entanto, ela colhe no caminho os frutos duvidosos de sua celebridade: em Argentac, forma-se um ajuntamento à volta de seu carro para tentar avistá-la; numa pobre aldeia perdida na montanha, cantam para ela o lamento do Glandier:

"Esse lamento era uma espécie de canção natalina em dialeto auvérnio, ingênuo e colorido na linguagem, porém cantado no ritmo monótono comum a quase todas as antigas cantigas populares. Sua poesia era tosca e selvagem; mas conseguia, pelo aspecto grosseiro das coisas, fazer pesar na alma o próprio pesadelo das lembranças evocadas"[1].

Até na distante Argel, todos os vendedores de gravuras expõem em suas vitrines retratos da heroína, *calúnias a lápis*, segundo ela. O mercado livreiro não deixa por menos: mal se pronuncia o veredicto, ele toma conta do caso. A *Bibliographie de la France* imediatamente registra libelos anônimos: *De la condamnation de Mme. Lafarge* (Desessart, 1840), *Histoire de Marie Cappelle, veuve Lafarge* (depósito dos livros de Montereau, 1840) e *L'innocence de Marie Cappelle, veuve Lafarge, démontrée* (J. Laisné, 1840). De lá para cá, diversas obras reanimam regularmente as fogueiras da inextinguível controvérsia[2].

---

[1] *Heures de prison* (Paris, Librairie Nouvelle, 1853-1854), p. 36.
[2] Louis André [Le vrai Gueux], *Mme. Lafarge, voleuse de diamants* (Paris, Plon-Nourrit, 1914, Grands procès oubliés); Jules Marché, presidente honorário do Tribunal de Apelação de Orléans, *Une vicieuse du grand monde: Mme. Lafarge* (Paris, graf. Ramlot et Cie., Éditions Radot), com duas gravuras extratexto e documentos inéditos; Pierre Bouchardon, *L'affaire Lafarge* (Paris, Albin Michel, 1924); Marcelle Tinayre, *Château en Limousin* (Paris, Flammarion, 1934); Guy de Passillé, *Madame Lafarge* (Paris, Emile-Paul, 1934); Claude Liprandi, *Au coeur du Rouge: l'affaire Lafarge et le Rouge et le Noir* (Lausanne, Ed. du Grand Chêne, 1961); Pascal Chadenet, *Mariage sous arsenic, ou l'affaire Lafarge* (Monaco, Ed. du Rocher, 1985); Laure Adler, *L'amour à l'arsenic* (Paris, Denoël, 1986); Frédéric Du Bourg, *L'affaire Lafarge, ou Mort sans arsenic* (Limoges, L. Souny, 1990); Lucien Remplon, "Les noces d'arsenic", *Gazette du Midi*, Toulouse, 1998; Gérard Robin, *L'affaire Lafarge* (Paris, De Vecchi, 1999); Gilles Castroviejo, *Marie Lafarge, empoisonneuse et écrivain?* (Nîmes, Lacour, 2002).

História de um crime (?)

No entanto, o crime atribuído a Marie Cappelle, senhora Lafarge, era dos mais corriqueiros. O que há de mais banal, em suma, do que uma mulher envenenar o marido? Motivos são o que nunca lhe faltam. Lembremos rapidamente qual era, quando da abertura do processo, a situação dessa causa famosa — tão famosa que Dumas evoca seus episódios apenas de forma alusiva, supondo que são conhecidos do leitor.

Alguns meses após seu casamento, no final de novembro de 1839, Charles Pouch-Lafarge foi até Paris buscar a patente de um novo procedimento de fabricação do ferro e efetuar, munido de uma procuração da mulher, o empréstimo necessário para pô-lo em prática. Os trâmites para a obtenção da patente e as negociações financeiras o retiveram mais tempo do que o previsto. Em 18 de dezembro, ele recebeu uma carta da mãe comunicando a remessa de uma caixa de biscoitos que ele deveria degustar num horário determinado, em memória dos entes queridos que o esperavam em Glandier. A caixa chegou pouco depois, mas continha, em vez dos doces pequenos, um só bolo grande (seria demonstrado que a caixa, fechada por ganchos em Glandier, estava pregada quando da recepção em Paris). Lafarge, que comeu apenas um pedaço do tamanho de duas nozes, foi imediatamente acometido de vômitos e cólicas violentas. Foi transportado, quase moribundo, para Glandier, onde, chegando em 5 de janeiro, faleceu no dia 14. Em sua volta, havia declarado como rendimento que trazia na mala vinte e cinco mil francos emprestados por um notário de Dijon, mas nunca foi possível pôr a mão nesse dinheiro.

Aquela morte rápida, cercada de circunstâncias singulares, despertou as suspeitas da família Lafarge, que alertou a justiça. O doutor Bardou, primeiro médico que cuidara de Lafarge, concluíra ter sido morte natural; mas o segundo, Jules Lespinas, identificou, numa gemada preparada pela sra. Lafarge, resíduos de arsênico. A mãe, a irmã, Anna Brun, pintora local encarregada de executar o retrato de Marie Lafarge, e uma empregada declararam ter visto em várias ocasiões a sra. Lafarge misturando um pó branco às poções destinadas ao doente; além disso, esta última por três vezes mandara buscar quantidades consideráveis de arsênico na farmácia, a fim de, segundo ela, exterminar os ratos que infestavam Glandier. Ora, nos restos do mata-rato confeccionado não foi encontrado o menor vestígio de arsênico. Quando lhe perguntaram o que fizera com um pacote de sessenta e quatro gramas de arsênico que lhe fora entregue, a sra. Lafarge assegurou que o passara a sua criada Clémentine, que o escondera num chapéu até que Alfred Moutardier, o empregado, o enfurnasse no jardim. Desenterrado, o pacote revelou conter apenas bicarbonato de sódio.

A família solicitou a autópsia do cadáver. Os médicos de Tulle encarregados das análises contentaram-se em ferver as vísceras e o tubo digestivo, extraindo um precipitado amarelo, flocoso, solúvel em amoníaco, que consideraram de natureza arseniosa. Consultado, o famoso Orfila rejeitou a análise, afirmando que teria sido necessário reduzir em arsênico metálico o precipitado obtido, o qual poderia não passar de matéria animal comum no interior da bílis. Portanto, tudo estava por refazer às vésperas do processo.

Um processo espetacular

O ponto fundamental do processo criminal baseia-se na constatação da presença de arsênico no cadáver. As primeiras perícias são anuladas, e outros químicos, Dupuytren, Dubois pai e filho, são designados para realizar novas análises, as quais realizam, segundo o método indicado por Orfila e com recurso ao aparelho de Marsh, enquanto o advogado-geral Decous pronuncia o requisitório. Na audiência de 5 de setembro, após o testemunho esmagador para a acusada da mãe de Lafarge, eles apresentam o relatório, que conclui pela ausência de qualquer vestígio de arsênico.

"Essas últimas conclusões causam no público um movimento impossível de descrever. Alguns aplausos se fazem ouvir. A sra. Lafarge ergue os olhos para o céu, juntando as mãos; o dr. Lachaud estende-lhe uma das suas e aperta num gesto convulsivo a que a sra. Lafarge lhe entrega."[3]

Contudo, a acusação persevera; o advogado-geral, apontando para a enorme contradição entre as duas perícias, sustenta que esta as anula e exige, conseqüentemente, uma terceira análise, confiada a uma comissão formada pelos primeiros e segundos peritos. Os despojos de Lafarge são exumados com o intuito de revelar novos materiais para experiência. Em 9 de setembro, Dupuytren apresenta suas conclusões, igualmente negativas: não encontrou arsênico em lugar nenhum. A sra. Lafarge acredita-se salva e sucumbe, segundo dizem, sob o peso da emoção, e seus defensores, dr. Paillet, dr. Bac e dr. Lachaud, não escondem a alegria. Seria vender prematuramente a pele do urso. A Corte ordena que Orfila em pessoa seja chamado a Tulle para empreender uma perícia definitiva. O dr. Paillet exclama: "Se essas duas perícias tivessem sido desfavoráveis à acusada, vocês acaso lhe concederiam o benefício de uma terceira?". O resultado do processo está, de ora em diante, depositado nos ombros de Orfila, que será assessorado pelo médico Marie Guillaume Alphonse Devergie

---

[3] *Gazette des Tribunaux*, n. 4680, 8 de setembro de 1840, p. 1096.

e pelo químico Jean-Baptiste Alphonse Chevallier; entretanto, o renomado farmacologista chega a Tulle em 13 de setembro, acompanhado por Olivier (de Angers) e Bussy, seu preparador costumeiro. Põe imediatamente mãos à obra:

"O cheiro de cadáver fervido se faz sentir novamente na sala das audiências", observa a *Gazette des Tribunaux*[4].

No dia seguinte, 14 de setembro, ele se apresenta à barra. O público, respiração suspensa, escuta uma voz fúnebre proferir as seguintes palavras: "Demonstrarei que existe arsênico no corpo de Lafarge!". Ele submeteu três pratos de porcelana de Limoges aos vapores do aparelho de Marsh: resultados completamente negativos nos dois primeiros, mas, no terceiro, revelou-se uma quantidade *imponderável* de arsênico metálico, declarou.

A sorte está lançada, a sra. Lafarge bem o pressente: seus cabelos branqueiam em uma noite. E Raspail, que ela mandou chamar para que combatesse o presumido relatório desfavorável de Orfila, não chega. Em 17 de setembro, ela tem de ser carregada numa poltrona para poder assistir ao brilhante arrazoado do dr. Paillet, durante o qual, "dobrada sobre si mesma, parece insensível a tudo o que se passa a sua volta". Seu defensor reduz a uma teia de absurdos as supostas provas da acusação. E encerra assim sua peroração:

"Mas coragem, pobre Marie, coragem! Tenho esperança de que a Providência, que milagrosamente a apoiou nessas extensas provações, não irá abandoná-la agora. Não, você há de viver para sua família que tanto lhe quer; para seus numerosos amigos; há de

---

[4] *Gazette des Tribunaux*, n. 4688, 16 de setembro de 1840, p. 1132.

viver para seus próprios juízes; há de viver como um testemunho glorioso da justiça humana, quando entregue a mãos puras, a espíritos esclarecidos, a almas sensíveis e compassivas!!!".

Infelizmente o júri, de forma ostensiva e hostil à jovem mulher (ela não havia escarnecido, em cartas pessoais lidas nas audiências, os costumes atrasados da Corrèze?), admite a culpa com circunstâncias atenuantes. Ela é, conseqüentemente, condenada a trabalhos forçados perpétuos, com exposição pública na praça de Tulle (do que seria poupada).

Raspail chega afinal, depois de proferida a sentença. Obstina-se, contudo, consegue permissão para observar os pratos preparados por Orfila e declara que a quantidade de arsênico encontrada não pode ser calculada em mais de um centésimo de miligrama; garante que poderia encontrar o dobro em qualquer coisa, nos pés da poltrona do presidente, por exemplo. Solicita, em vão, autorização para controlar os reativos utilizados por Orfila, pois, afirma, uma preparação inadequada poderia ter introduzido essa quantidade infinitesimal de arsênico.

A Corte permanece surda àquilo que poderia ser favorável a Marie Lafarge.

Culpada ou inocente?

Relendo hoje, na *Gazette des Tribunaux*, as atas das audiências, é impossível não ficar impressionado com a veemência da acusação:

"Em nenhuma outra causa, talvez, a justiça demonstrou tanta paixão para provar o crime e tanta negligência ou hostilidade para com o que poderia atenuar ou pôr por terra a acusação. [...] Os magistrados da Corte de Tulle empregaram, para alcançar o resultado desejado, mais violência e tenacidade do que seria necessário para perder dez inocentes"⁵.

Assim, o advogado-geral atacou violentamente as testemunhas de defesa, Emma Pontier ou Clémentine Serva, ameaçando esta última até de acusá-la por falso testemunho, enquanto todos os testemunhos da família Lafarge e de seus empregados de Glandier, esmagadores para a acusada, são acolhidos qual palavras do Evangelho. A Corte não se debruça sobre os confusos negócios de Charles Lafarge, nem sobre os expedientes indelicados de que ele lançou mão para conseguir dinheiro, nem sobre aqueles vinte e cinco mil francos que lhe entregou em Dijon um notário da família Cappelle e que sumiram quando de seu retorno de Paris. Quando, a fim de esclarecer certos fatos, a defesa pede que seja trazido mais uma vez à barra Denis Barbier, o homem de confiança do fundidor, o homem das falsas notas de abatimento, que se obstinou em incriminar Marie durante seu depoimento, a Corte não se abala ao descobrir que ele desapareceu. Denis Barbier, culpado? Dois jurisconsultos alemães, Temme e Toerner, ao examinar com atenção o caso pouco depois, concluiriam que as suspeitas poderiam mais legitimamente pesar sobre o empregado do que sobre a esposa:

"Denis Barbier havia ajudado Lafarge a cometer suas falcatruas, talvez o tivesse até incentivado; se Lafarge fosse descoberto, Barbier teria a mesma sorte. Viera para Paris uns dias antes da chegada do bolo e lá se encontrava em segredo. Em Glandier, inclusive, ninguém sabia que ele estava em Paris; o próprio Lafarge não ousava dizê-lo. Suas manobras não corriam, portanto, nenhum risco de serem descobertas. A suposi-

---

⁵ Pierre Larousse, *Grand dictionnaire universel du XIXᵉ siècle* (Paris, Larousse, 1876).

ção de um crime poderia ser muito natural, em se tratando de um homem dessa espécie. Acaso ele não tinha interesse em matar Lafarge, única pessoa a par de todas as suas manobras? Não poderia ter trazido o veneno no exato momento da remessa do bolo? Quando Lafarge chegara, a caixa já estava aberta. Acrescente-se a isso a exclamação de Denis, relatada por testemunhas: "Agora vou ser o patrão!". Esse mesmo Denis retornara a Glandier três dias antes de Lafarge; lá permaneceu durante todo o período do envenenamento; esteve de posse do veneno em circunstâncias suspeitíssimas e livrou-se, nesse sentido, com mentiras palpáveis. Entregou à acusada um pacote que, mais tarde, se verificou não conter veneno nenhum. Teve continuamente livre acesso ao doente. Direcionava, com discursos repletos de maldade, a suspeita do envenenamento para a acusada e, sem motivo, procurava justificar-se, dizendo, sem ser perguntado, que não era o envenenador. Não queremos acusar Barbier; mas afirmamos que, no lugar do advogado-geral, teríamos achado uma acusação contra ele mais bem fundamentada do que contra a sra. Lafarge".

Essa obstinação da acusação explica em parte a simpatia que a acusada, e depois a condenada, suscita na opinião pública, as paixões que desperta (não se diz que um de seus defensores, o dr. Bac, manifestou o desejo de pedi-la em casamento, caso fosse absolvida?). Apesar das coincidências, perturbadoras e inexplicadas, o sentimento tendia antes para a jovem mulher culta, inteligente, atraente, do que para um marido trabalhador, brutal, vulgar, com uma família cúpida que deslacrava testamentos, aproveitava a confusão para enfiar a mão no dinheiro e não escondia, na audiência, que só estava à espera da condenação para se apoderar das sobras da fortuna da acusada.

Lembranças íntimas?

Alexandre Dumas não é nem lafargista nem antilafargista. Embora não acredite na inocência de Marie Cappelle, concede-lhe amplas circunstâncias atenuantes. Num artigo publicado em seu jornal napolitano, *L'Indipendente*, três anos antes do texto que ora se edita[6], ele expõe o que deve ter sentido a jovem mulher:
"Querendo livrar-se de Marie [...], a família dirigira-se ao sr. Foy, mediador público de casamentos cujo anúncio era encontrado em todas as quartas páginas dos jornais. O sr. Foy viera; mostraram-lhe a mercadoria, informaram-lhe o montante positivo da fortuna e, ao cabo de uma semana, ele encontrara o comprador.
Era Lafarge. [...]
O senhor chama esse homem de benfeitor de Marie Cappelle? Eu lhe pergunto como um industrial da mais baixa esfera, de mãos sujas, feições vulgares, espírito grosseiro, sem um tostão por fortuna, que não possui nem uma forja, cujos trabalhos foram interrompidos por falta de dinheiro e sobre cujos lucros ele impudentemente mentia, tendo por moradia um pardieiro que chamava de palácio, do qual mandara fazer um desenho imaginário com que esperava seduzir a imaginação romanesca de sua prometida, como poderia ser o benfeitor de uma moça que possuía cem mil francos de dote, era sobrinha da embaixatriz de Portugal, da regente do Banco da França, sobrinha, enfim, do rei Luís Filipe, o qual, dotando-a, reconhecia publicamente, por assim dizer, seu parentesco? [...]
Marie Cappelle foi casada de maneira imprudente, por causa da pressa que se tinha, com um homem inferior sob todos os pontos de vista, pelo berço, pelo espírito, pela fortuna.

---

[6] *L'Indipendente*, Anno III, n. 208, Giovedi 17 Settembre 1863: "Napoli, 16 Settembre 1863. Al signor Antonio Ranieri", pp. 1-4. O texto em italiano foi traduzido para o francês por Chantal Chemla.

Ela deixara Villers-Hélon, oásis mui sorridente de flores e água, pelas salas do Banco, ornadas de veludo, forradas de cetim. O sr. Lafarge levou-a, perfumada pelos aromas da mais rica natureza e da mais refinada civilização, para o que chamava de seu castelo de Glandier, ou seja, uma casa em ruínas, onde metade das vidraças estava remendada com papel oleado; onde ela encontrou, no lugar de sua aristocrática avó, tão atraente, tão espirituosa, tão grande dama, tão bonita ainda na idade avançada, uma sogra, outrora cozinheira, que passava a vida de vassoura na mão, que mal sabia ler e escrever; onde os porcos entravam na cozinha, e as galinhas e gansos, na sala; onde, quando ela pedia um banho, todos se punham a rir; onde, quando ela pedia uma bacia, traziam-lhe um jarro; e onde — entremos, senhor, em outros detalhes — ela encontrou um marido brutal nos atos em que os mais brutais se enternecem e se fazem carinhosos; um marido, em suma, não sei como dizer, senhor, a quem já na primeira noite os direitos ordinários pareceram insuficientes e que tentou sujeitar a esposa ao mesmo ultraje a que os habitantes de um país que não quero nomear, situado próximo ao Mar Morto e desde então queimado pelo fogo do céu, tentaram submeter os anjos do Senhor!"[7].

Daí a justificar o crime, é um passo apenas.

O relato de Dumas não tem a pretensão de se diferenciar dos mil e um relatos do caso. Tem por subtítulo *Memórias pessoais*, o que significa que ele privilegia o ponto de vista subjetivo. O que haverá de pessoal, contudo, nessas memórias?

Sem dúvida, Jacques Collard, avô de Marie Cappelle, "chefe de uma família sobre a qual o terrível e misterioso processo de Glandier lançou, desde então, uma fatal celebridade", foi desig-

---

[7] Os debates judiciários ignoraram a suposta tentativa de sodomia.

nado, em 10 de maio de 1806, tutor da filha e do filho do general Dumas, após a morte deste último:

"Agora, em meio a essa escuridão em que pairam, feito sonhos, meio apagados, meus primeiros anos de vida, destaca-se com grande precisão a lembrança das três principais casas em que transcorreu [a primeira parte de] minha infância, toda juncada de alegres lembranças, porque foi doce e honesta como todas as auroras".

Entre essas três casas estão as de Jean-Michel Deviolaine e de Jacques Collard. "Tudo era alegre naquelas duas casas. Os jardins eram repletos de árvores verdes e flores de cores brilhantes; as alamedas eram repletas de moças loiras e morenas, rostos graciosos e sorridentes, quase todas ao menos rosadas e viçosas, quando não bonitas."[8]

O jovem Alexandre fora o hóspede deslumbrado do pequeno e encantador castelo de Villers-Hélon, onde fizera o aprendizado da vida elegante no contato com a sra. Collard, que passava por fruto adulterino dos amores de Filipe-Igualdade* e da sra. de Genlis, e com suas três filhas, Caroline, Hermine e Louise. O órfão, cuja mãe definhava na necessidade, foi provavelmente acolhido como um parente pobre, mas a bondade de Collard, a delicadeza de Hermine e de suas filhas faziam com que ele não o percebesse. Graças à intervenção de Jacques Collard é que a sra. Dumas obteve, em novembro de 1814, autorização para manter um quiosque de tabaco[9].

Em *Mes mémoires* [*Minhas memórias*], A. Dumas rememora o dia da festa em Corcy (27 de junho de 1819), em que, ao sair da adolescência, deparou, num bonito caminho margeado por

---

[8] *Mes mémoires*, cap. XXI e XXII.
* Duque de Orléans também é conhecido como Filipe-Igualdade. (N. de E.)
[9] Ibidem, cap. XXXII.

uma sebe de espinheiro branco, com duas pessoas conhecidas e um desconhecido — "as duas pessoas conhecidas eram Caroline Collard, que se tornou [...] baronesa Cappelle. A outra era sua filha, Marie Cappelle, então com três anos de idade, e que viria a ser mais tarde, para sua desgraça, a sra. Lafarge"[10].

O desconhecido era Adolphe de Leuven, que viria a desempenhar para ele o papel de iniciador literário.

"Fazia muito tempo que eu não via alguém da família Collard. A sra. Cappelle era perfeita comigo e, nos ridículos que me criticavam — e que eu possuía, não escondo, em certa medida —, levava em conta minha juventude; a sra. Cappelle, apresentando-me Leuven como um de meus amiguinhos, convidou-me, a fim de nos conhecermos melhor, para um almoço que se realizaria no dia seguinte, na floresta; ficou combinado que depois do almoço eu passaria dois ou três dias no castelo de Villers-Hélon."

Uma brincadeira de mau gosto dos rapazes provocou a birra das moças e a partida prematura de Alexandre e de seu amigo Hippolyte Leroy.

"Que estranho! Depois desse dia, nunca mais voltei a Villers-Héron.

A tal birra das moças durou trinta anos.

Só uma vez tornei a ver Hermine, que se tornara a sra. baronesa de Martens, durante os ensaios de *Calígula*[11].

---

[10] Ibidem, cap. LII.
[11] O ensaio geral da peça *Calígula*, encenada na quarta-feira 26 de dezembro de 1837, na Comédie-Française, foi realizado no dia 24.

Só uma vez tornei a ver Louise, que se tornara a sra. Garat, durante um jantar oferecido no Banco.

Só uma vez tornei a ver Marie Cappelle, um mês antes de se tornar a sra. Lafarge[12].

Nunca tornei a ver nem a sra. Collard nem a sra. Cappelle."[13]

Assim, as lembranças íntimas de Alexandre Dumas referentes a Marie Cappelle não ocupam muito espaço em sua memória; quando faltam — é essa a inclinação do poeta — ele as inventa, do mesmo modo como fabrica as falsas cartas recebidas da prisioneira ou enviadas a ela.

Tudo é romance para o romancista.

MARIE CAPPELLE (SRA. LAFARGE)

Durante o processo da sra. Lafarge (setembro de 1840), A. Dumas se encontrava longe de Tulle; estava em Florença, onde se estabelecera para trabalhar à força, na esperança de se recompor financeiramente. Caso estivesse informado dos debates pelos jornais franceses que recebia, como *Le Siècle*, no qual colaborava, nada transparece em sua abundante correspondência da época.

Foi um episódio de sua viagem à Argélia (1846), quando, num dia de mau tempo, um oficial da intendência de abastecimentos, sem aparecer e sem dizer seu nome, ofereceu-lhe hospitalidade em seu quarto, que reavivou sua esquecida memória. De fato, o escritor descobre que o oficial se chamava Collard, o que

---

[12] Esse jantar no Banco, durante o qual ele reencontra a sra. Garat e Marie Cappelle, é o objeto do capítulo XII deste texto.
[13] Ibidem, cap. LIII.

explicava a presença, numa parede, de um pequeno daguerreótipo da sra. Lafarge[14]. Avisada por seu primo Edouard Collard, a prisioneira imediatamente se dirigiu a Dumas, pedindo-lhe para ser seu Voltaire reabilitando Calas; remete-lhe, na mesma ocasião, um manuscrito de poemas em prosa escritos na prisão. Das tentativas empreendidas, em especial junto a Crémieux, ministro da Justiça da Segunda República, para libertar a sra. Lafarge, não restou nenhum testemunho.

Quando são publicadas, postumamente, *Heures de prison*, da sra. Lafarge, nascida Marie Cappelle[15], A. Dumas dedica-lhe, em *Le Mousquetaire*, jornal que acaba de fundar, uma longa resenha à qual integra os poemas em prosa que outrora lhe enviara Marie Cappelle, assim como as cartas relativas a sua morte, que ele decerto obteve junto à família Collard[16].

Marie Cappelle (sra. Lafarge): Lembranças íntimas que hoje publicamos parece ter sido suscitado por uma dupla circunstância: por um lado, o renovado interesse manifestado por parte da imprensa pelo antigo e misterioso caso de Glandier — um jornal até reproduziu o relatório das audiências do processo —; por outro, o retorno que A. Dumas empreende em setembro de 1866 a sua terra natal, a poucas léguas do pequeno castelo de Villers-Hélon, onde Marie Cappelle passou parte de sua infância e juventude.

Em 17 de setembro de 1866, ele dirige ao diretor do *Petit Journal* uma carta em que declara considerar um dever dizer tudo o que sabe sobre o crime da sra. Lafarge:

---

[14] Cf. *Le Véloce, ou Tanger, Alger et Tunis* (Cadot et Bertonnet, IV, 1851), pp. 157-68.
[15] *Heures de prison* (Paris, Librairie Nouvelle, 1856).
[16] "*Heures de prison*, par Madame Lafarge, née Marie Cappelle", *Le Mousquetaire*, n. 2-5, 21-24 de novembro de 1853, reeditado em *Bric-à-Brac*, Michel Lévy, 1861 (*Bibliographie de la France*, 29 de junho de 1861).

"Prezado diretor,
Num momento em que a publicação do processo da sra. Lafarge torna a atrair os olhares para esse desgraçado caso, no qual, coisa estranha, a culpada angariou todas as simpatias enquanto a vítima só inspirou repulsa ou, pelo menos, indiferença, minhas recordações de infância, a gratidão que sinto pelo avô e pela avó da sra. Lafarge, a amizade que me unia a sua mãe e a suas duas tias, sra. Garat e sra. de Martens, me impõem o dever de dizer tudo o que sei sobre esse crime, que seria tão desculpável se um crime pudesse ser desculpado.

Nunca tendo desejado advogar a inocência da sra. Lafarge, convencido que estava da sua culpabilidade, fui um dos derradeiros amigos de seu infortúnio, pois fui eu quem solicitou e obteve do sr. Crémieux, quando este era ministro da Justiça em 1848[17], que a condenada deixasse a prisão. Tomo da pena não para evocar uma sombra irritada pela retomada de dolorosos debates, e sim como, nas antigas cerimônias funerárias, se pegava um ramo de verbena para jogar a água lustral no túmulo dos mortos.

Que possa ser essa água, para a pobre morta que expiou de fato seu crime, a água do rio do esquecimento.

Queira aceitar etc.

Alex. Dumas"[18]

A carta é datada de Paris, de onde, ao que tudo indica, ele parte nesse mesmo dia a fim de se retirar ao moinho de Wallu, nas proximidades de Villers-Cotterêts, na casa do amigo Jules Darsonville, onde dois anos antes escrevera *Le pays natal*:

---

[17] Ministro da Justiça do governo provisório, Crémieux se manteve na pasta até 7 de junho de 1848.
[18] *Le Petit Journal Quotidien*, n. 1318, quarta-feira, 19 de setembro de 1866, p. 3, colunas 1 e 2.

"Lá encontrei a natureza em sua imutável majestade e para mim tão bela, vista do último horizonte da vida como do primeiro: meu olhar enfraqueceu, mas não se cansou".

No dia seguinte, Alphonse de Launay iria até lá, em nome do jornal *Les Nouvelles*.

"Eis uma boa notícia, que estamos felizes de poder lhes anunciar, honrados leitores.

De uns tempos para cá, diversos jornais voltaram a chamar a atenção pública para o famoso processo da sra. Lafarge. A vinte anos de distância, o drama sinistro de Glandier ressurge com seus comoventes detalhes, hoje esquecidos pela maioria, ignorados por muitos, e ainda comove como se o crime datasse de alguns dias atrás."

O artigo de Launay reproduz a carta que, "ontem, nosso caro mestre Alexandre Dumas" escrevera ao diretor do *Petit Journal*, antes de prosseguir:

"Embarcar num expresso da estrada de ferro do Norte e voar, a grande velocidade, para Villers-Cotterêts foi questão de duas horas.

Encontrei o mestre em mangas de camisa, calças de nanquim com pés, todas as janelas abertas por aquele tempo rude, em sua cabana perdida sob uma cobertura de olmos, tílias e freixos, trabalhando num belo romance de que ainda haveremos de falar[19].

Atirei-me a seus pés e expus com humildade minha solicitação, qual seja: que os leitores do *Nouvelles* pediam ardentemente relatos e conversas do inimitável contador de histórias, e que nenhum preço seria demasiado alto para dar a nosso público algum prazer em troca de sua gentileza; que ninguém era mais

---

[19] *Les Blancs et les Bleus*, continuação de *Compagnons de Jéhu*, cujo prólogo (Pichegru, Moreau, Cadoudal) seria publicado em *Le Mousquetaire* de 13 de janeiro a 22 de fevereiro de 1867.

apto a evocar as recordações pessoais da vida daquela infeliz e interessante culpada do que ele, que a conhecera criança, que tantas vezes a segurara no colo, que a vira crescer e se desenvolver com seus bons e maus instintos e que, além do mais, possui volumosa correspondência da pobre Marie; que disso tudo deveria resultar uma seqüência de relatos e recordações muito mais interessantes que tudo o que fora feito até o momento; e que, em suma, eu lhe suplicava que me entregasse seu manuscrito para *Les Nouvelles*.

O excelente homem, que une a seu grande talento todos os encantos da afabilidade, estendeu-me cordialmente a mão:

— Levante-se, caro rapaz — disse-me ele. — Vá e anuncie!

E, entregando-me as preciosas páginas, dispensou-me encantado.

E eis por que, caros e honrados leitores, a partir da segunda-feira, 21 do corrente, publicaremos:

MARIE CAPPELLE

Lembranças íntimas

pelo sr. Alexandre Dumas

Eu disse que tinha uma excelente notícia para lhes dar. Existem dias assim, em que recebemos verdadeiros grandes presentes"[20].

Nesse mesmo 18 de setembro, não é de Wallu, mas de Soissons — onde o escritor decerto foi visitar o amigo René Fossé de Arcosse, diretor do *Argus soissonnais* — que está datado "Umas palavras", que precede *Marie Cappelle*.

---

[20] *Les Nouvelles. Journal Quotidien*, 20 de setembro de 1866, p. 1: "A nossos leitores", assinado Alphonse de Launay.

Na verdade, há no artigo de Launay menos informações do que efeitos de anúncio ou reclame para um jornal moribundo que investe na colaboração de um nome conhecido, embora de fama obscurecida, a fim de atrair novos assinantes[21]. No entanto, se acreditarmos em Alphonse de Launay, o manuscrito de Marie Cappelle (sra. Lafarge) teria-lhe sido entregue na íntegra, o que não contradiz a regularidade da publicação em folhetim, mesmo que a data inicial do começo da publicação (21 de setembro) tenha sido adiada em alguns dias, para 26 de setembro.

Na véspera da impressão do primeiro folhetim, uma carta para Fossé d'Arcosse indica claramente que, no empreendimento do *Nouvelles*, A. Dumas não se comporta como um simples fornecedor de texto, e sim como sócio ou futuro sócio.

"Meu caro René,
Estou publicando dois volumes em *Les Nouvelles*.
Um é *Minhas lembranças íntimas sobre a S[enho]ra Lafarge*.
O outro, *Le Comte de Mazzara*. A publicação durará cerca de dois meses[22].
Apostei que Soissons me daria cinqüenta assinantes a 4 F[rancos] 50.
A cada assinante que se inscrever com você, darei um volume meu a sua escolha, edição Lévy, com autógrafo.

---

[21] *Les Nouvelles* anuncia, no dia 10 de novembro, sua conversão em *Le Mousquetaire*, cuja direção literária seria de A. Dumas. *Les Nouvelles* deixa de sair no dia 13 de novembro; *Le Mousquetaire* (redação: Alphonse de Launay; administração: Charles Henry) lhe sucede em 18 de novembro.

[22] *Le Comte de Mazzara [Mazara]* seria publicado em *Le Mousquetaire* entre 18 de novembro de 1866 e 14 de janeiro de 1867. O romance é, na origem, uma novela do jornalista e escritor Fernando Petrucelli Della Gattina (Moliterno, 28 de agosto de 1815 – Paris, 29 de março de 1890): a partir do quinto folhetim, está assinado: "Petrucelli de la Gattina. Para cópia conforme original, Alex. Dumas". Não foi editado em livro.

Entregarão seus 4 F[rancos] 50 diretamente ao *Nouvelles*, na rua Saint-Marc, 7.

Envie-me a lista para Wa[l]lu e eu enviarei os volumes que me indicarem.

Cordialmente,
Alex. Dumas
25 de setembro"[23]

Não é certo que Alexandre Dumas tenha ganhado a aposta.

Os trinta e cinco folhetins, divididos em vinte e cinco capítulos, de Marie Cappelle (*Sra. Lafarge: Lembranças íntimas*) constituem uma tentativa de recomposição e reescrita mais do que de escrita. Com efeito, A. Dumas reutiliza os diferentes textos que já dedicara à sra. Lafarge, em *Le Véloce*, em *Mes mémoires*, nos artigos do *Mousquetaire* e do *L'Indipendente* já citados, mas, para juntar esses membros esparsos, apodera-se leoninamente das obras autobiográficas desta última (*Mémoires, Heures de prison*), citando-as de forma ampla, direta ou indiretamente, com o intuito de propor uma biografia da sra. Lafarge. A obra poderia ter sido a primeira de uma série de "Crimes famosos do século XIX", correspondente contemporâneo de seus *Crimes famosos* editados em 1839-1840, já que, pouco depois, *Le Mousquetaire* publicaria em folhetim *L'affaire Fualdès* (29 de novembro 1866 – 3 de fevereiro de 1867), também inédito em livro[24].

Uma vez terminado o folhetim, Michel Lévy Frères, a quem, por contrato de 20 de dezembro de 1859, o escritor vendeu e cedeu

---

[23] Autógrafo: Société Historique de Villers-Cotterêts, 117. Papel: iniciais entrelaçadas, coroa.

[24] Os últimos capítulos estão assinados por Paul Mahalin.

"a propriedade plena e integral de todas as obras que compôs ou assinou até esta data, quer individualmente, quer em colaboração", e cedeu "igualmente todas as obras que virá a compor ou assinar, quer individualmente, quer em colaboração, a partir deste dia até trinta e um de dezembro de mil oitocentos e setenta"[25], não publica o texto em livro. Não há nisso nada de surpreendente, já que essa era praticamente a regra naqueles anos de velhice do escritor: Michel Lévy tornou-se comprador da obra já composta, prestigiosa e popular e a reedita na "Nouvelle collection Michel Lévy", vendida a um franco o volume e que compreende cerca de cento e quarenta e cinco títulos e perto de trezentos volumes. A exploração intensa da obra passada tem precedência sobre a obra em curso, ocultando-a quase por completo; assim, o pesquisador, para ler e dar a ler a produção de Dumas em seus últimos anos, está geralmente condenado a mergulhar num mar de papel amarelado, a fim de trazer à tona textos prisioneiros de seu efêmero suporte.

E este escafandrista de textos pode fazer eco ao escritor turista A. Dumas: "Muitos passaram antes de mim por onde eu passei e não viram as coisas que eu vi, não ouviram as histórias que me foram contadas e não voltaram cheios dessas mil lembranças poéticas que meus pés fizeram brotar ao afastar, a duras penas às vezes, a poeira das eras passadas".

Cl. Schopp

---

[25] Autógrafo: antigos arquivos Calmann-Lévy.

Nota da edição francesa

Restabelecemos a ortografia usual dos patronímicos e toponímicos e corrigimos alguns erros de impressão. Em seguida às citações de A. Dumas das obras da sra. Lafarge, *Mémoires* ou *Heures de prison* (Paris, Librairie Nouvelle, 1853-1854), mencionamos os números das páginas entre colchetes: [p.] ou [H., p.]. Por fim, para não interromper a leitura com demasiadas notas, constituímos ao final do volume, destinado ao leitor curioso, um dicionário das pessoas citadas.

MARIE CAPPELLE
Lembranças íntimas

por
Alexandre Dumas

UMAS PALAVRAS

Contei, numa carta que escrevi há poucos dias para o *Petit Journal*[1], o motivo que me levava a pegar da pena e comentar, por minha vez, um acontecimento que, pela repercussão que teve, pelas paixões que despertou, adquiriu a importância de um desses fatos sociais que atraem para o ponto do mundo em que ocorrem os olhos de toda a Europa.

Onde quer que um jornal tenha penetrado, dando conta do processo Lafarge, dois partidos se formaram de imediato e, de imediato, ergueram-se um diante do outro com implacável antagonismo, um negando, outro afirmando a culpa da acusada; em todas as capitais onde estive desde então, em Madri, Nápoles, Petersburgo, Viena, ninguém que houvesse lido *Mes mémoires* e percebido meu relacionamento com a família de Marie Cappelle e com ela própria, ninguém deixou de me pedir mais detalhes acerca dessa estranha envenenadora, que tinha todas as simpatias

---

[1] *Le Petit Journal Quotidien*, n. 1318, quarta-feira 19 de setembro de 1866, p. 3, colunas 1 e 2. A carta é datada de 17 de setembro de 1866.

dos auditores, enquanto os que lhe eram mais hostis só sentiam pela vítima indiferença ou desprezo.

Certas conveniências sociais talvez devessem solicitar a continuação do silêncio que se criou sobre o túmulo da heroína desse misterioso e terrível drama; a publicidade, porém, que representa a voz pública, não tem e talvez não deva ter cuidados desse tipo: ela fez uso de um direito imprescritível e incontestável, não há o que discutir; todavia, tendo as coisas que tenho para contar sido omitidas nos debates ou no julgamento, quer porque permaneceram ignoradas, quer porque o respeito então reinante pelo chefe de família impunha o silêncio, venho trazer à nova e sempre interessante publicação que se faz seu complemento histórico, sobretudo na esperança de que futuros compiladores, não tendo nada de novo a ensinar a seus contemporâneos, deixem que a pobre falecida, despertada por um barulho inesperado, torne a dormir para todo o sempre em seu túmulo.

Soissons, 18 de setembro de 1866

1

Na orla nordeste da floresta de Villers-Cotterêts, a mais ou menos dois quilômetros do castelo de Longpont e das ruínas de sua magnífica abadia, na extremidade de uma alameda de olmos ergue-se o pequeno castelo de Villers-Hélon.

Trata-se de uma pequena vivenda sem pretensões e, principalmente, sem personalidade arqueológica, que a gentileza de seus visitantes batizou com o nome de castelo, mas que não tem por si própria a menor pretensão ao título.

Compõe-se de duas alas que se estendem na direção da estrada que leva até ele e se ligam a um corpo principal que possui, além das alas, um primeiro andar e mansardas, ornado de um magnífico relógio.

É cercado por uma água que há cento e cinqüenta anos vem tentando, sem conseguir, ser água corrente; essa água é alimentada por uma lagoa situada do outro lado da estrada e que se embeleza e se poetiza, graças à qualidade pantanosa do terreno, com esplêndidos gramados, maciços de árvores luxuriosas e canteiros de flores de todos os matizes.

É esse o ninho de verde, luz e aromas em que nasceu Marie Cappelle, em 1816.

Esse castelo, por modesto que seja, tem sua história, que necessariamente precede a história de seus moradores.

Declarado patrimônio nacional, foi adquirido no início de 1794 pelo sr. conde de Ribbing, exilado da Suécia.

Envolvido no assassinato de Gustavo III, que, como todos sabem, ocorrera durante um baile de máscaras, no salão da Ópera de Estocolmo, na noite de 15 para 16 de março de 1792, escapara milagrosamente ao cadafalso de Anckarström.

Apressemo-nos em dizer que o motivo que levara o conde de Ribbing à conspiração não tinha nada de político. Gustavo III, que transportara para o trono da Suécia os costumes dos Valois, recompensara um de seus favoritos, o conde de Essen, dando-lhe por esposa uma prima do conde de Ribbing, que este adorava.

Enquanto se articulava o pequeno complô contra sua felicidade, o conde de Ribbing se encontrava na corte da França, onde, sob os auspícios do conde de Fersen, o ilustre favorito, havia sido muitíssimo bem recebido. Avisado por um amigo que o conde de Essen ia desposar aquela que ele considerava sua noiva, o sr. de Ribbing deixou Paris, não se deteve nem um instante sequer no caminho e chegou exatamente a tempo de provocar o conde de Essen, lutar com ele e atravessar-lhe a espada no corpo.

O ferimento foi considerado mortal; mas o rei, não querendo saber de um desmentido, ordenou o casamento *in extremis*.

Todos esperavam pela morte do conde de Essen, que, para espanto de todos e imenso desespero do conde de Ribbing, se restabeleceu num prazo de três meses.

Sabendo que uma conspiração se tramava contra o rei, o conde de Ribbing pediu para ser incluído.

Foi condenado ao exílio, e seus bens, confiscados. Como, porém, tinha apenas vinte anos e sua mãe era viva – os bens desta só se tornavam seus após a morte dela –, esta obteve trezentos ou quatrocentos mil francos em ouro, que o conde de Ribbing levou dentro da mala e com os quais veio para a França.

Quatrocentos mil francos em ouro, na França, em 1793, valiam milhões: o sr. de Ribbing comprou três ou quatro castelos e cinco ou seis abadias.

Entre esses castelos estavam Brunoy, que ele vendeu mais tarde para Talma, e Villers-Hélon, que ele vendeu imediatamente para o sr. Collard de Montjouy, do qual trataremos mais adiante e que foi o avô de Marie Cappelle.

Digamos, agora, por que o sr. de Ribbing revendeu imediatamente Villers-Hélon ao sr. Collard; a história é curiosa o bastante para ser contada.

O conde de Ribbing fizera todas aquelas aquisições baseado em meras recomendações de amigos ou de seu notário. Villers-Hélon, entre outros, era-lhe perfeitamente desconhecido, mas tinham-no descrito como um lugar tão encantador que resolveu não apenas visitá-lo, como estabelecer ali sua residência.

Conseqüentemente, partiu de Paris via mala-posta, só parando em Villers-Cotterêts o tempo de trocar de cavalo e partindo imediatamente para Villers-Hélon.

Infelizmente, aquele era um péssimo momento para apreciar todos os encantos do lugar. Já dissemos que o castelo de Villers-Hélon era de propriedade nacional; ora, a comuna de Villers-Hélon entregara o castelo a uma associação de sapateiros que confeccionava sapatos para o exército.

Para qual dos quatorze exércitos que possuía a França naquela época, isso ignoramos, mas o que sabemos, como todo o mundo sabe, é que nossos soldados, em 1793 e em 1794, andavam muito e depressa.

Conseqüentemente, os honoráveis discípulos de São Crispim* apoderaram-se da propriedade e, como lhes fora pedido para acelerar a tarefa, instalaram as oficinas nas salas, antecâmaras, salas de jantar e dormitórios, ou seja, por toda a casa, e, para maior facilidade de comunicação, tinham praticado aberturas nos tetos. Cada cômodo do castelo, assim como a prisão Mamertine, tinha seu buraco. Quando os industriais precisavam de simples comunicação oral, ela se dava através do postigo, sem que aquele que tinha uma comunicação a fazer precisasse deixar seu lugar; quando havia uma visita a ser feita ou uma inspeção a efetuar, de baixo para cima ou de cima para baixo, escadas aplicadas nas aberturas economizavam as voltas e viraviravoltas sempre exigidas pelas escadarias.

Compreende-se que inquilinos assim prejudicassem bastante o aspecto do castelo que o conde de Ribbing acabava de comprar e contrastassem cruelmente com o que esperava encontrar; gritou ao postilhão que não desatrelasse os cavalos e, sem nem querer visitar os jardins, que, asseguravam-lhe, eram encantadores, os fossos e o lago, que, diziam, regurgitava de peixes, apavorado pela visão e, sobretudo, pelo cheiro, voltou precipitadamente a Paris.

O sr. conde de Ribbing, que tive a honra de conhecer e que durante vinte anos me tratou como filho, era homem de prodigiosa filosofia e, principalmente, de espírito encantador; encarou sua desventura como um filósofo e, alguns dias após essa breve aparição no departamento de Aisne, relatava-a, com a verve que lhe era própria, diante do sr. Collard, então ligado ao fornecimento dos exércitos e que talvez até tivesse algum interesse nos calçados que se fabricavam em Villers-Hélon; mais afeito que o nobre proscrito à apreciação das coisas materiais, o sr. Collard ofereceu-lhe retomar a compra; o sr. de Ribbing consentiu, e

---

* São Crispim é o santo patrono dos sapateiros. (N. de T.)

Villers-Hélon tornou-se a partir desse momento propriedade do sr. Collard.

Felizmente, como dissemos, o conde ainda possuía três ou quatro castelos onde poderia, na falta do de Villers-Hélon, estabelecer residência.

Escolheu Brunoy, que Talma viria a lhe comprar por volta de 1805 ou 1806.

Vendido Brunoy, ele foi então se estabelecer no castelo de Quincy, onde residiu durante todo o reinado de Napoleão.

Não percamos totalmente de vista o conde de Ribbing; tornaremos a encontrá-lo, em 1819, em Villers-Hélon, já não como proprietário, mas como fugitivo.

Existe sobre a família do sr. de Ribbing, uma das mais antigas e mais nobres da Suécia, uma lenda tocante, que nossos leitores, estamos certos, agradeceriam se a contássemos aqui.

Foi um Ribbing quem, em 1520, se levantou contra o tirano Christiern[1], que mandara decapitar seus dois filhos, um de doze, outro de três anos.

O carrasco acabava de cortar a cabeça do mais velho e agarrava o segundo para executá-lo por sua vez, quando o pobre menino disse com sua voz doce:

— Oh! por favor, não suje meu colarinho como acaba de fazer com meu irmão Axel, pois mamãe se zangaria comigo.

O carrasco era pai; seus dois filhos, que eram dois meninos, tinham exatamente a idade daqueles dois. Jogou sua espada ensangüentada e fugiu, desvairado.

Christiern mandou-lhe ao encalço seus soldados, que o mataram.

---

[1] Ou Cristiano II, rei da Dinamarca, da Noruega e da Suécia, derrubado em 1521 por Gustavo Wasa.

2

Diz Marie Cappelle em suas memórias:
"Minha avó era filha de um inglês, o coronel Campton. Tinha nove anos e ainda estava de luto pelo pai quando Deus lhe tirou a mãe" [p. 6].

Nem uma só palavra dessa genealogia está correta; motivos de conveniência maior, principalmente na época em que, condenada a uma reclusão perpétua, Marie Cappelle suportava seu julgamento nas prisões de Tulle, motivos de conveniência maior, dizíamos, pediam-lhe que ocultasse suas origens[1].

❦

Essa origem era principesca.
A sra. de Genlis, governanta dos filhos de Filipe-Igualdade, de quem seu marido, o marquês Sillery de Genlis, era o favorito,

---

[1] Dumas narrou, mais sucintamente, em *Mes mémoires*, capítulo XXII, os acontecimentos relativos ao nascimento da sra. Collard, como também o episódio em que a sra. de Valence é salva por um revolucionário apaixonado por ela.

fora designada dama de honra da sra. duquesa de Orléans. Era jovem, linda, galante; o duque de Orléans, que ainda não usava o título revolucionário que dera a si mesmo, e com o qual a história o maculou ao conservá-lo, o duque de Orléans apaixonou-se por ela, fez dela sua amante e com ela teve um filho, cujo nascimento foi dissimulado por uma viagem que a sra. de Genlis fez à Inglaterra, quando deu à luz uma menina que recebeu o nome de Hermine.

A sra. de Genlis voltou a ocupar seu cargo na casa de Sua Alteza Real, abandonando a criança aos cuidados de outrem, mas tendo já desde essa época o projeto não só de trazer para a França a pequena Hermine, como de fazer com que ela fosse criada debaixo de seus olhos e dos olhos do duque de Orléans.

Eis de que maneira tal projeto foi posto em execução.

Quando dona Adelaide, irmã do rei Luís Filipe, estava com sete ou oito anos, o duque de Orléans sugeriu à esposa, a fim de facilitar para dona Adelaide o estudo da língua inglesa, que mandassem trazer de Londres uma menina que, sem esforço e sem fadiga, brincando com ela, ensinasse-lhe o inglês.

A duquesa de Orléans, que não tinha, santa mulher que era, outra vontade que não a do marido e que, além disso, ignorava o projeto combinado pelo duque e sua amante, consentiu alegremente.

A sra. de Genlis foi enviada à Inglaterra em busca da pequena professora, que ela encontrou sem dificuldades e trouxe com ela para a França.

Hermine foi instalada no Palais-Royal e ali ficou quase em pé de igualdade com os filhos do duque.

Talvez até sua qualidade de filha natural fizesse com que ele a amasse mais do que aos filhos legítimos.

Hermine estava com treze ou quatorze anos quando sobreveio a Revolução. Sabe-se de que modo Filipe-Igualdade foi detido, de que modo o duque de Chartres, ainda coroado pelos louros de Valmy e Jemmapes, emigrou com Dumouriez; de que modo emigraram dona Adelaide e os srs. de Beaujolais e de Montpensier. A pequena Hermine, que os outros filhos talvez tivessem considerado com certa inveja, foi então abandonada e encontrou asilo junto da sra. de Valence, filha da sra. de Genlis e, conseqüentemente, sua irmã.

Como o sr. de Valence se casou com a srta. Pulchérie de Genlis?

Trata-se de uma história de família bastante curiosa, que nossas recordações de família nos permitem relatar.

Luís Filipe de Orléans, pai de Filipe-Igualdade, residia preferencialmente em seu castelo de Villers-Cotterêts; viúvo em primeiras núpcias da famosa Louise-Henriette de Bourbon-Conti, cujos desregramentos amorosos causaram escândalo até na corte de Luís XV[2], ele desposou em segundas núpcias, em 24 de abril de 1775, Charlotte-Jeanne Béraud de La Haie de Riou, marquesa de Montesson, que teve a singular idéia de só aceitar se tornar mulher do sr. duque de Orléans depois de casar-se com ele.

As coisas aconteceram tal como ela desejava.

A sra. de Montesson era lindíssima; desnecessário dizer, depois das condições que impusera para a posse de sua pessoa, que era recatadíssima.

No entanto, por recatada que fosse, não podia impedir que se apaixonassem por ela.

O general de Valence, então coronel de Valence, teve essa infelicidade.

---

[2] Ela entregava-se "a todas as desordens da vida mais escandalosa, procurando prazeres por toda parte, até nos braços de seu cocheiro Lefranc; realizara os sonhos que a sátira de Juvenal parece ter atribuído à mulher de Cláudio e, mais de uma vez, moderna Lisisca, foi acusada de ter ido aos jardins do Palais-Royal pedir ao primeiro que aparecesse gozos anônimos que, tal como a antiga Messalina, talvez a cansassem, mas não a fartavam", A. Dumas, *Louis XVI et la révolution*, cap. II.

Como primeiro escudeiro do duque, ele podia avistar a sra. de Montesson a todo momento do dia. Num desses dias, quando a achou mais linda ainda que de costume, não pôde resistir à paixão e caiu a seus pés, dizendo: "Eu a amo".

O duque de Orléans entrou naquele exato momento e deteve-se, estupefato, no limiar da porta; mas a marquesa de Montesson era uma grande dama, que não se perturbava facilmente. Percebeu que o duque podia *ver*, mas não pudera *ouvir*.

Voltou-se sorridente para o marido.

— Ah! Meu caro duque — disse ela —, venha em meu auxílio e livre-me deste Valence. Ele adora Pulchérie e quer a todo custo casar-se com ela.

Pulchérie era a segunda filha da sra. de Genlis, a primeira se chamava Caroline e se casara com o sr. Lawoestine.

Pega de surpresa, a sra. de Montesson dissera o nome de Pulchérie, a qual, afortunadamente, era encantadora em todos os sentidos.

O duque acabara de levar um susto imenso, deparando com o sr. de Valence ajoelhado diante de sua mulher. O sr. de Valence era um dos mais bonitos e elegantes oficiais do exército; de bom grado aceitou casá-la e, como Pulchérie não tivesse fortuna, dotou os jovens esposos com uma soma de seiscentos mil francos. Mas a Revolução, que não poupara o Palais-Royal, atingiu o palacete da rua de Berry. O sr. de Valence, que naturalmente tomara o partido do duque de Orléans, foi forçado, após a batalha de Nervinde[3], em que efetuou prodígios e foi gravemente ferido na testa, a deixar a França com Dumouriez e foi declarado fora-da-lei pela Convenção.

---

[3] Nervinde ou Neerwinden: derrota de Dumouriez, no dia 18 de março de 1793, diante dos austríacos do príncipe de Saxe, primícias da evacuação da Bélgica.

A sra. de Valence foi detida ao mesmo tempo.

Hermine ficou então no palacete da sra. de Valence, com a srta. Félicie de Valence, que se casou com o sr. de Celle, e com a sra. Rosamonde de Valence, que se casou com o general e em seguida marechal Gérard.

As pobres crianças, já meio órfãs pelo exílio da sra. de Valence, estavam arriscadas a ficar totalmente órfãs pela morte da sra. de Valence, quando um milagre a salvou.

Um segeiro chamado Garnier, que morava na rua Neuve-des-Mathurins, apaixonara-se por ela — naqueles dias de igualdade, algumas heresias sociais desse tipo foram vistas e assinaladas. Garnier era soldado municipal; arriscando a própria vida, queimou por duas vezes o caderno de anotações enviado ao tribunal revolucionário pelo diretor da casa de detenção, anotações essas em que a sra. de Valence era denunciada como a acusada mais aristocrática da casa.

Essa dedicação levou a sra. de Valence até o dia 9 de termidor.

Cumprido o 9 de termidor, aquele homem íntegro viu-se bastante embaraçado. O que faria? Deixaria seu gesto na sombra? Gabar-se-ia dele? Lembrou-se de ter visto o sr. de Talleyrand em casa da sra. de Valence e de ter ouvido dizer que se tratava de um homem sensato.

Foi procurar o sr. de Talleyrand e contou-lhe tudo.

O sr. de Talleyrand clamou pela sra. de Valence, a qual lhe foi entregue sem dificuldades, uma vez que não havia nenhuma acusação contra ela.

Ele contou-lhe a que estranha circunstância ela devia sua salvação, e como a beleza, que em geral era concedida às outras mulheres simplesmente para tornar sua vida mais doce, a ela fora concedida para salvá-la.

Mas aquele amor do bravo segeiro, amor que ele não julgara ter de ocultar ao sr. de Talleyrand como o móbil de seus atos, vinha complicar a situação.

Chamado à casa da sra. de Valence para receber os agradecimentos como merecia, confessou-lhe o aspecto egoísta de sua dedicação; o bravo homem, que era muito rico e não se julgava destituído de méritos, esperava que a sra. de Valence, aproveitando a lei do divórcio que estava em pleno vigor, consentisse em tornar-se sra. Garnier.

Estava enganado quanto a isso. A sra. de Valence explicou-lhe tão delicadamente quanto possível que, apesar do exílio do marido, o amava ternamente e nada no mundo poderia determiná-la a romper um vínculo que a religião, menos que seu coração, fazia com que ela visse como sagrado; mas ficou combinado, a título de compensação, que todo ano, no dia de sua saída da prisão, a sra. de Valence, para festejar esse aniversário, ofereceria um grande jantar presidido por Garnier e ao fim do qual, em memória de se dever a ele aquela preciosa vida, seria beijado, primeiro pela sra. de Valence e em seguida por suas graciosas filhas, tal como merece ser beijado um salvador.

Hermine, nessa casa que voltara a ser feliz, viu-se portanto como a única órfã.

Certo dia, o sr. Talleyrand encontrou no Palais-Royal um de seus amigos, fidalgo do interior e de razoável fortuna, ou seja, dono de doze a quinze arpentes de terra e que acabara de comprar do conde de Ribbing um pequeno castelo nos arredores de Villers-Cotterêts.

Esse fidalgo era o sr. Collard de Montjouy. O sr. de Talleyrand estava num de seus dias de filantropia; deu com o amigo duas voltas sob as arcadas e, na terceira, após um momento de reflexão:

— Ora, Collard — disse ele —, você deveria fazer uma boa ação.

O sr. Collard deteve-se e olhou para ele com espanto.

— Isso nem sempre dá azar — prosseguiu o sr. de Talleyrand —; você deveria se casar.

— E por que diabos eu faria uma boa ação, casando-me?

— Porque a moça, de extraordinária beleza, encanto, educação, é órfã e sem fortuna e, além disso, eu diria que, ao fazer *seguramente* uma boa ação, você *talvez* faça um bom negócio.

— Em que sentido?

— No sentido de que essa órfã sem fortuna é filha natural do duque de Orléans, Filipe-Igualdade, e da sra. de Genlis, e se os Bourbons voltarem... Ah! Deus do céu, tudo é possível! E se os Bourbons voltarem, você seria cunhado do primeiro príncipe de sangue.

— Cunhado do lado esquerdo.

— É o lado do coração. A sra. de Staël o chama de o mais espirituoso de seus asnos; prove que ela tem razão realizando um feito de espírito que parecerá uma asneira.

— E como se chama essa órfã? Para mim os nomes têm grande influência.

— Ela não se chama, já que é órfã.

— Ora! Esse é o bispo de Autun, que, depois de esquecer que foi sagrado, esquece que foi batizado; estou perguntando qual é seu nome de batismo.

— Ela se chama Hermine, e nunca houve nome mais bem aplicado.

— Desse jeito, já estou convencido; onde está ela?

— Na casa da sra. de Valence.

— Quando quiser.

— Imediatamente; não há tempo a perder numa ação desse tipo; qualquer outro poderia fazê-la em meu lugar.

Os dois amigos marcaram encontro para o dia seguinte.

O sr. Collard foi apresentado; amigo dos Talleyrand, dos

Montrond, dos Collot, dos Ouvrard, ou seja, de todos os homens de espírito da época, tinha ele próprio espírito suficiente para que a sra. de Staël, como acabara de dizer o sr. de Talleyrand, o chamasse de o mais espirituoso de seus asnos; era jovem, bonito, possuía uma renda de doze a quinze mil libras que o sr. de Talleyrand prometia ajudá-lo a triplicar ou quadruplicar com bem-sucedidas especulações. Agradou à sra. de Valence, não desagradou à *menina Hermine*, que se tornou, no sexto dia complementar do ano III[4], a sra. Collard de Montjouy, segundo nome este que nunca, aliás, ouvi alguém atribuir ao sr. Collard.

Foi essa *menina Hermine*, ou seja, uma das mais deliciosas criaturas que já vi, que, ao se casar com o sr. Collard de Montjouy, estava destinada a tornar-se avó de Marie Cappelle.

A avó de Marie Cappelle não era de modo algum, como afirma a prisioneira no início do segundo capítulo de suas memórias, *filha do coronel inglês Campton*, e sim filha de Filipe-Igualdade, e *sua mãe não lhe fora tirada aos nove anos*, já que era filha da sra. de Genlis, e a sra. de Genlis viveu até a idade de oitenta e cinco anos, só vindo a falecer em 1831.

Essa retificação ajudará a compreender o alarde criado pelo processo de Marie Cappelle em todas as esferas políticas e sociais.

---

[4] Ou seja, em 20 de setembro de 1795. Adiante, Dumas diz que a sra. de Genlis morreu em 1831, quando de fato morreu em 31 de dezembro de 1830.

# 3

O sr. Collard, cadete da província de Gasconha, provido de dez irmãos, viera buscar fortuna em Paris; já dissemos em que ponto estava desse honrado trabalho quando se casou; o sr. de Talleyrand cumpriu a palavra que dera à sra. de Valence; e, graças a ele, a fortuna de seu amigo, já estabelecida em excelentes bases pelos fornecimentos à República, foi triplicada pelos fornecimentos efetuados ao Diretório.

A República e o Diretório, que enriqueciam seus fornecedores, arruinavam seus generais. Meu pai, ao morrer arruinado, designou seu amigo Collard, que enriquecera enquanto ele se arruinava, tutor de seus dois filhos.

No mesmo ano da morte de meu pai, o sr. Collard convidou minha mãe e a mim para passar vários meses em Villers-Hélon.

O primeiro vislumbre de lembrança ligado, para mim, àquela simpática vivenda é uma explosão de profundo terror. Não sei aonde tinha ido todo mundo, mas tinham me deixado sozinho na sala onde, à luz de uma vela, deitado no tapete, eu folheava uma magnífica edição ilustrada das *Fábulas* de La Fontaine.

Súbito, ouvi tocar a campainha no portão, e cinco minutos depois um carro parou em frente à casa. Dele saíam gritos lancinantes, que vinham se aproximando; a porta da sala abriu-se com estrondo, dando passagem a uma mulher idosa, vestida de preto, rosto transtornado, sem gorro nem chapéu, com os cabelos grisalhos ondulando sobre os ombros, ainda soltando gritos desarticulados, agitando o ar com os braços. Eu ouvira contar histórias de bruxas; confundi a recém-chegada com a heroína de uma de minhas histórias e, largando ali meu La Fontaine e minha vela, precipitei-me para a escada e, subindo os degraus quatro por quatro, joguei-me em meu quarto e escondi-me, todo vestido, sob as cobertas da cama, onde minha mãe me descobriu uma hora mais tarde, cansada de me procurar por todo lado e nem sequer desconfiando de que no lugar onde eu mais tinha dificuldade em entrar à noite é que eu fora procurar um refúgio.

✺

No dia seguinte, fiquei sabendo que a bruxa que tamanho susto me dera não era senão a honorável marquesa de Genlis, autora de uma obra intitulada *As vigílias do castelo*[1], que tanto prazer me dera.

Chegando às sete horas da noite em Villers-Cotterêts, ela quis, apesar da escura noite de outono, atravessar a floresta. Confiando apenas em seu cocheiro, que não conhecia direito as estradas, ela alugara um carro e cavalos e lhe entregara a direção. O cocheiro se perdera; o assobio do vento nas árvores, o ruído

---

[1] *Les veillées du château, ou Cours de morale à l'usage des enfants*, do mesmo autor de *Adèle et Théodore* (Paris, M. Lambert & F. J. Baudoin, 1782, 4 v., in-doze): "Esta obra dedicada às crianças restringe-se àquelas com idade de dez, onze ou doze anos", escreve a sra. de Genlis em seu prefácio.

das folhas arrancadas aos galhos e correndo em turbilhões, o uivo dos mochos, o pio das corujas, tudo contribuíra para inspirar na sra. de Genlis um pânico insensato, do qual ainda não se refizera no dia seguinte, embora tivesse transferido a metade dele a mim.

A família do sr. Collard, de que essa primeira visita não me deixou nenhuma lembrança, constituía-se então da sra. Collard, que tinha vinte e oito anos e, segundo me disse muitas vezes minha mãe, estava em todo o esplendor de uma beleza que podia rivalizar com a das sras. Méchin, Dulauloy, Tallien e de Valence, as maiores beldades da época.

De três meninas e de um menino.

As três meninas eram Caroline, Hermine, Louise.

O menino chamava-se Maurice.

Esse nome era um dos nomes de seu padrinho, o sr. de Talleyrand.

Esse padrinho escolhera como madrinha a irmã de Bonaparte, que no momento era apenas a bela sra. Leclerc, que se tornaria mais tarde a princesa Borghése, e residia no castelo de Montgobert, vizinho do de Villers-Hélon.

Conhecida por seu coquetismo, a sra. Leclerc inspirava intensa inveja à sra. de Talleyrand.

Essa inveja trouxe, na exata manhã do batizado, um desapontamento curioso. O sr. de Talleyrand passara para seu intendente uma lista dos objetos que ele contava oferecer à comadre, e podia-se ter certeza do bom gosto e do luxo que norteariam o presente; fora a sra. Collard quem escolhera e redigira a lista.

Eram flores artificiais dos primeiros artistas nesse gênero, centenas de alnas de fitas de todas as cores, luvas às dúzias e dúzias, sapatos cuja medida se ordenara fosse a pantufa de Cinderela, echarpes que tinham de ter por modelo a cintura de Vênus, enfim, todas as ruinosas inutilidades do luxo e da moda.

Todo mundo estava reunido na sala, esperando pacientemente pela corbelha; ela chega, todos se precipitam: o sr. de Talleyrand, certo do efeito que causará, apruma-se sobre a mais comprida de suas pernas e espera, sorriso e satisfação nos lábios. Abrem a corbelha e encontram... fitas desbotadas, flores de papel, echarpes de coristas e, para o pezinho da madrinha, que calça 34, para sua mãozinha, que usa 6 ¼, babuchas de paxá e luvas de mestre-de-armas.

A sra. de Talleyrand pegara as fitas, flores, echarpes, luvas e pantufas para ela e substituíra-as por tudo o que conseguira encontrar de pior nos revendedores do Temple.

De minha primeira viagem, não guardei nenhuma recordação dessas quatro belas crianças que deviam ter: Caroline onze anos, Hermine oito anos, Louise três anos, Maurice cinco anos.

Tampouco me lembro do sr. e da sra. Collard.

Todas essas aparições só viriam se esboçar e se concatenar em minha mente a partir de 1811.

Oh! seria então bem diferente. Caroline, que seria a sra. baronesa Cappelle, tem dezesseis anos; embora encantadora e graciosa, é a menos bonita das três irmãs, o que ainda lhe deixa uma ampla margem de beleza.

Hermine, que seria a sra. baronesa de Martens, tem treze anos; é a idade em que a criança se torna moça, em que só falta ao botão uma ou duas primaveras para virar flor, é a figura mais fina, a mais delicada beleza com que se possa sonhar; cumpriria tudo o que prometia, e mais do que prometia.

Louise, que seria a sra. baronesa Garat, tem oito anos. É a mais deslumbrante criança que já se viu; não existe na natureza um ponto de comparação que expresse o que se sente ao vê-la, a comparação com o anjo é banal; um botão de rosa musgosa talvez ainda seja o que pode dar a idéia mais exata.

Mas o que estava acima de qualquer comparação como elegância, como aristocrática beleza, era a sra. Collard, então com trinta e dois a trinta e três anos de idade, e que ainda hoje me aparece, cinqüenta e cinco anos depois, toda vestida de branco, envolta numa ampla caxemira vermelha.

Poucas pessoas ainda conservam hoje a lembrança daquela bela, altiva e principesca castelã; mas muitos dos que lerão estas linhas hão de se lembrar da graciosa baronesa de Martens, tão encantadora, tão espirituosa quanto o marido era empolado e tedioso; ela morreu há apenas alguns anos e era a que, em parecença física e moral, levara a maior parcela da herança materna.

Muitos, porém, hão de lembrar a linda, lindíssima sra. Garat, que reinou por trinta anos nos salões do Banco e que, em seu retiro de Vauxbuin, sob os trajes de viúva, ainda é chamada, apesar dos sessenta e dois anos, pelo nome que usava há vinte anos e usará até o final da vida.

Dessas três belas companheiras de minha juventude, duas morreram, uma só sobrevive; duas vezes em quarenta anos tornei a vê-la com vinte anos de intervalo, tão diversos e, às vezes, opostos são os ventos que levam mundo afora as existências oriundas de um mesmo lar.

Estou, no momento em que escrevo estas linhas, distante dela meia-légua, e provavelmente vamos morrer os dois sem tornarmos a nos ver.

Uma lembrança de caçador me passa pela mente.

Fui eu quem matou o cabrito que comemos em suas núpcias.

Pouco conheci Maurice, que ficou sendo o proprietário de Villers-Hélon e que, quando eu ia lá, estava quase sempre no colégio, e ali sempre viveu amado por uma mulher que ele adorava.

Quanto ao sr. Collard, era o mais vivaz e mais alegre companheiro que conheci, com duas pretensões apenas: ter as mais belas moças do departamento em sua escola e os mais belos merinos da França em seus currais; embora os merinos custassem bastante caro naquela época, não acredito que esses honestos quadrúpedes é que tenham feito a brecha maior em sua fortuna.

Feliz em Villers-Hélon, ele nunca sentiu vontade de participar dos ardentes debates de 1815 a 1830, e tudo o que ganhou com a volta dos Bourbon e seu parentesco com o duque de Orléans foi a medalha de honra muito bem ganha pelas melhoras trazidas por ele à raça ovina, ou melhor, por aquilo que Marie Cappelle, mais pitoresca que eu em seu estilo, chamava de *ovelhomania* [p. 7].

De resto, Luís Filipe, príncipe muito bondoso em suas relações familiares, e em casa de quem vi os abades de Saint-Phar e de Saint-Albin, bastardos de Filipe-Igualdade, tratados como irmãos legítimos, não tinha nem sequer a idéia de ocultar seu parentesco com o sr. Collard e hospedava-se de modo fraterno em sua casa quando ia, patriarcalmente, vender seus bosques de Villers-Cotterêts.

Marie Cappelle, em suas memórias, aborda ligeiramente a questão dos *apriscos* e das *pastoras*:

"Todas as construções da fazenda", diz ela, "foram transformadas em apriscos, e os campos, em pradarias artificiais. O cajado voltou a ser o cetro nessa nova idade do ouro, e, se as ovelhas eram admiráveis, as pastoras eram encantadoras e podiam fazer esquecê-las" [p. 7-8].

E acrescenta:

"Minha avó, que não gostava nem de ovelhas nem de pastoras, atraía vizinhos e amigos, educava os filhos, passava a primavera com saudades de Paris e o outono a esperá-la. Cedo, casou as três filhas" [p. 8].

A primeira a se casar foi naturalmente a mais velha, Caroline.

Em dezembro de 1815, desposou o sr. Cappelle, capitão da artilharia.

Hermine desposou, em 1817, o barão de Martens.

E Louise, que, para mais uma vez empregar uma expressão pitoresca de Marie Cappelle, "largou das bonecas para brincar de *senhora*" [p. 7], desposou em 1818, aos quinze anos de idade, o barão Garat.

Já tínhamos registrado esses três casamentos, menos as datas.

Num relato como esse nosso, as datas têm lá sua importância.

4

Marie Cappelle nasceu em 1816.

Estranho equívoco da natureza, em meio àquele maravilhoso buquê de viço, juventude e beleza, ela era uma mácula.

Marie Cappelle não era bonita.

Faremos mais adiante seu retrato e tentaremos dizer o que ela era.

De resto, eis o que ela diz de si mesma:

"Um primeiro filho, alegria e orgulho de duas gerações, deveria ser lindo feito os anjos! Infelizmente, vim para este mundo feia o suficiente para assustar até as ilusões maternas! Os mais lindos bonés, as roupas mais faceiras fracassaram ao tentar me embelezar; e, para me admirar tanto quanto minha família, que decerto me julgava de um lindo amarelo e de uma magreza muito distinta, os bons amigos a que fui apresentada tiveram de sacrificar a verdade à educação" [p. 3].

Não vi Marie Cappelle na época de seu nascimento e, por conseguinte, não tive de me pronunciar sobre sua feiúra ou beleza; mas a vi com a idade de três anos.

Foi em 1819, durante a festa de uma simpática aldeia chamada Corcy, cuja estrada de ferro hoje margeia os lagos.

Eu tinha dezessete anos.

Na seqüência de não sei que querelazinha amorosa com uma bonita moça loira chamada Aglaé[1], cujos olhos azul-celeste confirmavam o nome, eu buscara a solidão que, aos dezessete anos, por mais que diga Alfred de Musset, não se veste de preto. Não, pelo contrário, minha solidão era verde e luminosa; eu andava por um caminho encantador, margeado, à direita, por uma sebe de espinheiro em flor, e, à esquerda, por uma pradaria de um capim comprido que vinha morrer, gramado repleto de botões dourados e margaridas, na areia do caminho. O espinheiro exalava seu adorável perfume e, em sua espessa folhagem, protegidas pelos punhais de seus ramos, umas toutinegras cantavam e, saltitando, faziam estremecer as flores. A luz parecia, naquele dia, feita de três raios: um raio de sol, um raio de primavera e um raio de juventude.

De repente, numa curva do caminho, vi-me quase face a face com três pessoas, abundantemente banhadas por aquela luz suave e juvenil.

Uma mulher, uma menina, um rapaz.

A mulher era uma amiga; adivinhei que a menina era sua filha; o rapaz era-me absolutamente desconhecido.

Aproximei-me do grupo, que, aliás, vinha na minha direção, com o acanhamento de um rapaz que encontra, agora mulher e mãe, uma jovem com a qual fora educado e que, na fraternal intimidade da juventude, ele tratava por "você".

Eu não tornara a ver a sra. baronesa Cappelle desde o tempo em que eu a chamava por Caroline, simplesmente.

---

[1] Aglaé: trata-se de *Aglaé* Victoire Tellier; cf. Dicionário onomástico ao final deste volume.

Cumprimentei-a, sorrindo; ela se deteve; esperei que me dirigisse a palavra.

— Ah! é o senhor, Alexandre — ela me disse. — Há quanto tempo não o via, e como fico feliz em vê-lo! O senhor cresceu tanto que já não me arrisco a tratá-lo por "você".

— Lamento — respondi —, pois com isso está ordenando que a trate por "senhora"; mas uma coisa me consola, é que me chamou de Alexandre, o que permite que eu a chame de Caroline e não por seu grande título de baronesa. É sua pequena Marie que vem segurando pela mão?

— Sim. Não me diga que ela é bonita, me deixaria triste.

Olhei para a menina, que pareceu entender, mordeu os lábios, passou uma das pernas por cima da outra e me lançou com seus olhos pretos um olhar que tinha o dobro de sua idade.

A menina estava graciosamente vestida.

— Quer me dar um beijo, Marie? — perguntei.

— Não — respondeu —, não se dá beijo nas crianças quando elas não são bonitas.

— Então, Marie, deixe eu lhe dar um beijo, se não por seu rosto, ao menos por seu espírito.

Levantei-a em meus braços; ela não era exatamente bonita, de fato, mas nunca vi um rosto mais expressivo numa criança de quatro anos.

Era magra e morena, com olhos pequenos, mas cheios de ardor.

— Pois eu, Marie — disse eu, beijando-a —, acho-a encantadora e se, dentro de uns doze ou quatorze anos, quiser ser minha esposa, lembre-se de que fui o primeiro a pedi-la em casamento.

— O senhor é muito velho para se casar comigo.

— Por que isso? Tenho dezessete anos, você tem quatro.

— Três e meio.

— Que seja! Três e meio dá apenas treze anos de diferença entre nós; em todo caso, você fica livre para recusar; mas renovo meu pedido.

— Mamãe, vamos embora, ele está caçoando de mim.

— Deixe-me apresentar seu amigo Adolphe a Alexandre, que, se um dia não for seu marido, será pelo menos seu amigo, isso eu garanto.

Cumprimentei o rapaz em cujo braço ela vinha apoiada.

— O visconde Adolphe de Leuven — disse ela.

E a Adolphe:

— Alexandre Dumas, filho do general Dumas e pupilo de meu pai, que é quase da família.

— Há três anos, Caroline, a senhora teria dito "totalmente".

O rapaz, por sua vez, cumprimentou-me:

— Vocês vão, daqui a pouco, encontrar-se na festa — disse Caroline, designando Adolphe com um sinal de cabeça. — Ele estará livre de mim, e vocês poderão se conhecer melhor.

— Senhora baronesa — disse o jovem visconde, galante —, faz-me pagar caro pela amizade deste senhor.

— Eles crescem; eles crescem — disse a baronesa Cappelle, rindo —, e daqui a pouco eu é que serei uma velha.

Perguntei por Hermine e Louise; Hermine estava em Berlim; Louise, em Paris.

Quanto a ela, estava morando em Mézières[2].

Infelizmente, já não pertenciam mais que eu à família.

No ano seguinte, porém, para a festa de Villers-Cotterêts, todos aqueles belos pássaros alçariam vôo e, dos quatro cantos do horizonte, voltariam para o ninho.

---

[2] Nessa época, o barão Cappelle era tenente-coronel do 1º regimento de artilharia em La Fère (15 de julho de 1818 – agosto de 1823); só mais tarde seria chefe de artilharia em Mézières (9 de julho de 1823 – 18 de abril de 1825).

E a baronesa Cappelle convidou-me a Villers-Hélon por essa época, assegurando-me que sempre haveria, naquele ninho, um lugar para mim.

Despedimo-nos. A conversa que eu acabara de ter com ela distraíra-me de minha querela amorosa; dei um grande passeio e voltei para o gramado, onde dançavam sob as árvores.

Encontrei Adolphe, que, abandonado pela baronesa Cappelle, se encontrava sozinho.

Avistei-o ao mesmo tempo em que ele me avistava; veio em minha direção quando eu ia na dele.

Esqueci-me de retratar esse amigo de 1819, que ainda é meu amigo em 1866.

Era, naquela época, um rapaz moreno, alto, magro, de cabelos pretos à escovinha, olhos admiráveis, nariz fortemente acentuado, dentes brancos como pérolas, postura indolente e aristocrática, e parecendo, em todos os aspectos, um estudante alemão, vestido com seu paletó cinzento, um boné de oleado, um colete de camurça e calças azul-claro.

Enquanto vinha em minha direção, guardava no bolso um lápis e uma caderneta.

— Oh! — perguntei —, o que estava fazendo? Desenhando?

— Não, estava escrevendo versos.

Olhei para ele, surpreso; nunca me passara pela cabeça a idéia de fazer versos.

— Versos, você escreve versos? — perguntei.

— Escrevo, sim, às vezes.

— E para quem estava escrevendo versos?

— Para Louise.

— Louise Collard?

— Sim.

— Mas ela é casada.

— Oh! não faz mal; Eléonore de Parny era casada; Eucharis de Bertin era casada; Lodoïska de Louvet era casada³; fui muito apaixonado por Louise.
— Tornará a vê-la em Paris.
— Não tão cedo; não podemos ir para Paris.
— Quem o impede?
— S. M. o rei Luís XVIII.
— De onde você vem, então?
— De Bruxelas.
— Ah! Mora em Bruxelas?
— Sim, há três anos; meu pai e eu éramos colaboradores do *Nain Jaune*⁴; mas fomos obrigados a sair.
— Do *Nain Jaune*?
— Não, de Bruxelas.
— E quem os forçou a sair?
— Guilherme.
— Guilherme, quem?
— O rei dos Países Baixos.

O visconde Ribbing cresceu um côvado em meu espírito; não apenas era poeta escrevendo versos, não apenas ousava amar Louise, enquanto eu só amava uma costureirinha fácil, como tam-

---

³ As *Poésies érotiques* de Parny (1778) foram inspiradas por uma bela crioula, Eléonore, que o poeta amou durante uma estada em sua ilha natal ("Enfin, ma chère Eléonore..."); em seu *Amours*, Bertin canta, sob o nome de Eucharis, a sra. Thilorier, nascida Sentuari, sobrinha de Marie Caillou, que foi a inspiradora de Bernardin de Saint-Pierre; a Lodoïska, que se casou com Louvet, ou, mais prosaicamente, Marguerite (1760-1827), era divorciada de um rico joalheiro.

⁴ *Le Nain Jaune* [*O Anão Amarelo*]: o verdadeiro *Nain Jaune* deixou de ser publicado em 15 de julho de 1815; mas *Le Nain Jaune Réfugié*, de uma sociedade de *anti-éteignoirs* [os antiapagadores, sociedade fundada para a criação do jornal, eram antimonarquistas sem ser bonapartistas], a cuja redação pertenciam Antoine-Vincent Arnault e Cauchois-Lemaire, foi lançado em Bruxelas entre março e novembro de 1816 e teve quarenta e dois números.

bém tinha no mundo tamanha importância que o rei Guilherme se preocupara com ele e com seu pai a ponto de pôr os dois para fora de seus Estados.

— E agora — perguntei —, vocês estão morando em Villers-Hélon?

— Estamos, o sr. Collard é um antigo amigo de meu pai.

— E quanto tempo vão permanecer?

— Pelo tempo que os Bourbon aceitarem nos deixar ficar na França.

— Quer dizer que vocês têm alguma coisa para resolver com os Bourbon?

— Temos alguma coisa para resolver com todos os reis.

Aquela frase, majestosamente lançada, terminou de me maravilhar.

O conde de Ribbing, que, como dissemos, permanecera tranqüilamente na França durante todo o reino de Bonaparte, fora com efeito, em 1815, como conseqüência de seu processo na Suécia, forçado pela polícia bourboniana a deixar a França e retirar-se em Bruxelas; em Bruxelas, juntara-se aos outros proscritos e, sob a direção de Antoine Arnault, autor de *Marius à Minturnes*, fundaram o *Nain Jaune*; mas certo dia, à mesa de uma estalagem, tendo um oficial prussiano se referido a Waterloo e aos franceses de modo que desagradou ao sr. de Ribbing, este último, ainda enfezado, embora estivesse com vinte anos mais do que quando de seu duelo com o conde de Essen, levantou-se, foi diretamente até ele, deu-lhe duas bofetadas e tornou a sentar-se em seu lugar sem ter dito palavra.

Marcou-se um encontro para o dia seguinte, às nove da manhã; às sete horas, porém, os guardas se apresentaram em casa do sr. de Ribbing e fizeram com que ele e o filho subissem num carro, enquanto diziam ao postilhão: "Estrada de Maëstricht".

O carro partira a galope.

As autoridades prussianas resolveram o assunto despachando o sr. de Ribbing e o filho para uma fortaleza.

Felizmente, nas proximidades do palácio, cruzaram com o príncipe Orange[5], aquele mesmo que tão bravamente lutara em Waterloo.

Ele perguntou o que significava aquele carro, os guardas que o escoltavam e os prisioneiros que ele trazia.

O sr. conde de Ribbing, que conhecia pessoalmente o príncipe, passou a cabeça pela portinhola e queixou-se da violência de que era vítima.

— De onde vinha o senhor, conde, quando entrou na Bélgica?

— Vinha da França, monsenhor.

Então, dirigindo-se aos guardas:

— Conduzam esses senhores até as fronteiras da França e, chegando lá, deixem-nos livres para ir aonde bem entenderem.

— Para que fronteira desejam ser reconduzidos? — perguntaram os guardas.

— Para a que quiserem — respondeu o sr. de Ribbing, com seu filosofismo habitual.

Os guardas tornaram a atravessar Bruxelas, conduziram os prisioneiros para a fronteira mais próxima e se prepararam, após ordenar a parada do carro, a voltar para a Bélgica.

— Desculpem, senhores, mas, antes de nos deixar, teriam a gentileza de nos dizer — inquiriu o conde de Ribbing — em que estrada estamos?

— Na estrada de Maubeuge, senhores.

— Obrigado.

Os guardas partiram a trote.

---

[5] Príncipe Orange: trata-se do futuro Guilherme II dos Países Baixos; cf. Dicionário onomástico.

O postilhão adiantou-se, de chapéu na mão.
— Quais são as ordens, senhores? — perguntou.
— Maubeuge, para começar; em Maubeuge, veremos.
— E, em Maubeuge, onde devo parar?
— No hotel da posta.

O postilhão montou em seu cavalo e levou os viajantes ao hotel da posta.

Os viajantes, que tinham sido presos em jejum e vinham sendo transportados desde as sete da manhã, estavam com fome. Desceram do carro, pediram um bom almoço e puseram os olhos no mapa do livro da posta, a fim de resolver para onde iriam.

Duas estradas se ofereciam aos turistas ao sair de Maubeuge: uma que vai para Laon, outra, para La Fère.

— Ora — disse o conde —, vamos para La Fère; tenho um amigo lá, que é comandante da cidadela; vou pedir-lhe hospitalidade: se for um bom homem, há de oferecê-la; se for um mau homem, abrirá uma de suas celas; tanto faz ser prisioneiro em La Fère ou em outro lugar.

Atrelaram o carro, e, quando o postilhão indagou para que cidade o conde queria seguir, ele respondeu decidido e sem hesitar:

— Estrada de La Fère.

O chefe da posta não perguntou se os passageiros tinham passaporte; o postilhão seguiu pela estrada da direita. No dia seguinte, estavam em La Fère.

O conde de Ribbing não escondeu do amigo sua situação de proscrito; este lhe estendeu a mão e o hospedou um mês em sua casa.

Passado um mês, o sr. de Ribbing, assustado com os perigos que trazia para o bravo comandante, lembrou-se do bom amigo Collard, a quem vendera Villers-Hélon.

Despediu-se do comandante e chegou, uma bela manhã, a Villers-Hélon, onde foi maravilhosamente bem recebido. Lá ficou por um ano.

Passado um ano, alugou uma casa em Villers-Cotterêts e lá permaneceu três anos.

Depois disso voltou para Paris, onde permaneceu para sempre.

Nunca ocorreu à polícia lhe perguntar quem ele era nem de onde vinha.

Ganhou, ao ser expulso de Bruxelas, uma excelente cadeira de posta, que nunca ocorreu ao rei da Prússia pedir-lhe de volta.

Falei, nas minhas *Lembranças*, da influência que o filho do conde de Ribbing, o visconde Adolphe de Leuven, teve sobre minha vida.

Voltemos a Marie Cappelle.

5

Marie Cappelle estava com cinco anos quando nasceu a segunda filha da sra. Cappelle, que se chamou Antonine e foi batizada com a filha da sra. Garat e a filha da sra. de Martens. Os três batizados se realizaram ao mesmo tempo. Marie Cappelle foi madrinha da menina de Martens, que se chamou Hermine, como a mãe.

Antonine, que teve a felicidade de não ter nenhuma fama e não causar nenhum alarde na sociedade, casou-se com meu primo-irmão e contentou-se em fazer a felicidade do marido.

Coisa estranha, eu não a conheço, nunca a vi.

A pequena Marie Cappelle era muitíssimo ciumenta; viu com tristeza chegar aquela segunda criança que viria reclamar sua parte do amor de seu pai e de sua mãe.

Por seu lado, a sra. Cappelle, talvez injusta para com a filha mais velha, preferia Antonine a Marie.

Em 1822, uma legítima desgraça atingiu esta última: faleceu sua avó, a sra. Collard. Seu avô Collard, é verdade, amava-a muito. O barão Cappelle, que se tornara coronel, percebera a injustiça da esposa em relação a Marie; tratou de fazer com que fosse esquecida pela menina, que não a esquecia tão facilmente e dela sempre se queixou.

Havia certo esfriamento entre o sr. Collard e minha mãe. Quando chegara a hora de eu encontrar uma carreira qualquer, minha mãe se dirigira ao sr. Collard e deparara com uma tepidez que não contava encontrar naquele velho amigo, sempre tão bom para conosco.

Sabe-se de que maneira, por intermédio do general Foy, entrei para o serviço do duque de Orléans. O sr. Collard, por meio das relações de parentesco com Sua Alteza, poderia ter feito por mim, seu pupilo, o que fez o general Foy, que não me conhecia; porém, uma vez que me viu empregado no secretariado do príncipe, falou-lhe de mim com grande interesse. O sr. Oudard comentou o fato comigo, de modo que na primeira viagem que fiz a Villers-Cotterêts peguei minha espingarda, abotoei as polainas e me fui, caçando, fazer uma visita a meu bom tutor.

Ele me recebeu com seu caloroso e amável sorriso.

— Ah! É você, meu rapaz? — disse ele. — Seja bem-vindo, você vai comer um pato.

— Por que um pato? — perguntei.

— Montrond vai lhe explicar.

— Mas estou trazendo uma caça.

E tirei da sacola uma lebre e três ou quatro perdizes.

— Leve sua caça até a cozinha, vamos comê-la depois do pato.

— Por que não agora?

— Montrond vai lhe explicar.

Eu sabia que meu tutor era muito teimoso; fui direto à cozinha, como ele dissera; o cozinheiro era um antigo conhecido meu:

— Ah! É o senhor, sr. Dumas — disse ele.
— Sim, meu bom Georges.
— O que o senhor traz aí?
— Uma caça.
— Está fresca?
— É de hoje.
— Ah, ainda bem, então vai poder esperar.
— Esperar o quê?
— Que a gente termine os patos.
— Ora essa, mas então está havendo uma invasão de patos?
— Ah, sr. Dumas, é de deixar a gente tremendo, veja!
Ele abriu a despensa, a qual continha cerca de trinta patos.

— Faz três dias que estamos comendo pato — acrescentou —, de modo que hoje, para o jantar, temos sopa de pato, dois patos com azeitonas, dois patos ao molho de laranja, dois patos assados, recheados à inglesa, e um *salmis* de pato. Com isso, lá se vão dez; mas ainda sobra para amanhã e depois.

— Mas a troco de quê essa avalanche de patos?

— Imagine que está aqui conosco o sr. de Montrond; o senhor o conhece?

— Não!

De fato, naquela época eu não conhecia o sr. de Montrond, tão conhecido no meio aristocrático por sua capacidade de contrair dívidas, pelo espírito encantador e pela originalidade.

Vim a conhecê-lo depois disso, e devo dizer que nada do que se disse sobre aquele prodigioso exemplar do século XVIII foi excessivo.

— É um amigo do patrão — prosseguiu o cozinheiro — que veio para cá, dizem, porque não tem coragem de ficar em Paris por causa de seus credores. No dia seguinte a sua chegada, para distraí-lo, o patrão lhe mostrou as ovelhas; foi tudo bem. No dia seguinte, mostrou-lhe os apriscos; tudo bem ainda. No terceiro dia, o patrão saiu com ele para caçar, mas como ao meio-dia ele ainda não tinha matado nada voltou para o castelo, subiu até o quarto e, pelas janelas do quarto, matou todos os nossos patos, mais de sessenta. Quem foi que ficou furioso? O patrão. Ele disse: "Ah! Então é assim! Montrond matou meus patos? Pois agora vai comê-los, Georges, no almoço, no jantar, na ceia, se cearmos; você servirá pato até que não sobre nenhum". Por isso perguntei se sua caça podia esperar.

Estava tudo explicado: como havia uns dois meses, talvez, que eu não comia pato, estava em condições de enfrentar um jantar constituído unicamente por essas aves; mas o mesmo não se deu com o sr. de Montrond, que vinha comendo pato havia três dias. No segundo serviço, quando após a sopa de pato, após os patos com azeitonas, após os patos com laranja, viu chegar um pato assado, ele se levantou, apanhou o chapéu, saiu sem dizer nada, mandou seu criado atrelar o cavalo ao cabriolé e foi procurar outro céu enfeitado com menos patos.

Perguntaram-lhe certo dia:

— O que faria, Montrond, se tivesse uma renda de quinhentos mil francos?

— Faria dívidas — respondeu sem hesitar.

Marie Cappelle estava de férias na casa do avô, que a adorava e a mimava tanto quanto possível. Ali, ela era totalmente feliz; sem mais lições de gramática, sem mais escalas, colcheias e semicolcheias; e sim cambalhotas nos montes de feno, passeios montada nas ovelhas maiores, embalos nos balanços e proibição absoluta de a fazerem chorar, pois sua saúde era muito delicada.

E realmente, apesar de todo o exercício que fazia, Marie Cappelle continuava magra e amarela.

Quando entrei, o avô lhe perguntou se ela me conhecia.

— Sim — respondeu, olhando-me com seus olhos duros e penetrantes —, este é o senhor que me pediu em casamento na festa de Corcy.

— E que veio saber se você está pronta para se casar com ele, Marie.

— Não se casam crianças de minha idade; minha tia de Martens se casou aos dezessete, e minha tia Garat, aos quinze. E elas eram bonitas; eu, como não sou bonita...

— Como assim, não é bonita?...

— Ah! Isso eu sei bem, graças a Deus, repetiram-me bastante; aliás, não gosto de homens.

— Como assim, não gosta de homens?...

— Não, com exceção de meu pai Cappelle e de meu avô Jacques.

Fiquei três dias em Villers-Hélon, durante os quais consegui conquistar Marie; mas o que me ajudou a trilhar o caminho mais rápido em seu espírito foi um esquilinho, do tamanho de dois camundongos, que peguei no parque e para o qual confeccionei uma magnífica corrente com fio de latão.

Na manhã do terceiro dia, porém, ela veio me procurar.

— Olhe — disse ela —, essa é a corrente do Coco!

— E o Coco, onde está? — perguntei.

— Eu o soltei.

— Por quê?

— Para ele poder viver.

— Mas ele viveria muito bem com a corrente no pescoço: ele já estava domesticado.

— Ele só fazia de conta; prova disso é que, assim que o soltei, ele fugiu, e, por mais que eu chamasse: "Coco, Coco, Coco", ele não voltou. Eu, se me pusessem uma corrente no pescoço, morria.

Durante aqueles três dias, o sr. Collard, tal como fizera com o sr. de Montrond, fez-me visitar suas ovelhas, seus apriscos e, embora limitasse a isso sua exibição, eu poderia ter ficado quinze dias, um mês até, em Villers-Hélon sem precisar de nada para me distrair.

A propósito, ia esquecendo que, uma vez que o sr. de Montrond se fora, o restante dos patos foi distribuído entre os camponeses de Villers-Hélon, e por um ano não tornou a aparecer nenhum à mesa do sr. Collard.

6

À medida que Marie Cappelle ia crescendo, seu caráter se tornava cada vez mais indócil e indisciplinado, e aquela espécie de frieza da mãe para com ela ia aumentando.

Eis como ela explica a si mesma:

"Encerrada num desses apartamentos de Paris, tão bonitos, mas tão pequenos, condenada a estudar gramática, história e geografia, só de quando em quando indo às Tulherias, e nunca com alguma liberdade de ação e movimento, tornei-me triste, entediada e, acima de tudo, entediante. Não conseguia dar o menor salto sem derrubar alguma coisa e sem que o fato se espalhasse; se eu cantava, dançava, abalava a casa toda; a todo instante era tirada da sala por alguma visita. Antonine era de uma doçura angelical e não sabia partilhar minhas brincadeiras. Por fim, eu tinha um velho professor de piano que me sobrecarregava com bemóis, sustenidos, e não me deixava tocar a menor melodiazinha no lugar dos exercícios" [p. 15].

Certo dia, o marechal Macdonald, velho amigo da família, foi visitar a sra. Cappelle, e esta queixou-se da indocilidade de Marie. O velho soldado imediatamente sugeriu um heróico remédio: colocar a pequena rebelde em Saint-Denis, encarregando-se ele de conseguir seu ingresso.

A sra. Cappelle aceitou. O complô se fez à revelia daquela que seria a vítima, e, certa manhã, a pretexto de um passeio, sua mãe mandou-a entrar no carro; tomaram a estrada de Saint-Denis; o carro entrou no pátio da casa real, que se fechou a sua passagem, e a sra. Cappelle apresentou a pequena Marie à sra. Bourgoing, superintendente da casa, que fora previamente avisada pelo marechal Macdonald.

A sra. Bourgoing voltou-se para a nova interna e disse-lhe, no tom mais amável que conseguiu:

— Senhorita, está destinada a ficar comigo, e tenho agora mais uma filha.

Contudo, em vez de responder a essas palavras, Marie refugiou-se no vão de uma janela, de onde, imóvel e aterrorizada, ouviu a mãe fazer para a superintendente a análise de seus defeitos; a lista era comprida; a sra. Cappelle não poupou o orgulho da menina, a qual, por sua vez, prometeu a si mesma lutar com todas as forças contra o ato arbitrário de que se julgava vítima.

Umas poucas palavras gentis da mãe teriam lhe levado às lágrimas e, seguramente, depois das lágrimas, a dobrar sua vontade; mas a desgraça de Marie Cappelle era nunca ser compreendida, nem apreciada, por aqueles que conviviam com ela. Seu orgulho era demasiado grande, talvez maior que seus méritos. Por causa dele perdeu-se, tal como Satã.

Sua mãe saiu com um pretexto qualquer e resolveu ir embora sem se despedir. Marie entendeu como despreocupação materna o que não passava, por parte da baronesa, do desejo de escapar a uma cena dolorosa, em que não estava segura de não se deixar vencer pelas lágrimas da menina. Marie se julgou abandonada por ela.

Uma senhora da casa veio buscá-la no vão da janela, onde se deixara ficar e afogava o coração em lágrimas que sua vontade onipotente impedia seus olhos de derramar, e levou-a até a rouparia.

Lá, como se faz com os criminosos e com as religiosas, despiram-na do vestidinho de musselina bordada, do chapéu de cetim, das meias rendadas, dos sapatos de couro avermelhado e puseram-lhe um comprido vestido preto sem decote, uma espécie de coifa, longas meias pretas e sapatos de vitelo.

Quando a menina se viu no espelho com o novo traje, sua coragem fraquejou, seu orgulho se dobrou; caiu em prantos, gritando:

— Minha mãe! Minha mãe! Minha mãe!

A sra. Cappelle abriu a porta, a pequena Marie estava prestes a se atirar em seus braços; sua postura, que a sra. Cappelle se esforçava por manter severa, impediu-a. Abraçou a filha, deixou escapar uma lágrima que deveria lhe ter mostrado, mas tentou esconder, disse-lhe adeus e partiu.

Marie se jogou, soluçando, sobre a cama que seria a sua, mordendo os lençóis para abafar os gritos e se julgando a menina mais infeliz e abandonada do mundo.

A partir daquele momento, entre a pequena Marie e a mãe, em vez de uma barreira, passou a existir um fosso; esses fossos se convertem facilmente em abismos.

Marie Cappelle traçou um quadro curioso de seu primeiro dia em Saint-Denis.

Aquele primeiro dia em Saint-Denis e o primeiro dia em Glandier precisam ser colocados, cada qual em seu lugar, sob os olhos do leitor, para que ele possa compreender o fel que, em duas ocasiões diferentes, extravasou no coração da menina e no coração da mulher.

"Meu primeiro dia no internato foi um contraste tão impressionante com minha vida de independência e liberdade que ficou gravado em meu espírito com letras dolorosas. Eu ainda dormia quando o sinal despertou nosso grande dormitório de duzentas meninas. Meus olhos abriram-se, espantados, e senti uma primeira dor com meu primeiro pensamento.

Depois de passar um pente no cabelo, as alunas entravam de vinte em vinte num quarto de banho provido de torneiras e uma ampla bacia de cobre. A água era gelada, e acabávamos de sair de uma cama muito quente; a maioria daquelas mocinhas não molhou nem sequer o dedinho e, quando me viram toda azul debaixo da água fria, sorriram e escarneceram de meu fanatismo por limpeza.

Após enfiar nossos tristes vestidos, fomos para a missa e as orações. Já não eram algumas palavras para Deus, pedindo um bom comportamento para si mesma e saúde aos seus; era uma oração comprida, lida num livro grande. O papa, os reis, os bispos, os diáconos, os arquidiáconos, as ordens todas tinham cada qual sua oração. As meninas pequenas terminavam seu sono ajoelhadas; as maiores repassavam as lições, às vezes até terminavam um romance emprestado às escondidas, durante aquela hora de igreja. Depois, ficávamos em fila para ir comer uma sopa ruim no refeitório e dali nos deixavam nos claustros até a hora das aulas.

Tínhamos de estudar as lições, mas as amigas se reuniam e conversavam, rindo, por trás do livro. Todas me olhavam com a tola curiosidade das internas. A filha do valente general Daumesnil, que eu conhecera em casa de meu avô e se chamava Marie, como eu, apresentou-me a várias alunas e ingressei, naquele momento, para o partido das napoleonistas ferrenhas.

Na hora das lições, fui interrogada. Tendo estudado quase sozinha, percorrera meus livros e sabia um pouco de tudo sem nada saber perfeitamente. Era grande a dificuldade em me classificar; por fim, consegui que me deixassem ficar na classe de Marie, prometendo repassar todas as outras aulas, além de minhas lições. Eu tinha uma facilidade que tornava essa tarefa bastante tranqüila.

Visto que eu chorava em vez de aproveitar a licença para não fazer nada, concedida em meu primeiro dia, propuseram-me estudar um pouco de piano para me distrair. Pensei que fosse ficar surda ao entrar numa sala com cinqüenta pianos, todos tocando ao mesmo tempo e criando uma harmonia infernal de escalas, sonatas, valsas, exercícios, romances, cadências em todos os graus de intensidade, e todos os tipos de música se misturando, se esbarrando, se desafinando. Sentei-me a um piano; mas as teclas permaneceram mudas e foram apenas molhadas por minhas lágrimas.

Às duas horas, tocavam para o almoço e, após o almoço, um longo recreio tinha lugar no jardim. Marie, um tanto chateada com minha incurável tristeza, abandonou-me num banco, e eu me pus a refletir sobre minha escravidão, a chorar por meu pai, por Antonine, por minha mãe e por minha criada Ursule.

Uma aluna, passando por ali, disse em alto tom:

— Oh! Que boba chorona!

Aquelas palavras me despertaram; enxuguei as lágrimas e perguntei se ela não tinha chorado também ao deixar seu pai.

— Ah! Se não está contente, vá me delatar, pequena — disse ela, rindo.

— Delatar! Que boba e má você é.

— O que você disse? — retrucou ela, num tom malicioso.

— Algo que não deve ser nenhuma novidade para quem já a conhece.

Aquela aluna era uma monarquista hipócrita e detestada; acharam minha resposta altiva, pouco paciente, muito adequada.

Ganhei uma inimiga e dez amigas. Voltamos aos estudos; fui chamada à sala da superintendente, que me fez admiráveis advertências e me pregou a submissão, na qualidade de pessoa informada sobre minha tendência a um defeito ou qualidade contrária.

Às oito horas, jantar; outra oração interminável e depois deitar. Havia um pequeno comitê imperial em uma cama do dormitório; fui aceita; ganhei com isso um bom resfriado e um castigo para o dia seguinte." [pp. 16-18]

Uma infecção estomacal, grave o suficiente para que a medicina interviesse e receitasse um mês de férias, arrancou, ao menos momentaneamente, Marie Cappelle àquela vida contra a qual ela reagia mais e mais a cada dia em vez de se dobrar. A sra. Garat veio buscá-la e levou-a para sua casa; era, de suas duas tias, a que Marie mais amava; o que não queria dizer muito: o orgulho de Marie a tornava invejosa, e seu orgulho ficava duplamente ferido na casa da sra. Garat, linda e rica, enquanto ela era pobre e antes feia que bonita.

E, no entanto, à medida que crescia, essa feiúra se tornava discutível, tão animada era sua fisionomia, tão expressivos eram seus olhos.

Basta lembrar as paixões que ela despertou mais tarde, no banco dos réus!

Foi durante aquele mês de convalescença que Marie lançou seu primeiro olhar sobre a sociedade; o elegante coronel Brack, que foi por muito tempo amante da srta. Mars, levou-a em visita àquela eminente artista, que ela pôde assim ver em sua própria casa antes de vê-la no teatro; levou-a depois a um baile infantil oferecido pelo duque de Orléans; e levou-a à casa do sr. Cuvier, cuja filha lhe mostrou todos os lindos animais de seu jardim.

Seu espírito cáustico não pode se furtar ao prazer do epigrama quando ela relata esse baile, para o qual o coronel lhe mandara fazer um traje da Victorine do *Filósofo à revelia*[1].

"Chegamos", diz ela, "no exato momento em que a duquesa de Berry abria o baile com uma quadrilha; ela usava um vestido de crepe branco enfeitado com plumas cor-de-rosa e brancas, uma guirlanda das mesmas plumas nos cabelos; seu traje era mais bonito que seu rosto. Em seguida, vi *Mademoiselle*, a grande *Mademoiselle*[2], que me causou a impressão de uma princesa pedante. Vi igualmente todas as graciosas princesas de Orléans[3] e dancei um galope com o sr. duque de Nemours. Monsenhor estava sempre fora de compasso, esmagava-me os pés, deixava-se arrastar, e senti-me tão cansada quanto enaltecida com a insigne homenagem" [p. 23].

Levaram a pobre Marie de volta a Saint-Denis, apesar dos rogos, apesar das lágrimas; mas, naquele dia detestado, repleta das visões que acabava de ter da sociedade, seu pobre cérebro não agüentou. Foi acometida de uma febre cerebral, complicada por uma pneumonia. Passados três dias, já não esperavam salvá-la: escreveram ao barão Cappelle; foi a sra. Cappelle quem acorreu. Encontrou a menina tomada por violentíssimo delírio. Repetia sem cessar: "Minha mãe, minha mãe, minha mãe, estou morren-

---

[1] *Philosophe sans le savoir*, comédia em cinco atos de Michel Sedaine criada na Comédie-Française em 1765, primeiro entre os "dramas burgueses"; Victorine, filha de Antoine, intendente da família Vanderk, é irmã de leite do jovem Vanderk, que se bate em duelo no dia do casamento da filha da casa.
[2] *Grande Mademoiselle*: *Louise* Marie-Thérèse de Bourbon, filha de Charles Ferdinand, duque de Berry, e Marie-Caroline de Nápoles, tinha então oito anos.
[3] Graciosas princesas de Orléans: Marie Thérèse Caroline Isabelle *Louise* (Palermo, 1812 – Ostende, 1850) tornou-se rainha dos belgas ao desposar Leopoldo I; *Marie* Christine Caroline Adélaïde Françoise Léopoldine (Palermo, 1813 – Pisa, 1839), futura duquesa de Wurtemberg; Marie *Clémentine* Caroline Léopoldine Clotilde (Paris, 1817-1907), futura princesa de Saxe-Cobourg-Gotha.

do porque a senhora me afastou; estou morrendo de sua indiferença; estou morrendo do esquecimento de meu pai!".

Marie estava tão mal que não puderam transportá-la. Foi preciso esperar uma estiagem, como se diz na linguagem da marinha. Ao primeiro momento de lucidez, a mãe se apresentou, deu-lhe a palavra de que, tirada de Saint-Denis ao primeiro sinal de saúde, seria devolvida a uma vida de afeto e liberdade.

Aquela promessa fez mais do que todos os médicos e todos os medicamentos, e quinze dias depois ela se achava em seu querido Villers-Hélon.

7

"Meu Deus! Que dor mais profunda para uma primeira dor! Por que me tirar, tão menina ainda, minha força e meu guia, enquanto ainda preparava em minha vida tão árduos caminhos; acaso temia que com ele o mundo me fosse demasiado suave? Colocou-o no céu para que eu elevasse até ele minhas idéias e esperanças? Ó Senhor, não hei de sondar o abismo de Seus desígnios; mas, por piedade, se eu não enfraquecer sob o fardo de minha cruz, devolva-me meu pai em Sua eternidade." [p. 33]

É esse o grito de dor que lança Marie, depois de contar a morte do pai, o qual, ferido na caça, morre ao segundo dia a seu ferimento[1].

Esse grito vem do mais fundo de suas entranhas: seu pai era a única criatura que, perfeitamente boa e perfeitamente justa para com ela, era perfeitamente amada por ela.

Ela tinha também seu avô Jacques; mas seu avô Jacques, coração profundamente banal, amava-a um pouco como amava a

---

[1] O barão Cappelle morre em 10 de novembro de 1828.

todo mundo. O barão Cappelle era para a pequena Marie não apenas um pai, mas um amigo, um companheiro de jogos, um professor com lábios ricos de beijos que a instruía brincando. Ele fizera dela um ser andrógino, somando a todos os coquetismos de mulher que ela tinha da mãe, da avó e das tias os exercícios de um rapaz: ele é quem lhe ensinara a lidar com armas, a atirar com pistola, a caçar; ele é quem fizera dela a selvagem amazona que gostava de se perder à noite nas charnecas, no meio das árvores grandes, entre os rochedos, lançando o cavalo na direção da tempestade e empinando-o ao som do trovão e diante dos relâmpagos; se tivesse vivido mais, ele é quem teria tornado de ferro aquele corpinho frágil, para que o cansaço, a intempérie das estações, a doença não tivessem presa sobre ele; mas também ele é quem teria depurado aquela alma turva e, quando ela oscilasse entre o bem e o mal, a teria incentivado para o lado do bem. Ao perder o pai, ela perdia tudo, pois perdia a pedra de toque na qual avaliava suas boas e más inclinações.

Se o pai tivesse vivido mais, quem é capaz de dizer o que teria produzido aquela estranha organização? Uma poetisa, talvez. Verão mais tarde que felizes disposições havia nela, capazes de transformá-la numa escritora em que os impulsos do coração se mesclariam à magia do estilo; talvez uma simples e boa mãe de família, de virtudes doces e serenas, iluminada por um raio de poesia. Falecendo o pai, sentiu que estava tudo acabado para ela e que não realizaria nenhum dos desejos que vira passar a sua frente, resplandecentes, nos sonhos de sua ambiciosa imaginação.

"Após minha desgraça, diz ela, meus pensamentos são uma noite escura, e tudo, na natureza e em mim mesma, apresentou-me a imagem da morte!" [p. 33]

A devastação causada por essa catástrofe foi menor no coração da viúva do que no coração da órfã.

Algum tempo depois da morte do pai, antes mesmo que o ano de luto terminasse, entre as visitas que a viúva recebia, Marie reparou num rapaz bonito, elegante, agradável, de espírito cavalheiresco, que parecia, pelo modo de expressar seu pensamento, ou por seu próprio pensamento, um homem de outro mundo, ou pelo menos de outra idade que não a nossa.

Chamava-se sr. Coehorn.

Veio de início uma vez, depois duas vezes por semana e, finalmente, uma vez por dia.

Esse rapaz mimava muito Antonine, ele a adorava; porém, agitada por vago pressentimento, Marie Cappelle manteve para com ele uma frieza constante; era com aperto no coração, que ela não dominava, que o via se adiantar para sua mãe, aproximar sua cadeira da dela, tirar-lhe a tapeçaria das mãos, juntar o leque ou as luvas que ela deixava cair e, por fim, oferecer-lhe o braço à noite, ao ir da sala para o cômodo em que tomavam o chá; embora refletindo que o sr. Coehorn estava cortejando a jovem viúva, nada ainda a convencera de que esta última o amasse.

Marie Cappelle dormia às vezes num sofá no quarto da mãe; certa noite, não conseguindo pegar no sono, escutou-a sonhar em voz alta e, em sonhos, dizer estas duas palavras significativas:

— Querido Eugène!

Agora, sim, estava mesmo órfã; a morte lhe tirara o pai, um segundo casamento iria tirar-lhe a mãe.

Se as pessoas que morrem levam consigo alguma coisa dos vivos que lhes são caros, os vivos, por seu lado, guardam alguma coisa dos mortos, e essa alguma coisa vive dentro delas: *o que vivia*, dentro de Marie Cappelle, do pai que ela tanto amara revoltava-se com aquela infidelidade, no entanto tão natural, de uma jovem mulher em relação a um túmulo — a sra. Cappelle tinha apenas trinta e dois anos e não queria vestir de luto os oito ou dez anos de juventude e beleza que ainda lhe restavam.

Marie Cappelle encerrou aquela nova tristeza no coração.

Ela mesma explica, como sempre com muita clareza, sua situação:

"O casamento de minha mãe estava próximo", disse ela; "já não era mais nenhum mistério, mas comentava-se baixinho; um mal-estar geral sempre acompanhava aquele assunto nas conversas, durante as quais meu avô chamava a minha irmã e a mim para junto de sua poltrona, pegava nossas cabeças entre as mãos, brincava com nossos cabelos e parecia deter, com uma barreira de ternos carinhos, as palavras que deviam nos entristecer. Aquele casamento era censurado de modo geral, e eu me sentia ferida na religião mais cara do coração à vista e à expressão do novo afeto de minha mãe; eu sofria com a reprovação velada da sociedade que pesava sobre ela; eu fingia um ar feliz, indiferente; manifestava uma vívida simpatia pelo sr. de Coehorn, mas depois sentia remorsos, pedia perdão a meu pobre e amado pai, e aquela luta contínua estava se tornando um suplício insuportável.

O dia do casamento foi triste[2]; foi preciso estar presente, sem que nenhuma lágrima ousasse escorrer de nosso coração até a pálpebra, deixar de lado o luto no exato momento em que nos tornávamos órfãs; era preciso sorrir àquela consagração do esquecimento, sorrir ao abdicar de uma parte do coração de nossa mãe, para que ali reinasse um estranho. O sr. de Coehorn era protestante; a cerimônia teve lugar na sala; a mesa de costura transformou-se em altar; um senhor de roupa preta fez um sermão friamente erudito e deu em seguida uma simples bênção. Posso confessar? Fiquei feliz com aquela cerimônia mesquinha,

---

[2] Dia 24 de novembro de 1829.

feliz que minha querida igreja de Villers-Hélon não fosse enfeitada, que as velas do altar ficassem sem chamas, e o incensório, sem incenso; fiquei feliz que a grande cruz, os anjos, a Virgem, o tabernáculo não fossem despojados do lençol da semana para bendizer aquele esquecimento de meu pai.

Ao ficar a sós no quarto, peguei o retrato de meu saudoso querido, cobri-o de beijos, prometi amá-lo tanto no céu como na terra. Depois daquele dia, nunca mais pronunciei seu santo nome diante de minha mãe; enterrei meu tesouro nos abismos mais secretos do pensamento; só permiti que vagasse em meus lábios quando encontrava irmãos de armas ou soldados daquele amado pai e partilhava com eles lembranças e saudades" [pp. 40-41].

Eu disse que Marie Cappelle, se bem encaminhada, poderia ter se tornado uma escritora notável, *uma escritora de expressão*. Tenho a impressão de que os três parágrafos que acabo de citar o provam incontestavelmente.

O sr. de Coehorn possuía um pequeno castelo, talvez mais bonito que Villers-Hélon, mas que não era, para Marie Cappelle, Villers-Hélon. Villers-Hélon encerrava todas as suas recordações: lá é que morrera a avó, lá é que ela nascera, lá é que ela vivera sob duas asas, das quais uma fora quebrada e a outra dobrara-se sobre si mesma; para a pobre órfã, Versalhes não tinha o valor de Villers-Hélon. E ela teve de trocar Villers-Hélon por Ittenwiller.

Tanto era aquele o ninho da família que a sra. Cappelle, grávida, quis ter o parto lá.

Foi uma alegria, para Marie Cappelle, aquele retorno. A alegria terá sido um contrapeso para a dor que ela sentiu com o nascimento de mais uma irmã? Marie Cappelle não fala em sua dor; mas é evidente que aquela prova viva da infidelidade da mãe ao primeiro marido deve ter despertado em seu coração, com o sentimento de amor que Marie Cappelle acaba de nos expressar pelo pai, um ciúme cruel, e no entanto, nos braços do avô, à sombra dos encantadores maciços onde ela leria a *História de Charles XII* e a *História dos flibusteiros*[3], sua alegria voltava, e é com a desenvoltura e a alegria da sra. de Girardin em seus melhores dias que ela traça o retrato de alguns dos vizinhos, ou seja, dos habitantes ou moradores dos castelos das cercanias de Villers-Hélon.

"Mais adiante na floresta", diz ela, "Montgobert, que pertencera ao general Leclerc, depois à princesa de Eckmuhl e, finalmente, à sra. de Cambacérès, que traz em seu lindo rosto a prova do parentesco com a família Borghese[4]; Valsery, encantadora propriedade de um velho amigo de meu avô; Saint-Rémy, do sr. Deviolaine, conservador das florestas, pai de um ramalhete de meninas e de um só menino; por fim, Corcy, pequeno e original castelo de espírito tão bizarro quanto o espírito de sua castelã, a sra. de Montbreton, filha de um farinheiro de Beauvais, mulher de um certo sr. Marquet, cujo pai fora, ouvi dizer, camareiro, mas quero escrever, educadamente, intendente de algum grande fidalgo. Foi posta na prisão durante o Terror e, fundando sua nobreza nessa perseguição, quis ser não apenas uma pobre, mas também uma nobre vítima.

A fim de enfeitar o nome de Montbreton, tomado ou achado sei lá onde, ela comprou, sob o Império, com seu belo dinheiro enfarinhado, o título de condessa e, mais tarde, obteve para

---

[3] *Histoire de Charles XII*, primeira obra histórica de Voltaire (1731); *Histoire des flibustiers*: a sra. Lafarge escreveu: "Entre os viajantes, Fernando Cortez, Pizarro, os flibusteiros e piratas vinham às vezes em meus sonhos", em *Mémoires de Marie Cappelle, veuve Lafarge*, cap. VIII, p. 43.
[4] Confusão da sra. Lafarge entre os dois maridos de Pauline Bonaparte; com efeito, se a condessa de Cambacérès, nascida Adèle Napoléone Davout d'Auerstaedt, era sobrinha de seu primeiro marido, o general Leclerc, ela não possuía nenhum laço de família com seu segundo marido, o príncipe Camille Borghese.

o marido a colocação de escudeiro-mor da princesa Borghese. Com o retorno dos Bourbon, imiscuiu-se nas fileiras monarquistas, tornou-se uma grande senhora, teve damas de companhia com ascendência nobre atestada, exigiu antepassados para seus cachorrinhos e brigou com meu avô, cuja plebeidade e opiniões liberais eram-lhe insuportáveis. Quando da revolução de 1830, fugiu de Paris e, recobrando pela onipotência do medo a lembrança do velho amigo Collard, veio colocar-se sob sua proteção. Eu ouvira muito falar sobre ela: fazia empalidecer os mais exagerados biógrafos.

A primeira vez em que estive em Corcy, ela estava encerrada numa saleta acolchoada, da qual não se podia ouvir o sino da aldeia tocando pelos mortos. Ao fim de uma hora ela apareceu, com um frasco sob o nariz, um defumador de cloro na mão, perguntando antes de entrar se eu gozava de boa saúde, se fazia tempo que eu tinha tido sarampo, enfim, se não havia alguma doença epidêmica em Villers-Hélon. Satisfeita com os motivos apresentados, transpôs a soleira da porta, aproximou-se aspergindo-me ligeiramente com vinagre-dos-quatro-ladrões* e acabou dando-me um beijo na testa. Disseram-lhe que eu era musicista; ela mandou que me instalassem ao piano, pediu que eu tocasse um galope e, precipitando-se para o filho, forçou-o a dançar com ela.

— Minha mãe, minha mãe, minha mãe, a senhora está me matando — gritava Jules, sem fôlego, tentando detê-la.

— Mais! Mais! — ela retrucava, arrastando-o. É excelente para a saúde.

---

* *Vinaigre-des-quatre-voleurs*: preparo caseiro tradicional composto de vinagre de maçã, plantas medicinais e especiarias. Reza a lenda que, durante uma epidemia de peste em Toulouse que dizimou a população (1631), quatro ladrões que saqueavam os cadáveres foram poupados, segundo eles, por ingerirem esse preparado. (N. de T.)

— Mas, minha mãe — gemia Jules —, estou caindo de cansado; a senhora vai me deixar sem ar.

— Ora, vamos! Preciso fazer minha digestão.

E quando Jules parou, ofegante e meio morto, ela jogou-se sobre um sofá e disse para meu avô:

— Veja, meu caro Collard, como sou infeliz! Meus filhos são uns desnaturados; recusam-se a dançar um galope para devolver a saúde à mãe deles... Ah! Pobrezinha de mim!

A sra. de Montbreton passava a vida nas estradas, saía de Paris assim que deparava com dois doentes em sua rua, voltava para Corcy, de onde fugia se uma mulher aparecesse com febre. Ela só existia para preservar-se da morte, tinha pavor dos doentes e dos infelizes e deixava de ver os amigos assim que ficavam de luto.

Depois da peste, o que a sra. de Montbreton mais temia era seu marido, uma pessoinha rechonchuda, inofensiva, a quem ela pagava uma pensão para que ele nunca estivesse em seu caminho. Eram inúmeras suas manias; em Paris, ela só comia pão sovado de Villers-Cotterêts; em Corcy, mandava vir água de Paris, pois só aceitava beber água do Sena, dizendo que a da região continha um cimento que edificava uma série de pequenos monumentos em seu estômago. Certo dia, um de seus dentes, frouxo, por pouco não a sufocou ao se soltar; no dia seguinte, mandou arrancar todos!"

A sra. de Montbreton tinha dois filhos. Jules, que já vimos, filho desnaturado, recusando-se a dançar com a mãe, e Eugène, que se casara com a srta. de Nicolaï.

Marie Cappelle os apresenta em conjunto, dizendo que os srs. de Montbreton possuíam "muita alegria e animação, uma ignorância bem mais irrecusável que seu brasão e o talento de dizer, melhor que ninguém, as mais recentes e enormes bobagens".

E, em separado, diz:

"Afirmam que, quando Jocko, o ilustre macaco, estava na moda[5], Eugène de Montbreton fez-se seu imitador e tamanho sucesso obteve nos nobres salões do Faubourg Saint-Germain que a duquesa de Berry, com a qual se comentou o fato, expressou o desejo de usufruir de seu talento. O sr. Eugène de Montbreton teve a honra de ser convidado a fazer o macaco nos pequenos apartamentos das Tulherias, e a graciosa princesa recompensou-o remetendo-lhe a legião de honra".

"O sr. de Montbreton julgava a história de Fernando Cortez, adaptada para a ópera, muito mal *inventada* e achava que o grande Homero tinha nascido em La Ferté-Milon."[6] [p. 48]

Se a pena foi feita não apenas para escrever, mas também para pintar, não conheço melhor esboço do que esse da sra. Montbreton e seus dois filhos.

Contudo, não os tendo conhecido, não garanto a parecença; ou melhor, estou disposto a acreditar que a imaginação zombeteira de Marie é que fez a maior parte.

---

[5] *Jocko, ou le Singe* [*Jocko, ou o Macaco*], drama em dois atos de grande espetáculo, de autoria dos srs. Gabriel e Edmond, combinava música, danças e pantomima e foi representado pela primeira vez na Porte-Saint-Martin, em 16 de março de 1825.

[6] *Fernand Cortez, ou la Conquête du Mexique*, ópera em três atos [letra de Etienne de Jouy e Esmenard, música de Spontini], representado pela primeira vez em Paris, na Academia Imperial de Música, em 28 de novembro de 1809.

8

Enquanto isso, a Revolução de Julho se cumpria. Marie Cappelle, que nunca tivera a idéia de se preocupar com política, tornou-se fanática ao ler os relatos feitos pelos jornais. Sua família, surpresa com tal entusiasmo, não tardou a partilhá-lo ao perceber que a revolução se fizera em benefício de Luís Filipe.

Foi num dos bailes oferecidos pelo sr. Laffitte por essa época que encontrei Louise Collard, agora sra. Garat.

Fazia doze anos que não a via. A jovem encantadora tornara-se uma adorável mulher de vinte e seis anos, em todo o esplendor de sua beleza e, principalmente, de um frescor que não permite à língua nenhum termo de comparação.

Ao passar de um salão para outro, reconheci-a quando menos esperava vê-la. Dei um grito de alegria e precipitei-me; porém, ao chegar diante dela, detive-me, sem saber como falar-lhe. Diria: "A senhora", diria: "Você", diria: "Senhora Garat", diria: "Louise"? Ruborizei, balbuciei, me vi bem próximo do ridículo, quando ela me livrou do embaraço dizendo: "Ah! É você, Dumas? Fico feliz em revê-lo".

Com o dique rompendo-se por seu lado, minha alegria rebentou sem constrangimento. Se eu estivesse condenado a tratar por *senhora* aquela excelente amiga da infância, reencontrá-la me deixaria mais triste que feliz.

Graças a Deus, não foi assim. Louise tomou-me o braço, declarou que estava precisando descansar e refez o escalonamento de suas quadrilhas e valsas. Pusemo-nos a conversar sobre Villers-Cotterêts, Villers-Hélon, sobre a sra. Collard, sobre minha mãe, sobre o susto que me dera a sra. de Genlis, sobre o parque, sobre os ninhos que descobríamos, sobre toda a nossa infância, enfim, que como um rio muito tempo parado retomava o curso interrompido e se punha a correr através de nossa juventude toda empurpurada pelos clarões da aurora e pelos raios da manhã.

Eu tinha vinte e oito anos, e ela, vinte e seis; ela estava em todo o esplendor de sua beleza; eu estava no amanhecer de minha reputação. Acabava de compor *Henrique III, Christine, Antony*[1]; ela acabava de aplaudi-las. Nós nos amávamos com a pura e santa amizade da juventude, que possui a limpidez e a riqueza do diamante; e emanava de nós uma nuvem de felicidade que nos isolava do resto do mundo, levando-nos para longe dele e, principalmente, acima dele.

Não podíamos ficar eternamente nos braços um do outro.

Tivemos de descer dos cumes floridos em que reina a eterna primavera dos dezesseis primeiros anos da vida; voltamos, aos poucos e a contragosto, para a vida real; e nos achamos, enfim, em meio às mais belas mulheres e aos homens mais ilustres de Paris.

---

[1] Esses três dramas (*Henri III et sa cour*, drama em cinco atos, Théâtre-Français, 10 de fevereiro de 1829; *Christine, ou Stockholm, Fontainebleau et Rome*, Odéon, 3 de março de 1830, e *Antony*, drama em cinco atos, Porte-Saint-Martin, 3 de maio de 1831) incluíram Dumas entre os líderes da nova escola romântica.

Durante uma hora, Louise esquecera-se de tudo, até de seus triunfos; eu me esquecera de tudo, até de minhas ambições.

— Vamos nos ver mais amiúde — disse ela, soltando meu braço para ir reocupar o lugar que tinha deixado.

— Não — disse eu, segurando o braço dela ainda mais um instante —, vamos nos ver o menos possível, pelo contrário, cara Louise; esta noite se reproduziria em proporções enfraquecidas, que se apagariam aos poucos; de minha parte, prometo nunca esquecê-la.

Passaram-se trinta e seis anos desde aquela noite. Mantive minha palavra; ela se conservou tão fresca em minha memória como se, ao falar nela, eu dissesse ontem; mais fresca até, pois, se me perguntassem: "O que estava fazendo ontem?", é provável que respondesse: "Não sei".

Outra noite, uma só, deixou uma lembrança mais ou menos igual em meu espírito. Foi dezesseis anos depois — debaixo de outro céu e fora de todas as minhas próprias lembranças — durante um baile esplêndido que fora aberto por uma rainha. Uma moça, destinada pelos estranhos caprichos do acaso a tornar-se um dia uma das maiores damas do mundo, tomou o meu braço e, apesar dos convites que lhe fizeram príncipes então poderosos e ilustres, hoje esquecidos ou proscritos, passou a noite toda a meu lado, falando de coisas romanescas, como os *romanceros* do *Cid*; ela era a mais linda do baile, e, por conseguinte, fui um dos mais invejados. Em meio a sua extrema fortuna, terá ela conservado a memória daquela noite? Duvido; e se estas linhas caírem sob seus olhos ela provavelmente dirá: "De quem estará falando?".

Falo da senhora que há vinte anos, graças àquelas poucas horas que me concedeu, tem em mim um amigo e defensor, e me comprou por toda a vida com algumas graciosas palavras[2].

---

[2] Esse parágrafo é endereçado, evidentemente, a Eugénie de Montijo, que se tornou imperatriz dos franceses.

Voltemos a Marie Cappelle, que passa da infância para a adolescência e, recebendo permissão, graças a seus quinze anos, para ampliar o círculo de suas leituras, lê Walter Scott e faz de Diana Vernon[3] não apenas a companheira de seus sonhos e irmã de seus pensamentos, como também um modelo nobre e pitoresco pelo qual tratará de se pautar.

Permitam-nos traçar aqui mais um retrato segundo Marie Cappelle, o de uma tia de seu padrasto, a sra. de Fontanille.

"Era impossível ser mais indulgente e esquecer mais de si mesma em benefício dos outros do que ela fazia. Quando me permitiam passar a manhã junto dela, eu ficava muito feliz; seus olhos já não lhe autorizavam a leitura, eu punha os meus a seu dispor e, para me recompensar, ela me dizia suas encantadoras traduções de Schiller e de Goethe, e seus versos eram tão originais e perfeitos que pareciam transpostos mais que traduzidos."

"A sra. de Fontanille não tinha filhos, mas tinha um marido tão bom quanto ela era boa, e que lhe chegara na forma de um pequeno romance. O sr. de Fontanille tinha deixado a Gasconha para viver em Paris uma alegre vida de solteiro; apreciando todas as belas coisas deste mundo, adorava principalmente os pés bonitos; de modo que criara uma coleção de todas as pantufas mimosas que tinham merecido seu entusiasmo e sempre levava junto ao peito o sapatinho elegante e acetinado do amor mais recente. Tendo sido levado a Estrasburgo a negócios, lá encontrou num salão, repousando sobre a esfinge dourada de imensos morilhos góticos, um pé ligeiro, matreiro, gracioso, de uma admirável pureza de formas, não maior, não mais largo que um biscoito."

---

[3] Diana Vernon: heroína de *Rob Roy*, de Walter Scott (1818). Sobrinha de Hildebrand, tio de Francis Osbaldistone, em cuja casa se refugiara o rapaz, ela se apaixona por ele e o ajuda a desfazer as maquinações de Rahleigh.

"A um só tempo maravilhado e surpreso, o sr. de Fontanille pediu que o apresentassem à proprietária do delicioso pezinho. Vai vê-lo todo dia, apaixona-se, descobre que um sapateiro de província encarregado de calçá-lo está aquém de sua nobre missão, pode machucá-lo, feri-lo, desonrá-lo, causando-lhe um calo! Sua preocupação torna-se terrível, insuportável e, para salvar aquela pequena obra-prima, é necessário tornar-se seu senhor e mestre, torná-lo seu próprio Deus e oferecer-lhe nome, seu coração e sua mão; foi aceito. Desde o casamento, o sr. de Fontanille vai quase todos os anos a Paris, a fim de mandar fazer, sob seus próprios olhos, os sapatos da mulher." [pp. 53-4]

Breve, um novo luto veio afligir a família; Jeanne, a filhinha do sr. de Coehorn e da sra. Cappelle, em razão de um emagrecimento e de uma palidez cuja causa nenhum médico conhecia e nenhum remédio conseguia combater, foi morrendo e ao fim de seis meses apagou-se sem sofrimento, como essas lindas estrelas que brilham à noite no firmamento, empalidecem na aurora e já não encontramos de manhã.

A dor da sra. de Coehorn foi imensa. Esconderam o pequeno caixão da criança debaixo de uma roseira branca, não muito longe da casa. O sr. e a sra de Coehorn passavam todo o tempo ali; tiraram-nos de Ittenwiller e os levaram para Villers-Hélon, onde encontraram a sra. Garat e a sra. de Martens, que a saudade da terra trouxera de volta de Constantinopla.

Havia sete anos que a sra. de Martens deixara a família e a França. Voltava mais bonita e mais mulher do que nunca. Sua estada no Oriente trouxera-lhe certa languidez que aproximava mais ainda sua beleza da de sua mãe. Marie Cappelle, em suas memórias, faz um retrato ao qual reluto em acrescentar nem uma palavra sequer, por medo de estragá-lo.

"Eu fora educada", diz ela, "no amor de minha tia e numa firme crença em seu espírito; agora que eu podia colocar minha fé à prova da realidade e do raciocínio, ela se tornava cada dia mais intensa e mais íntegra; a sra. de Martens não é apenas uma mulher amável, espirituosa, é também todo-poderosa graças a uma atração e encantos infinitos; seu pensamento assume, para agradar, todas as formas, todos os charmes, todos os coquetismos. Em sociedade, sua profundidade fica encoberta, mas uma palavra não raro a desperta, e ecos desconhecidos lhe escapam! É um espírito cintilante como a mais bela opala; nele brilha a imaginação, e o coração tem seus fulgores" [p. 58].

Pela primeira vez desde os casamentos que as levaram para longe do ninho paterno, o sr. Collard via reunidas a sua volta suas filhas e netas, em meio às quais ele em vão procurava um perfil marcado e provocante de menino. A sra. de Martens trazia consigo duas filhas, Bertha e Antonine. A sra. Garat tinha uma filha, Gabrielle, me parece. Conhecemos Marie Cappelle e Antonine.

Villers-Hélon esteve muito ruidoso e muito elegante naquele ano. Villers-Cotterêts também sentiu o efeito, pois era em Villers-Cotterêts que os caçadores se reuniam e mantinham suas matilhas. Contavam-se entre eles o sobrinho do duque de Talleyrand, o duque de Valençay, os srs. de Laigle, o sr. de Vaublanc e os srs. de Montbreton, sobre o qual Marie Cappelle já conversou conosco.

A sra. de Coehorn deu à luz uma terceira filha em meio àquele alarido todo[4]. Era uma compensação que ela recebia da natureza, em troca da perda da pequenina Jeanne.

As primeiras nevascas fizeram fugir rumo a Paris todas aquelas elegantes andorinhas, as quais, ao partir, fizeram com que a sra. Coehorn prometesse visitá-las. A sra. de Coehorn cumpriu

---

[4] Elisabeth de Coehorn nasceu em 24 de dezembro de 1834.

sua palavra, para grande satisfação de Marie Cappelle, para quem Paris era o sonho dourado; Paris é o imenso escrínio em que a imaginação dos jovens encerra os tesouros que tanto desejam conhecer, é a cidade mágica em que cada qual há de encontrar o que procura, quer seja o amor, a fortuna ou a fama.

Marie só possuía ainda desejos muito vagos, mas uma imensa necessidade de se tornar uma mulher e, principalmente, de ser tratada como mulher. Ela conta que um dia, tendo o sr. Edmond de Coehorn, irmão do marido de sua mãe, beijado sua mão, sentiu-se tão feliz com aquela prova de que ele já não a tratava como a uma menina que exclamou: "Oh, obrigada!" [p. 52].

Ela foi ao teatro, era a grande época dos *Lucrèce Borgia*, dos *Antony*, dos *Marion Delorme*, dos *Chatterton*[5]; essas obras apaixonadas, demasiado apaixonadas talvez, revelaram-lhe o segredo dos longos devaneios e dos mal-estares que por vezes a acometiam. *Don Juan* e *Robert le Diable*, interpretados por Nourrit, pela sra. Damoreau e pela sra. Dorus[6]. "Pareceram-me cantos dignos do céu, talvez não do nosso céu cristão", diz ela, "mas do céu de Maomé, onde os eleitos do Profeta se embriagam de hidromel e harmonia e ardem aos olhos negros de suas divinas huris" [p. 61].

---

[5] *Antony*, drama em cinco atos, Porte-Saint-Martin, 3 de maio de 1831; *Marion Delorme*, drama em versos em cinco atos de Victor Hugo, Porte-Saint-Martin, 11 de agosto de 1831; *Lucrèce Borgia*, drama em prosa em três atos, Porte-Saint-Martin, 2 de fevereiro de 1833; *Chatterton*, drama em prosa em três atos de Alfred de Vigny, Comédie-Française, 12 de fevereiro de 1835.

[6] A primeira apresentação de *Don Juan*, ópera em cinco atos, traduzida pelos srs. Emile Deschamps e H. Castil-Blaze, música de Mozart, intermédio do sr. Coraly, realizou-se em 10 de março de 1832; Nourrit interpretava Don Juan, J. Dorus-Gras, Elvira, e L. Cinti-Damoreau, Zerline. *Robert le Diable*, ópera em cinco atos de Meyerbeer, com libreto de Scribe e Germain Delavigne, foi representada pela primeira vez na Opéra em 21 de novembro de 1831 e esteve igualmente em cartaz em 24 de março ou 7 de abril de 1832, por exemplo com Nourrit (Robert), J. Dorus-Gras (Alice) e L. Cinti-Damoreau (Isabelle).

Marie, aliás, é excelente para retratar a si mesma e, se suas memórias tivessem sido lançadas antes de seu processo, em vez de depois, não duvido que teriam suscitado uma indulgência maior em todos os espíritos inteligentes; não que tivessem trazido o centésimo de uma prova de que Marie não era culpada do envenenamento do marido ou do roubo dos diamantes, mas teriam explicado a estranha influência que podem ter sobre o moral determinadas indisposições físicas, demoradamente tratadas por Michelet no seu livro *A mulher*[7], e que provam que há momentos em que a mulher perde o livre-arbítrio e deixa de ser senhora de si mesma.

Eis o que diz Marie Cappelle:

"Tornei-me uma adulta [ela estava, de fato, com dezesseis ou dezessete anos nessa época] e me tratavam feito criança, encorajavam minha louca alegria e todos *os pequenos atos estranhos nos quais eu gastava a vida que borbulhava dentro de mim*. A cavalo, eu procurava, criava, afrontava mil perigos; nos passeios a pé, não resistia ao desejo de pular uma sebe, saltar sobre um riacho, sem outro objetivo que não o de protestar contra uma barreira ou obstáculo, e, embora me perdoassem aquela incrível e inteira liberdade de movimentos, não toleravam a menor independência nas minhas opiniões, feriam constantemente o amor-próprio de meu pensamento, a fim de comprimi-lo e apagá-lo.

Mas todos esses entraves eram inúteis. Se eu consentia em me acharem feia, revoltava-me contra a suposição de ser considerada boba; já que assim exigiam, eu me calava; mas escrevia, lia com ardor; acostumei minha inteligência a poetizar os mínimos detalhes da vida e preservava-a, com infinita solicitude, de todo

---
[7] *La femme*, de Jules Michelet (1859), em que o autor pretende tratar da vida física das mulheres, derrubando "a estúpida barreira que separava a literatura da liberdade das ciências".

contato vulgar ou trivial. Acrescentava a isso o equívoco de enfeitar a realidade, a fim de torná-la amável, e outro, ainda maior, de sentir antes o amor pelo belo que, talvez, o amor pelo bem, de cumprir mais facilmente o excesso do dever que os próprios deveres, e preferir, em tudo, o impossível ao possível" [p. 66].

Uma nova provação, aliás, aguardava a pobre Marie, que, até parecia, um gênio ruim queria entregar à fatalidade, desarmada de todos os seus defensores naturais. No momento em que ela acabava de adoecer, com um sarampo que começava com os mais alarmantes sintomas, sua mãe, por sua vez, caía de cama e, ao fim de três semanas em que sua própria vida esteve em perigo, soube, por imprudentes palavras trocadas entre o enfermeiro e o médico, que a mãe estava gravemente enferma.

Mais uma vez, é à própria Marie que devemos recorrer para que descreva fielmente suas angústias:

"Eu quis me levantar, correr até o quarto dela, clamar pelo meu direito de cuidá-la, mais foi impossível, meu mal era contagioso; quisera poder lhe dar minha vida, e minha presença teria trazido mais um perigo ao perigo que a ameaçava. Que dias aqueles, meu Deus!... Que preocupações!... Que angústias!... Questionei com igual ansiedade o ruído e o silêncio; ficava sentada o dia inteiro, e parte da noite, junto à porta cruel que me separava dela; o sr. de Coehorn e Antonine tentavam, em vão, enganar-me com palavras de esperança; havia lágrimas na voz deles, como havia lágrimas em meus pressentimentos; eu compreendia a verdade, encontrava-me num estado lamentável e sentia que estava enlouquecendo.

Finalmente, levaram-me para junto dela.

Pobre mãe! Estava horrivelmente pálida; seus lábios estavam azuis, sua cabeça inclinada no travesseiro; ela já não sofria, não sentia nossos beijos que queimavam suas pobres mãos; seu olhar fixo estava preso no sr. de Coehorn; ele parecia contar cada uma de suas lágrimas, colhê-las para constituir um tesouro na eternidade. Por um instante, ela voltou para nós, mandou que se aproximasse Antonine, manteve-a alguns minutos junto ao coração, depois passou devagar os dedos em meus cabelos, afastou-os da testa, sondou com um olhar angelical minha profunda dor e disse: 'Pobre menina, eu a amava!...'.

Cobri-a de beijos com alegria e angústia, meu coração, porém, rompendo-se em soluços; tive de soltar-me de seus braços e fui esconder-me atrás das cortinas!... Sua cabeça se inclinara sobre a cabeça de Eugène; ela falava-lhe com os olhos, com a alma, parecia tirar forças do desespero dele; nossos sofrimentos lhe doíam, o sofrimento dele a impedia de sofrer...

Várias horas transcorreram assim.

O dia principiava a surgir: súbito, Eugène deu um grito; ela nos deixara!..."[8] [pp. 67-8].

Continuemos. Tanto disseram que a pobre criatura não passava de um agregado de mentiras que não posso evitar repetir, com ela, esses gritos da dor que não se imitam.

"Após um dia inteiro passado nessa terrível ansiedade que desorganiza o pensamento e nos faz sofrer uma espécie de loucura interior, foi-me impossível dominar mais tempo uma idéia fixa que tinha se apoderado de mim e me perseguia; queria vê-la ainda uma última vez... Devagar, pus na cama Antonine, que adormecera de dor em meu colo, e penetrei sem ser vista no quarto da minha mãe!...

Meu Deus! Como compreendemos na morte Vosso poder!...

---

[8] A sra. de Coehorn morre em 8 de fevereiro de 1835.

Quando voltei a ver minha mãe, ela já estava tão santamente bela de imortalidade que minhas lágrimas secaram, caí de joelhos junto a sua cama como diante de uma santa. Eu tinha vindo rogar por ela; ao vê-la, roguei-lhe que rogasse por nós.

Minha mãe, dizia eu, perdoe-me; eu não a adorei o suficientemente em vida. Olhe meu coração, veja quanto ele sofreu; perdoe-me, minha pobre mãe, meu anjo da guarda!...

Quis cortar um cacho de seus cabelos, não tive coragem: ela me parecia inviolável e sagrada como as santas hóstias. Quis deixar um derradeiro beijo em sua fronte; aquele beijo gelou minha vida após ter gelado meus lábios.

Tiveram de me tirar para fora do quarto." [pp. 68-9]

Observação que fazemos hoje a respeito daquela pobre morta: um estudo anatômico mais ou menos igual ao que fizeram sobre o cadáver do sr. Lafarge.

Na metade desse estudo, dizemos:

"O coração era saudável, só o cérebro era doente".

É o que estamos tentando provar.

9

Morta a sra. Coehorn, a sra. Garat foi quem se encarregou de cuidar mais particularmente de Marie Cappelle.

É preciso dizer, porém, que a natureza se equivocara — não nos atreveríamos a dizer de alma, mas de imaginação — ao criar tia e sobrinha.

Louise, com seus encantos inexprimíveis, sua atmosfera de poesia, era, a um só tempo, a calma e a razão em pessoa.

Marie, mais feia que bonita, sem viço, sem encantos, possuía, ao contrário, todas as aspirações de uma heroína de romance.

Aos quinze anos, quando com sua posição social, sua esplêndida beleza e seus laços familiares principescos Louise podia exigir de um esposo a nobreza, a juventude e a elegância, casara-se com Paul Garat, ou seja, um enobrecido de véspera, com elevada posição financeira, é verdade, mas sem nenhum dos encantos com que uma jovem gosta de enfeitar os sonhos de amor.

Na mesma idade, porém órfã, sem nenhum dos brilhantes aspectos de sua tia, Marie, como se tivesse o direito de escolher outro esposo que não aquele que aceitasse se contentar com ela, construíra um ideal ao qual remetia todos os seus pensamentos e que transformava em testemunha de todos os seus atos.

Ela tinha a ambição de um marido fora de série, quer pela beleza, quer pela elegância, quer pelo berço, quer pelo talento; pouco importava-lhe a extraordinária qualidade com que seria dotado, desde que houvesse alguma. Nesse caso, na falta de amor, teria amado seu marido por orgulho.

"Eu tentava", diz ela, "mas sempre em vão, curvar-me sob o manto de chumbo jogado pela sociedade nos ombros daqueles que aceitam seu jugo e só encontrava alguma distração no desejo de me instruir.

Quanto a mim, via no desenvolvimento de minhas faculdades [o meio para ser amada] e preparava meu espírito para aquele ser que eu esperava na distância e que eu aguardava como o complemento de minha existência. Quando escrevia alguns nobres pensamentos, lia-os para *ele*; quando vencia uma dificuldade musical, cantava para *ele* minha vitória; sentia orgulho ao oferecer a *ele* uma boa ação; não me atrevia a pensar *nele* quando estava descontente comigo; enfim, esse sonho não era um homem, não era um anjo, era algo que tinha de *me amar*. Eu me abstinha de falar sobre esse belo ideal para minha tia; tentei, uma ou outra vez, mas responderam-me que nada estava mais distante de meu sonho que a realidade de um marido; que esse tipo de idéias era perigosamente inadequado, que as moças deviam aspirar apenas a uma posição na sociedade, prazeres, fortuna, um belo enxoval, uma deliciosa corbelha, e que todos os outros anseios, quando se tinha o mau gosto de concebê-los, deviam ficar entre quatro paredes" [pp. 73-4].

Marie Cappelle só indica com iniciais seu primeiro pretendente, mas expressa maravilhosamente bem a impressão que nela produziu esse primeiro pedido de casamento, destituído de todos os incidentes pitorescos que, num romance, antecedem a confissão de um primeiro amor.

"No início deste inverno fui pedida em casamento pelo sr. de L.; não saberia expressar a emoção profunda que senti quando minha tia de Martens se fez a intérprete daquelas palavras de amor, as primeiras que me eram dirigidas. Um novo poder se revelava em mim: meu coração batia mais depressa, a vida brilhava em meus olhos, em minha fronte; eu me sentia honrada, grata, e embora não quisesse me casar com o sr. de L... pelo menos enxergava nele o precursor da grande felicidade com que sonhara. Só o avistara umas poucas vezes; era jovem e bonito, cantava muito bem, era simpático. Acho que se ele tivesse me dito baixinho que me amava, em vez de dizê-lo em voz alta para minha tia, eu o teria aceitado; mas aquele afeto foi tão *convenientemente* declarado, era tão impossível poetizá-lo, que não consegui me resolver a entrar na realidade da existência antes de ver florescerem e murcharem algumas de minhas ilusões. Parecia-me que isso seria queimar as mais belas páginas do livro de meu destino para chegar mais depressa à última folha, e não compreendi um final sem um começo." [pp. 75-6]

Percebam que todo o fatal destino de Marie Cappelle está nestas palavras: rebelião aberta contra as conveniências sociais que o homem por vezes consegue combater e vencer à força de dinheiro ou talento, mas a que a mulher deve necessariamente sucumbir.

Antes de marcá-la com o selo da desgraça, a Providência ainda reservava alguns dias luminosos para a pobre Marie. Não há por que invejá-la por isso, eles foram raros. A sra. de Valence, que em 1792 acolhera a avó, recebia a neta em 1834. O sr. de Valence morrera após uma longa carreira de merecidas honrarias, e poucas casas podiam gabar-se de apresentar naquela época o glorioso resplandecimento apresentado pela casa da sra. de Valence.

Marie Cappelle foi ali recebida como uma filha; tinham-lhe preparado um quarto encantador, comprado um excelente piano e posto junto dela, para servi-la, uma senhora de idade que conhecera a sra. Collard aos dezesseis anos.

Assim, Marie confessa que foi feliz nessa casa em que, no entanto, ela *subia*, como diz Dante, *a escadaria alheia*[1].

E, de fato, quem se tornara o chefe da família era o marido da filha mais velha da sra. de Valence, o excelente marechal Gérard, que todos nós conhecemos como o homem que com maior simplicidade usava um dos mais belos nomes e uma das mais valentes e leais espadas do Império. Eu o vira muitas vezes durante a Revolução de Julho; tive oportunidade de revê-lo uma ou outra vez mais tarde, em seu ministério, e a alegria de salvar, através dele, a vida e a honra do filho de um homem que fora seu companheiro de armas e que, também ele, alçara bem alto seu nome plebeu.

Sua vida ali, cercada de todo o luxo aristocrático de que ela precisava, era doce e simples. Antes de a sra. de Valence levantar-se, Marie já estudara piano e tivera uma aula de canto. Assim que a luz penetrava no quarto da sra. de Valence, Marie entrava e tomava café ao pé de sua cama. O dia era ocupado com receber visitas, dar um passeio no bosque; a noite transcorria em família, tocava-se muita música.

A música é o grande recurso das pessoas que, vivendo em família, não têm idéias para trocar. A música produz para cada uma um isolamento durante o qual se vive com seus pensamentos, seus desejos ou esperanças; sai-se, após meia hora de melodia,

---

[1] "Tu proverai sìcome sa di sale lo pane altrui, e come è duro calle lo scendere e il salir per l'altrui scale" ("Sentirás o amargo sabor que tem o pão alheio, e como é duro subir e descer as escadarias alheias"). Em *O Paraíso* (*Il Paradiso*), canto XVII, pp. 58-60.

alegre, triste ou sonhador, segundo o temperamento, o que então permite à conversa recobrar algum calor, graças às asperezas de caráter que a música acaba de desenvolver.

Nos artistas, em quem o pensamento abunda, a discussão domina; nos poetas e políticos, a música torna-se inútil, a conversa é suficiente porque a conversa é uma luta.

Assim, quando a sala se transformava em solidão, ou seja, por volta da meia-noite, Marie Cappelle ia para junto da sra. de Valence, que, habituada à vida à luz de velas, era a última a ir deitar-se; levava-lhe sua última xícara de chá; depois, dengosamente, sentava-se junto a sua cadeira baixa. Então, a seu pedido, a sra. de Valence, que era aliás uma mulher de um espírito encantador, voltava ao passado e contava para Marie, ofegante de emoção, mais ainda talvez que de ambição, as magnificências da vida aristocrática.

Para a idosa que contava, e para a jovem que escutava, não havia então necessidade de música, e quem quer que viesse lhes dizer que deixassem de escutar *palavras* para escutar *sons*, fosse esse som o do piano tocado pela sra. Pleyel, da trompa por Vivier ou do violino por Vieuxtemps, teria sido, com toda a certeza, mal recebido.

Em Paris, Marie voltou a encontrar a sra. de Montbreton.

Pela sra. de Montbreton, Marie foi apresentada à srta. De Nicolaï.

Não vamos discutir essa questão do roubo dos diamantes, mais grave aos olhos de algumas pessoas do que a do assassinato; vamos pura e simplesmente reconhecer duas vezes a culpa; primeiro, em respeito pela coisa julgada, depois porque a honradez da família Nicolaï não permite que se esboce uma dúvida diante de sua afirmação; só faremos nossas observações do ponto de vista médico.

Em certas épocas, Marie Cappelle apresentava a monomania do roubo. Nisso coincidia ela com essas disposições de que Michelet, o grande historiador, esse grande poeta, esse grande filósofo, tanto se ocupou em seu livro *A mulher*, que alguns críticos julgaram que se ocupara demasiado.

Quanto a nós, eis o que podemos afirmar:

Às vezes, durante cinco ou seis dias, Marie ostensivamente não consumia nenhum dos alimentos que constituem a comida habitual do homem: não almoçava e mandava que lhe servissem ao jantar gelo picado com açúcar. Era só o que ela comia.

Seria por falta de real apetite? Seria por singularidade? Por histeria? Estaria tentado a deter-me no último motivo; mas eis o que acrescentavam.

Acrescentavam que, chegada a noite, o estômago de Marie Cappelle dava-lhe a entender, com enérgicas contrações, que aquele alimento não era suficiente, e ela então descia sozinha até a copa e se apoderava quer de uma pequena perdiz, quer de meio frango, quer de uma fatia de filé bovino, cuja falta o cozinheiro constatava no dia seguinte, assim como de alguma peça da prataria, garfo, colher, que servira para que Marie Cappelle não comesse seu filé, frango ou perdigoto com as mãos; fosse por dificuldade em recolocá-los no lugar, fosse por desleixo, ou por monomania da subtração, e tendemos para este último motivo, as peças da prataria não mais eram encontradas. Marie era a última pessoa que se teria acusado desse roubo, eu diria quase involuntário, de tanto tudo o que brilhava a tentava irresistivelmente. Uma velha criada do sr. Collard, com a qual conversei recentemente em Soissons, dizia-me, compadecendo-se de todo o coração por Marie, que ela adorava como tudo o que dela se aproximava:

— Ora, senhor, não era o valor da coisa que a tentava, era a coisa em si.

Era, pobre menina, uma legítima pega!...

Terei mais tarde a oportunidade de falar de furtos cometidos em sua própria família, que Marie me confessou e dos quais se justificou com pretextos demasiado falaciosos para serem perdoáveis.

10

Passarei rapidamente pelo primeiro amor mais que infantil de Marie Cappelle com um desconhecido que lhe declarou sua paixão num buquê de rosas e com o qual ela se corresponde, mas que desiste dela ao saber que ela é apenas a sobrinha, e não a filha, da sra. Garat.

No entanto, o desfecho dessa pequena história ocasionou para Marie uma dessas humilhações que um espírito como o seu devia ter muita dificuldade em perdoar, e acredito que de fato ela não perdoou.

Certo dia, passeava pelo bulevar, segurando pela mão a sobrinha Gabrielle, quando esta a puxou pela manga, dizendo:

"Escute aquele senhor alto; está dizendo que sou mais bonita que um gatinho" [p. 115].

Marie se virou, acompanhou a direção dos olhos da menina e viu, com efeito, um rapaz alto que, percebendo que tinha sido notado, seguiu a mulher e a menina até a porta do Banco.

Daí a poucos dias, encontraram o rapaz alto na galeria do Louvre; o rapaz alto seguiu os passos de Marie e, como da primeira vez, só a deixou quando viu a porta do Banco fechar-se atrás dela.

No dia seguinte, tendo calculado, pela hora em que a tinha encontrado, a hora em que ela saía, o rapaz alto apareceu no caminho de Marie.

"Se entrávamos numa loja", diz Marie Cappelle, "ele nos esperava na rua; se fazíamos uns desvios, ele também fazia, com incansável paciência; seu olhar não me deixava; se eu sorria, ele vinha sorrir comigo; se eu estava triste, ele me interrogava solicitamente!... Meus olhos, que de início procuravam o meu desconhecido por curiosidade, em breve se acostumaram a encontrá-lo e não se desviaram mais para evitar silenciosas boas-vindas nem o triste adeus que ele me dirigia quando se fechava a porta do palacete. Era uma distração que meu tédio aceitou sem refletir e que minha vaidade muito apreciava.

A postura, o porte, o trajar do desconhecido de nossos passeios denotavam *infalivelmente* um fidalgo. Alto, esbelto, suficientemente pálido para que se lhe pudesse atribuir uma dor incompreendida ou pelo menos uma pequena doença do peito, olhos expressivos, botas de verniz e luvas amarelas da tonalidade mais *apropriada*, ele fora declarado um cavaleiro muito honrado por nossa velha governanta inglesa, a qual, acostumada ao flerte da Grã-Bretanha, longe de se preocupar com esses encontros, contava-me que as jovens *misses* de sua terra sempre iniciavam assim os romances de seus casamentos, e se sentia lisonjeada por ter uma aluna merecedora '*dos acompanhamentos desse nobre gentleman*'" [pp. 115-6].

Justamente por essa época, as mulheres da alta sociedade puseram-se a criar romances em que a paixão sempre se chocava com alguma impossibilidade física qualquer. Esses romances derivavam todos, ou quase, de um encantador volume de Benjamin Constant, intitulado *Adolphe*. Havia *Ourika*, uma pobre negra apaixonada por um branco que dela recebia cartas de estilo gracioso e apaixonava-se loucamente sem nunca tê-la visto; havia *Anatole*, um encantador herói de romance com tudo o que é preciso para prender, à primeira vista, a imaginação de uma mulher; segue a amada por toda parte, salva-lhe a vida e afasta-se sem responder a suas manifestações de gratidão, pelo simples motivo de que é surdo e mudo; a moça que foi salva, então, recorre ao abade Sicard, o qual vem em socorro do autor ensinando à heroína a linguagem dos sinais; finalmente, havia *Eugène*, acho, a quem faltava algo ainda mais essencial que a palavra, e a quem sua bem-amada dizia, qual Heloísa a Abelardo: "Cubra-me de beijos, e eu sonharei o resto"[1].

Marie, sempre seguida por seu calado e desconhecido adorador, chegou a pensar que *tivera a felicidade* de encontrar uma *exceção* e preparou-se para fazer por ele algum grande sacrifício ou oferecer-lhe alguma sublime abnegação.

Chegara ao ponto de denominá-lo *minha sombra*, de tanto que o encontrava a todo instante seguindo seus passos [p. 117].

Certo dia, em vez de segui-la, ele a precedeu de alguns passos até uma florista do passadiço Vivienne, onde Marie costumava comprar violetas de Parma e rosinhas para a tia; resultou que a florista obrigou a moça a levar um ramo de admiráveis rosas brancas, pelo qual recusou qualquer pagamento.

Ser presenteada por tão graciosa prática foi o pretexto da generosidade da florista. Marie, seduzida pela beleza e pelo frescor das rosas, não levou adiante as investigações e ficou com o buquê.

---

[1] *Adolphe*, anedota encontrada entre os documentos de um desconhecido e publicada por Benjamin Constant (Paris, Treuttel et Würtz; Londres, h. Colbum, 1816, VII-228), p. in-doze; *Ourika* [sra. de Duras] (Paris, Ladvocat, 1824); *Anatole*, da autora de *Léonie de Mombreuse* [Sophie Gay] (Paris, Firmin-Didot, 1815, 2 v., in-doze). Embora exista de fato um romance intitulado *Eugène*, de Auguste de Villebrune, Dumas parece referir-se a *Olivier*, de Henri de Latouche, publicado anonimamente em 1826.

Mas dessa vez, quer por acaso, quer por pressentimento, ela não entregou o buquê e o guardou para si.

Felizmente, pois, chegando a seu quarto e rompendo o fio que prendia as flores, um papelzinho escapou e caiu no tapete.

Marie não teve nem um momento sequer de hesitação; pegou-o.

Era uma apaixonada declaração de amor.

A jovem sincera reconhece o prazer que lhe trouxe essa primeira declaração.

"Julguei estar sonhando!", diz ela; "amassei o bilhetinho para ter certeza de sua realidade. Olhava-me no espelho para ver se estava mais bonita desde que era adorada; enfim, estava meio louca e, apesar da vontade de entrar recolhidamente nessa *grande fase de minha vida*, eu pulava de alegria feito criança e reli vinte vezes todos os encantadores exageros que eu havia inspirado.

Confesso que em momento nenhum tive a idéia de entregar o bilhete a minha tia ou minha governanta. Sabia que estava agindo mal; mas pensava que tinha vinte anos, que era órfã e que me pertencia!" [p. 118].

Foi quando da volta de Marie Cappelle para Villers-Hélon, e quando já durava dois ou três meses, que essa pequena intriga, na qual havia mais infantilidade que qualquer outra coisa, foi descoberta; o que havia de sério é que cerca de vinte cartas haviam sido trocadas. A sra. Garat, a quem seu comportamento dava o direito de ser dura, cumulou a pobre Marie de censuras, pediu de volta, uma por uma, aquelas cartas que havia dois meses lhe tornavam os dias repletos de esperança e as noites repletas de sonhos, declarou que estava desonrada e trancou-a no quarto, cuja chave levou.

Duas horas depois, a porta tornava a abrir-se e o avô Collard encontrava Marie num desespero e numas lágrimas que lhe pareceram bastante exagerados quando descobriu o motivo.

Tranqüilizou Marie e disse-lhe que a tia, aliás, partira imediatamente para Paris, onde colheria informações sobre o rapaz; que, caso ele fosse de uma família honrada, fechariam os olhos para o resto, em consideração ao amor que Marie aparentava sentir por ele e expressava tão ardentemente em suas cartas.

Dois dias depois, a sra. Garat voltou e declarou gravemente que, no ponto em que estavam as coisas, julgara, assim como sua irmã de Martens, que um casamento era indispensável; e conseqüentemente o casamento, embora menos vantajoso do que Marie poderia ter pretendido, estava arranjado com o rapaz e com sua família.

Ela o encontrara: reconhecia que era um rapaz bonito e com certa elegância; infelizmente, a posição social e a fortuna do objeto amado eram inferiores às aparências. Ele trabalhava com o pai, farmacêutico-droguista, ganhando alimentação, moradia e um salário de seiscentos francos por ano; o pai se comprometia, dentro de três anos, a ceder a farmácia ao filho em prol do brilhante casamento que estaria fazendo[2].

Marie levara todo aquele teatro a sério. Estava consternada; nunca orgulho algum se dobrara sob tamanha carga de vergonha. Consternada, não se atrevia a chorar e devorava as lágrimas que a sufocavam.

— Esse casamento não é aristocrático — prosseguiu a sra. Garat —, mas afinal talvez seja melhor do que um casamento de conveniência, principalmente com um caráter feito o seu. Você ama seu marido, ele a ama. Você poderia ficar conosco, feliz, honrada, amada; prefere, a algum bonito castelinho de nossas redondezas, um amor e uma choupana; seja feito segundo seus desejos.

---

[2] O rapaz, originário de Montmédy, chamava-se Guyot, cf. depoimento de seu pai, Gabriel Guyot, *Gazette des Tribunaux*, 5 de setembro de 1840, p. 1677. Suicidou-se pouco após ter sido anunciada a prisão da sra. Lafarge.

Uma vez sozinha, Marie caiu em prantos; à noite estava tão esgotada que foram avisar o pobre avô do estado em que se achava sua neta. Marie era sua preferida; ele não quis deixar que ela passasse uma noite desesperada: entrou em seu quarto e confessou que toda aquela linda historinha não passava de uma fábula inventada pela tia para lhe dar uma lição por sua teimosia.

Marie ainda tinha, portanto, a esperança de se casar com um pequeno castelo, e não com uma farmácia.

Mas ai! se tivessem lhe dito que se casaria com algo ainda pior!

Uma paixão mais séria foi a que sentiu pelo jovem conde C[harpentier].

O jovem conde C[harpentier], que tinha por essa época uns vinte e cinco ou vinte e oito anos, era filho do valente general C[harpentier] que, em 1814, à frente da guarda jovem, efetuou valorosos prodígios naquela grande campanha francesa em que os que permaneceram fiéis ao imperador duplicaram sua reputação, a fidelidade tendo se tornado mais rara que a valentia. Nossos pais tinham sido chegados, e eu conheci o filho sem ter tido a honra de ser seu amigo. Era de baixa estatura, mas muito agradável de rosto, um grande senhor e muito cavalheiresco. Nascido rico, seus negócios tinham-se complicado em decorrência de uma obra industrial que ele quis realizar pelo bem do país: era uma estrada de ferro que teria levado toda a madeira de Villers-Cotterêts até Port-aux-Perches, onde, embarcada no rio de Ourq, chegaria a Paris por Ferté-Milon e Meaux.

Morava no pequeno castelo de Oigny, situado a uma légua de Villers-Cotterêts e a uma légua de Villers-Hélon.

Em conseqüência da cena que acabamos de contar, Marie Cappelle, demasiado fraca para suportar vitoriosamente emoções como as que acabava de lhe impingir a tia, permanecera seis horas sem sentidos; depois, sofrera dois ataques de cólera e retornara à vida então sacudida por dores nervosas que a faziam soltar gritos agudos. Fazia três meses que Marie Cappelle estava doente, e estava entrando no segundo período da convalescença quando o jovem conde C[harpentier] foi ao castelo de Villers-Hélon para a visita de conveniência que todo ano fazia.

Quando chegou, Marie começava a se levantar e tinham colocado para ela uma espécie de sofá debaixo das grandes tílias que dão sombra à porta do pequeno castelo. Ele foi recebido, próximo ao sofá da enferma, pelo sr. Collard e pela sra. Garat e parecia dar mais atenção a Marie Cappelle, que chegava aos vinte anos, do que dera até então. Em vez de ficar uma hora, como era seu hábito anual, ficou o dia inteiro e, ao partir, pediu permissão para mandar saber notícias da doente enquanto não viesse, muito em breve, pessoalmente.

— Essa visita que o senhor está anunciando contará pela do ano que vem? — perguntou, rindo, o sr. Collard.

— Já não conto — retrucou o rapaz, saudando Marie Cappelle.

E, com efeito, o conde voltou regularmente a cada quinze dias até que Marie se restabelecesse e que as férias de outono, que atingem todas as classes da sociedade, trouxessem várias visitas para Villers-Hélon e, com elas, as reuniões e as festas; a partir daí, porém, recobrou seus hábitos de incivilidade e só raramente tornou a aparecer.

Marie, que via no conde C[harpentier] um esposo que lhe conviria sob todos os aspectos, reparara em sua ausência; e, quando essa ausência se prolongou, não pôde evitar perguntar-lhe certa noite em que, graças aos vários hóspedes do castelo, puderam conversar os dois e ficar em tête-à-tête:

— Será que o desagradei em algum ponto, caro vizinho, ou preciso estar doente para ser digna de sua atenção?

— No que precisaria de mim? Não está cercada de amigos?

Esses amigos não eram os que desejava Marie; de modo que o conde C[harpentier], em vez de vir a cada quinze dias, passou a vir a cada semana.

Resultou daí certa familiaridade na casa e depois nos passeios a cavalo sob a vigilância de um amigo da casa, o sr. Elmore, passeios durante os quais Marie Cappelle pôde se fazer, à vontade, de Diana Vernon.

Certo dia, porém, quando a pobre Marie já se sentia quase certa de ter segurado aquele marido bonito, jovem, qualificado, elegante, rico, pois, pondo-se em ordem a fortuna do conde, era possível salvar umas vinte mil libras de renda, certo dia a sra. de Martens comunicou a Marie que o conde C[harpentier] estava arranjando um casamento para ela.

Marie olhou para a tia, surpresa.

"Sim", disse ela, "a fim de manter você em nossos bosques, ou pelo menos em nossos arredores, ele quer fazê-la casar-se com um dos amigos dele."

Marie não teve nem sequer forças para perguntar quem era e deixou cair a cabeça sobre o peito.

"O que você acha de Félix de V[iolaine]?", perguntou a sra. de Martens [p. 107].

Marie deu de ombros: conhecia esse de quem lhe falavam desde que conhecia a si própria; era empregado nas florestas da coroa; filho de um administrador-geral, prometia fazer a mais bela carreira que se podia fazer nas florestas, ou seja, tornar-se inspetor e, obtendo esse cargo de inspetor, com salário de seis, oito, talvez dez mil francos, ser o primeiro homem depois do subprefeito e do prefeito numa cidade de terceira ou quarta ordem, tal como Compiègne, Montargis, Lorris, Rambouillet ou Villers-Cotterêts; não era esse o sonho de Marie.

Seu sonho, já dissemos, sonho de um espírito independente, aventureiro, pitoresco, era ser a esposa do conde C[harpentier], com todos os seus defeitos de homem mundano que lhe permitiriam se lançar, por seu lado, nas excentricidades da mulher mundana. O que ela precisava era de Paris, do campo, das viagens perigosas, era da Itália, da Grécia, do Santo Sepulcro, era de espaço, enfim, e do direito de nele respirar livremente.

E queriam fazer dela uma dona-de-casa que tricotava meias para os filhos e remendava as camisas do marido!

E quem é que queria fazer dela a mulher de outro homem? Exatamente aquele a quem ela estendia a mão para fazer dele seu marido.

Resignou-se, contudo, a ser apresentada!

11

O pequeno romance de Marie Cappelle seguiu o curso habitual; o casamento com Félix D[eviolaine], que teria feito de Marie Cappelle minha prima, foi rompido, e foi o conde C[harpentier] quem, por uma pequena explicação entre ele e Marie, se viu substituindo, como apaixonado não pretendente, o pretendente não apaixonado.

Mas, antes de chegar a isso, conduzira-se em relação a Marie com sua lealdade habitual. Tão logo reconheceu a natureza do sentimento que lhe inspirara, ele lhe dissera:

— Escute, Marie. Estimo-a de todo o meu coração; sua amizade, sua confiança, seus conselhos seriam meus mais caros tesouros. Mas receio, por você, as calúnias da sociedade que de minha parte enfrento naturalmente; receio que minha amizade, com a qual eu gostaria de honrá-la, possa expô-la a ridículas e tolas suposições. Minha reputação é bem ruim; receio...

— Ora — disse Marie, encetando uma questão mais que delicada entre uma moça de vinte anos e um rapaz de vinte e seis —, você não poderia mudar um pouco seu modo de vida?

— Conhece então a minha vida!

— Conheço; sei que você tem amigos que o fazem se perder, especulações que o arruínam, princípios que lhe censuram em voz baixa e dos quais se gaba em voz alta.

— O que mais?

— Como assim, o que mais? Parece ser mais que suficiente.

— Tenho mais que isso, senhorita; tenho em casa uma mulher que não é minha mulher, uma mulher que deixou o marido para viver comigo.

— Pobre criatura decaída! Tenho pena dela.

—Tenha antes pena de mim; o homem mais infeliz do mundo, em minha opinião, é o homem a quem a mulher de outro lhe tornou responsável por sua felicidade. Abandonamos uma amante que chorará, se desesperará, se acalmará e, uma vez calma, tomará outro amante; mas não abandonamos uma mulher que deixou tudo para nos seguir; que se pôs fora da lei por sua vontade, que não tem outro refúgio além da casa onde não tem direito de estar e onde sua presença é um escândalo duplo. Não, o homem honesto, nesse caso, faz-se mártir da situação: está proibido de ser amado por qualquer outra mulher que não aquela que está proibido de amar. Oh! se aqueles que me censuram soubessem a que suplício estou condenado, eles me perdoariam, posso lhe assegurar.

— Mas ouvi dizer que às vezes se consegue sair dessa situação, que você me descreve como impasse, com um sacrifício de dinheiro.

— Sim, quando estamos envolvidos com uma miserável e somos ricos; mas estou envolvido com uma mulher honesta, e meus negócios estão tão confusos que, quisesse eu juntar dez mil francos, encontraria dificuldades.

— Oh! Se você fosse bem aconselhado, se tivesse um amigo sincero.

— Quer ser, para mim, um amigo?

— Sim, serei um amigo, um amigo apenas, e contarei, se me autorizar, a situação a uma das minhas tias, de modo a que ela não se surpreenda de nos ver juntos conversando.

— Obrigado — exclamou o conde —; mas é mesmo sincero? É mesmo sagrado? É para sempre?

— Para sempre! — respondeu Marie Cappelle, estendendo-lhe a mão.

Nada mais perigoso que esse pequeno pacto de amizade entre dois jovens; a amizade entre pessoas de sexo diferente não passa de uma máscara que um dos dois tira, um dia ou outro, mostrando o rosto mais atraente do amor.

A partir do momento que aquele pacto foi selado, e que a sra. de Martens, com a segunda intenção de que tudo aquilo terminasse em casamento, foi conivente, o conde passou a ir pelo menos uma vez por semana a Villers-Hélon, confiando todas as suas amarguras a Marie, amarguras de amor, amarguras financeiras, dizendo como a amaria se pudesse amá-la e o uso que faria de sua fortuna se essa fortuna se restabelecesse. Ora, é impossível que Marie não pensasse que, se o conde pudesse amar, seria a ela que ele amaria assim, e que ela era parte de todos os projetos de viagem que o conde fazia cintilar no horizonte.

O tempo passava, e Marie era feliz em sonhos, se não o era na realidade.

Mas, em face do rapaz doido que devorava a própria fortuna, estava o velho pródigo que devorara a sua. No dia em que o sr. Collard foi obrigado a olhar seus negócios a fundo, percebeu que, se não desviasse do rumo em que se metera com sua despreocupação costumeira, estaria arruinado.

Marie tornou-se, então, tutora de um jovem idoso de vinte e seis anos e de um idoso menino de setenta.

Era daquela vida ativa que ela precisava; em vez de relegá-la aos cuidados inferiores de uma casa burguesa, tinham de lhe dar fortunas aristocráticas para gerir; o avô, ao entregar-lhe todas as chaves, inclusive a do caixa, ordenara à legião de empregados que tinha em casa de lhe obedecer.

"Meu avô se divertia ao ver-me assim *brincar de senhora* e se prestava com perfeito carinho a minhas vontades, a minhas economias, a minhas visões.

Ele reservara-se uma quantia considerável para seus prazeres ou, melhor dizendo, para os prazeres e necessidades dos outros. Pois bem, eu ainda fazia afetuosas *indecorosidades* para obter o direito de gastá-la para ele segundo minha vontade. Tínhamos, cada um, nossas pobres predileções. As moças eram suas favoritas, os bons velhos eram meus protegidos. Ele dava vestidos bonitos, eu dava sopa e pão; ele fazia dançar seus belos pobres, eu enchia as caixas de rapé dos meus; ele distribuía alegria, eu preservava da dor... Enfim, meu avô protegia aqueles que vira nascer; eu cuidava e consolava aqueles que se tinham debruçado sobre meu berço." [p. 127]

O jovem conde, sempre embalado por seus sonhos industriais, fixara para o final de outubro de 1838 a abertura de sua estrada de ferro. Suas esperanças datariam dali, construía-se um futuro inteirinho sobre o primeiro vagão que Marie Cappelle inauguraria.

A mulher de Maurice Collard acabava de lhe dar um lindo menino; era o primeiro que surgia na família. O conde foi encarregado de fazer dele um cristão, e Marie, naturalmente, representou a madrinha[1].

---

[1] Arthur Henry Collard, nascido em 28 de fevereiro de 1838, foi batizado em Villers-Hélon no dia 15 de março seguinte. "Padrinho: Auguste Louis Gabriel Sophie, conde de Montaigu, avô, representado pelo conde Charles Esprit François Charpentier; e madrinha: dona Augustine, condessa de Montaigu, tia, representada pela senhorita Marie Fortunée Aimée Cappelle, prima" (arquivos da igreja de Villers-Hélon).

As caixas de bombons, os sachês, as flores, as luvas invadiram Villers-Hélon e lançaram a pobre Marie num maravilhamento que se ligava tanto ao futuro quanto ao presente e ao passado.

O padrinho chegou em seguida aos presentes.

Após os primeiros agradecimentos:

— Sabe ao menos — perguntou Marie — quais são as palavras sacramentais que deve proferir?

— Não sei nem sequer a primeira — respondeu o jovem conde —; mas conto com você para me ensinar.

Marie foi sentar-se num sofá, o conde pôs-se de joelhos diante dela: Marie apanhou seu missal, e a aula teve início.

Depois do *Pater noster* vinha a *Ave-Maria*; a saudação angelical durou bastante tempo; o padrinho destacava cada palavra; finalmente, concluída a *Ave-Maria*, ele abriu o livro na missa de casamento e rasgou duas folhas.

— Mas o que está fazendo? — perguntou Marie.

— Um dia colocarei essas folhas no lugar — disse o conde —; enquanto isso, não poderá ler a missa sem mim.

E, baixinho:

— Oh, Marie — disse ele —, daqui a um ano!

Um pequeno baile encerrou a noite, mas ninguém da cidade fora convidado para esse baile; eram camponeses de Villers-Hélon, Corcy e Longpré.

Dançava-se na sala de jantar, que era fria, enquanto ardia um bom fogo na lareira da sala. Entre uma contradança e outra, Marie Cappelle ia se aquecer; o conde a seguia; uma vez, ela apoiou o braço desnudo no soco de mármore que cobria a lareira.

— Imprudente! — exclamou o conde. — Está com calor e apóia o braço no mármore; é assim que se morre.

Marie nunca estivera tão feliz, e com razão desafiava o amanhã.

— Um túmulo aos vinte anos — disse ela —, com flores, lágrimas, orações, você acha isso tão assustador?

— Gostaria de morrer? Espere pelo menos até ter sido amada.

— É difícil ser amada seriamente neste mundo — ela respondeu.

— Você é amada, Marie; amo-a com toda a força de minha alma.

E, pegando sua mão, beijou-a com a violência que havia em seu caráter.

— Oh! eu aceito, aceito — disse Marie.

— Daqui a um ano, você me ouviu; não posso prometer nada antes.

— Daqui a um ano.

O sr. Collard tinha sessenta e dois ou sessenta e três anos; enfraquecia a olhos vistos; os reumatismos, contra os quais sempre lutara vigorosamente, acabaram por apoderar-se dele. Começou não saindo mais do quarto, depois não saiu mais da cama. Certo dia, queixou-se de dores de cabeça; vinte e quatro horas mais tarde, uma congestão cerebral manifestou-se.

Marie Cappelle estava sozinha junto dele, com Maurice e a jovem esposa; precisavam buscar um médico em Soissons. Um homem partiu a cavalo; enquanto isso, a hemorragia progredia, o doente já não falava, mas ainda via e ouvia e, quando lhe perguntavam se sentia dor, fazia sinal que não com a cabeça.

Chegou o sr. Missa. O sr. Missa era o médico em voga; receitou uma poção, aplicou sinapismos e foi-se embora sem deixar nenhuma esperança.

Marie Cappelle constituíra-se enfermeira do avô; estava sozinha junto dele, quando por volta da meia-noite lhe voltou a voz.

Ele chamou Marie.

Marie deu um grito de alegria e sentou-se na cama do avô, que se sentou.

— Minha filha — disse ele a meia-voz —, não me deixe, vou dormir.

— Mas então o senhor está melhor.

— Acho que sim.

Marie chamou a ama e mandou-a avisar seu tio Maurice da crise benéfica que estava ocorrendo.

Depois, apoiou a cabeça do doente em seu colo e tomou-lhe a mão.

Passados cinco minutos, porém, pareceu-lhe que seu sopro cessava; quase em seguida, a mão, de ardente que estava, ficou morna, depois fria, depois gelada.

Marie deu um grito, ergueu a cabeça do avô, que tornou a cair, inerte, em seu colo: estava morto[2]!

Era o quarto túmulo que se abria sob os passos de Marie. A sra. Collard, depois seu pai, sua mãe, seu avô. Ela desmaiou em meio a uma terrível crise nervosa.

Assim que teve notícia do funesto acontecimento, Louise acorreu de Paris.

O conde foi o primeiro a chegar. Parecia mais carinhoso, mas também mais triste do que nunca. A sra. Garat manifestara a intenção de levar Marie para Paris; três quartos do ano que o conde lhe pedira tinham transcorrido; ela decidiu pedir-lhe uma explicação clara e precisa.

"A cada vez que eu falava em minha partida", disse Marie Cappelle, "via o conde empalidecer e tremer.

— Queria vê-la a sós — disse-me afinal.

— Eu também.

Voltando-me para minhas duas tias, que estavam perto de nós, pedi que me deixassem quinze minutos em tête-à-tête com o sr. C[harpentier].

---

[2] Jacques Collard morreu em 30 de agosto de 1838.

Elas consentiram e retiraram-se.

Houve então, entre nós, um longo momento de silêncio... Nossos olhos se evitavam, assim como nossos pensamentos. Súbito, ele segurou minha mão; desatei em lágrimas e disse-lhe:

— Charles, estou sozinha no mundo... Quer me proteger?

— Oh! — ele exclamou —. Eu a amo e vou amá-la sempre.

— Essa viagem que vou fazer a Paris lhe convém?

— Como poderia me convir se vai nos separar? Por que não fica em Villers-Hélon?

— Minha tia Garat sempre me serviu de mãe... Preciso acompanhá-la, obedecer-lhe... até o momento em que obedecerei...

Não ousei concluir.

Fez-se novo silêncio entre nós, muito mais cruel que o primeiro. Juntei todas as minhas forças para rompê-lo.

— Acho que você me ama — disse eu precipitadamente.

— E sei que o amo. Uma afeição profunda nos prometeu um ao outro... Mas, em nome de nossos pais que estão no céu, Charles, sou a mulher que você escolheu?

— Escute, Marie, meus negócios vão de mal a pior. Será que posso arrastá-la para uma ruína completa?... Sozinho, bem, meu Deus, eu agüentaria... mas não posso fazê-la partilhar minhas privações... Não, quero refazer minha fortuna e aí então...

— Aí então, feliz ou infeliz, você vai me escolher?

— Como prendê-la por uma promessa dessas? Associar sua jovem vida a meus lamentos, minhas decepções?

— Basta, senhor, já compreendi. Que Deus o perdoe! O senhor me enganou cruelmente.

Ele jogou-se de joelhos a meus pés, beijando-me as mãos e estreitando-me nos braços.

Mas Deus deu-me forças.

Levantei-me, toquei com força a campainha para chamar um empregado e ordenei que iluminasse o sr. C[harpentier], que desejava se retirar para seu quarto.

Antes, porém, que a porta se fechasse depois dele, eu já caíra ao chão desmaiada. Passei a noite com a cabeça apoiada nas mãos de minha pobre Antonine, que, como eu, estava abatida e desesperada.

De manhãzinha, escutei os passos de um cavalo!... Era o dele!...

Passando debaixo de minhas janelas, seus olhos procuraram por mim... mas não encontrou os meus, que no entanto o acompanhavam... Três vezes ele voltou a cabeça, três vezes precisei reunir toda minha coragem.

Ele, por fim, lançou o cavalo a galope. Sumiu.

Não tornei mais a vê-lo" [pp. 138-40].

De acordo com Marie Cappelle, foi assim que se deu, entre ela e o conde C[harpentier], o último encontro, que lhe tirou toda esperança.

12

Convenhamos que era difícil ser mais infeliz do que era a pobre Marie.

Aos vinte e um anos, ela perdera os quatro suportes que a natureza lhe dera.

Por fim, acabara de ver esvaecer-se sua única esperança de realizar um casamento segundo seu coração.

Efetuadas todas as partilhas, restava-lhe uma fortuna bastante medíocre, creio que de oitenta mil francos.

Precisava pedir hospitalidade a uma de suas tias.

A sra. Garat acolheu-a em casa.

Havia cerca de um ano que ela estava lá[1], quando um de meus amigos, chamado Brindeau, diretor do *Messager*, passou em minha casa certa manhã, por volta das dez horas, e me disse:

— Hoje vou levá-lo para jantar na cidade.

— Eu?

---

[1] A carta de Marie Cappelle reproduzida adiante situa as cenas seguintes "duas ou três semanas antes daquele infeliz casamento", ou seja, por volta de 20 de julho de 1839.

— É, você. Não há nenhuma objeção a fazer. Queira ou não queira, você precisa vir.

— Espero que seja na casa de alguém que conheço?

— É, mas há quase dez anos não o vê.

— E você não pode dar nome a esse alguém?

— Poderia, mas não quero; é uma surpresa.

— Traje preto e gravata branca?

— Traje preto e gravata branca. Volto para buscá-lo às seis horas em ponto.

— É bastante cedo.

— A pessoa deseja conversar um instante com você antes do jantar.

— Então, que seja; às seis horas.

Faltando cinco minutos para as seis horas, Brindeau veio pegar-me de carro; dez minutos depois, nosso carro atravessava o pátio do Banco e parava diante da porta do homem cuja assinatura tinha o menos contestado dos valores comerciais.

Alexandre escreveu-me um dia, de Marselha:

— Escreva-me por retorno do correio e assine Garat.

E, de fato, era em casa do senhor, ou melhor, da senhora Garat que eu fora convidado a jantar.

Eu encontrara uma ou outra vez o sr. Paul Garat em sociedade. Nunca lhe fora apresentado, nunca conversara com ele.

Subimos ao andar de cima. A sra. Paul Garat havia deixado ordens para que eu fosse imediatamente introduzido na saleta onde ela me aguardava.

Houve o mesmo embaraço, ou até maior, que aquele na casa de Laffitte. Eu estava em sua casa, em frente a seu marido, em frente a sua filha; não havia como chamá-la por você.

— Baronesa — eu disse.

— Marquês — ela retrucou, rindo.

— Se falássemos inglês — disse eu —, evitaríamos esse embaraço.

— Não, fale francês, e como está acostumado a falar comigo; todo mundo sabe que fomos criados juntos e ninguém vai prestar atenção.

— Mas e seu marido?

— Ao apresentar você, digo-lhe umas palavras.

— Ah! Pois bem, agora, deixe-me olhar para você.

Havia quase dez anos, como dissera Brindeau, que eu não via a sra. Garat. Ela estava com trinta e seis anos, dez anos mais do que quando eu a encontrara em casa de Laffitte, e ela nada perdera em beleza e viço.

— Faz muito tempo que você não vê Villers-Hélon? — perguntou-me.

— Desde os patos de Montrond.

— Mas viu todas as nossas tristezas, a morte de minha irmã, a morte de nosso pai, o casamento fracassado de Marie.

— Com o conde C[harpentier].

— Sim.

— Soube que ela estava em sua casa.

— Aonde mais poderia ir?

— Vou vê-la?

— Certamente, eu inclusive gostaria que a visse; com a imaginação romanesca que ela tem, é cheia de admiração por você.

— O que a tia se abstém de partilhar.

— Não consigo me acostumar a tratá-lo como a um grande homem.

— E eu ficaria chateado se me tratasse; você disse que gostaria que eu visse Marie.

— Sim.

— Será, de minha parte, um prazer. Faz doze ou quatorze anos que não a vejo.

— Você se encarregaria de lhe dar um sermão?
— Eu? A Marie? A respeito do quê?
— Na verdade, não sei como lhe dizer.
— Dizer o quê?
Louise abaixou a voz.
— Imagine só — disse —, ela anda me roubando.
— Como! Roubando?
— Roubando.
— Quer dizer que ela, de vez em quando, pega um anel seu, uma jóia; ora essa! Bem faz ela; para que é que você precisa de tantas jóias, linda como é?
— Não, ela me rouba dinheiro.
— Dinheiro, não é possível!
— Faz uma semana, roubou cem francos de dentro de minha bolsa.
Peguei-lhe as mãos.
— Deixe-me dizer uma coisa, querida Louise. Se Marie pegou cem francos de sua bolsa, é sua culpa.
— Como assim, minha culpa?
— Mas é claro. Rica como é, com sua renda de sessenta, oitenta mil libras, como deixa Marie precisar de cem francos?
— Ora! Mas você acha que lhe deixamos faltar alguma coisa?
— As moças sempre precisam de alguma coisa, e você não lembra que ela tinha essa monomania de roubar, no tempo em que jantava gelo com açúcar? Não ouvi falar que ela descia de noite até a cozinha e, se achava uma colher ou garfo, levava e escondia no quarto?
— Mas dinheiro, dinheiro.
— Muito bem, o que você quer que eu faça? Temos umas cem comédias sobre sobrinhos que roubam dos tios; agora vamos ter uma sobre uma sobrinha que rouba a tia.

— Se eu soubesse que você acharia isso tão cômico, não teria tocado no assunto.

— Você não tenciona denunciá-la ao procurador do rei, não é?

— Não, mas me parece que se um homem feito você conversasse seriamente com ela...

— Não prometo que falarei muito seriamente com ela, visto que não acho a coisa tão séria assim; mas vou falar o mais seriamente possível, só que para isso preciso de sua autorização para conversar com ela a sós.

— Não há nada mais fácil; vou mandar chamá-la. Estão dando as seis e meia. Só nos sentaremos à mesa às sete; você terá meia hora.

— É mais do que preciso.

Louise saiu. Cinco minutos depois, a porta pela qual saíra tornou a se abrir, e Marie apareceu.

— Estou comparecendo diante de um amigo ou diante de um juiz?

— De um amigo; mas venha cá, querida Marie, deixe-me olhar para você.

Estendi minhas duas mãos, ela me deu as suas.

— Ah! Vamos — disse ela —, não sou bonita de se olhar.

— Você não deveria falar assim, Marie; você tem sua própria beleza, a beleza dos que sofreram: a palidez e a melancolia.

— Não sou pálida, sou amarela; não sou melancólica, sou triste, envelhecida, fenecida antes da hora; falaram-lhe a meu respeito, disseram muito mal de mim, a começar por minha tia, não é?

— Mesmo que fosse, não seria de surpreender, Marie. Nunca houve duas personalidades tão opostas como a sua e a de sua tia. Louise é a beleza serena e doce que todo mundo reconhece; é a submissão à sociedade, à regra, ao dever; a vida dela é o leito de um rio que corre entre gramados verdes, flores perfumadas, maciços banhados de sombra e sol; nunca deparou com um obstáculo no caminho, com um rochedo em que se rebentasse espumando. Você, Marie, só é bonita para os artistas e para as pessoas nervosas; sua beleza sempre será contestável e contestada; ao invés de se submeter à sociedade, à regra, ao dever, você lutou contra tudo o que lhe parecia rasteiro e tolo, ou seja, contra a sociedade inteira. Sua vida não é um rio, é uma torrente; de você, que, mais que ninguém, precisava de apoio, a desgraça tirou, um por um, todos os apoios. Louise foi feita para ser mulher da sociedade e reinar num salão. Você, Marie, foi feita para a desgraça ou para o talento. Para ser Rachel ou Malibran, Dorval ou Pleyel, falta-lhe a luta ou o triunfo. Fuja da casa de sua tia e torne-se artista, minha cara amiga.

— Infelizmente, não tenho nem sequer esse recurso — retrucou Marie —; estou velha demais; tenho vinte e dois anos, e não é aos vinte e dois anos que se dá início a uma carreira. Meu pobre amigo, estou condenada. Se eu lhe contasse que em todas as minhas tristezas, e só Deus sabe como as tive, após todas as minhas decepções, e só Deus sabe que não me faltaram, se eu dissesse que vinte vezes tive a idéia de procurá-lo e perguntar: "Há alguma coisa em mim; o quê? Não sei: predestinação ou desgraça, quem sabe, que estou confundindo com outra coisa. Leve a meu espírito e a meu coração a luz que eu mesma não consigo produzir e diga-me para que é que sirvo. Não há nenhum ser inútil neste mundo. Não nasci para ser a serena mãe de família, que cuida com igual amor do ensopado, do marido e dos filhos; não, nasci para a vida agitada, para sentir ou retratar as paixões. Como todo mundo, tenho meu caminho, minha estrada, minha senda; pois bem, empurre-me para esse caminho, guie-me nessa estrada, indique-me essa senda". E o senhor teria feito isso, pois o senhor teria me compreendido; mas aqui, com minha adorável tia, com minha irrepreensível prima, com meu tio, que, com a mesma regularidade, faz o nó da gravata e alinha suas contas, com quem é que eu poderia conversar? Com eles, falo hotentote, iroquês, huroniano; com eles tudo se torna um caso, e todo caso é sério: "Meu querido tio, preciso de cem francos"; "Minha querida sobrinha, mandarei trazer suas contas para ver o que ainda lhe resta de crédito".

— De modo que, quando precisa de cem francos, querida Marie, prefere pegá-los na bolsa de sua tia a pedi-los?

— Como minha tia falou-lhe sobre essa ninharia?

— E com muita seriedade, devo dizer.

Marie deu de ombros.

— É incrível como o que parece simples para certas personalidades assusta outras.

— Como para você parece muito simples, quando precisa de cem francos, pegá-los na bolsa da sua tia?

Ela bateu no chão com seu pezinho e enxugou a testa, na qual brotavam gotas de suor.

— Escute, Dumas — disse ela —; não sou rica, é certo, se compararmos minha pequena fortuna com a de minha tia, mas tampouco sou uma miserável. Tenho oitenta mil francos; sem saber fazer contas tão bem quanto o caixeiro do banco, sei que oitenta mil francos bem investidos dão uma renda de quatro mil libras. Pois bem, de minhas quatro mil libras de renda, eles me dão cem francos por mês para vestir-me e outras necessidades. Mil e duzentos francos por ano, sobram dois mil e oitocentos francos. Se eu pego cem francos de minha tia quando preciso de cem francos, basta ela se ressarcir, tirando dos dois mil e oitocentos francos restantes. Não é simples?

— Marie, gostaria que você tivesse escutado o que eu disse para sua tia quando ela tocou no assunto comigo, e antes mesmo dessa explicação que você acaba de me dar. Marie, juro que gostaria de poder fazer alguma coisa por você.

— Oh! O que o senhor poderia ter feito por mim — disse ela num suspiro — foi o que me propôs, há vinte anos, quando me viu pela primeira vez, na festa de Corcy.

— Casar-me com você, Marie?

— O senhor se lembra?

— Lembro!

— Com um homem feito o senhor, eu teria sido feliz, o senhor tem fama suficiente para satisfazer o orgulho de quatro mulheres; se tem um desejo, qualquer que seja, nada o impede de realizá-lo. O senhor gosta de viajar: eu o teria seguido por toda parte, vestida de homem; poderíamos ter sido Lara e seu pajem, tirando a gota de sangue que mancha a testa de Gulnare[2]. Preciso admirar para amar: eu o teria amado, pois teria orgulho do senhor. Em vez disso, sabe o que farão comigo, com a pressa que têm de ficar livres de mim? Casar-me com o primeiro que aparecer. Acabo de escapar de um subprefeito e de um chefe de posta. Só Deus sabe a quem estou destinada.

— Pobre Marie!

— É, pobre Marie! Tem razão; pois, ao tentarem fazer de mim algo diferente do que a natureza fez, simplesmente decretarão a infelicidade de duas pessoas.

---

[2] Em *O corsário*, de Byron [*The corsair*, 1814], Gulnare, primeira concubina do paxá Seyd, assassina-o a fim de libertar Conrad, o corsário prisioneiro: "Conrad se aproxima: a mão demasiado apressada de Gulnare esqueceu-se de apagar de sua testa uma ligeira mancha; Conrad observa sua cor e adivinha... é uma testemunha frágil, mas irrecusável, do crime... uma gota de sangue" (canto terceiro, IX); mas é em *Lara* que o pajem do herói, Kaled, revela-se uma mulher. "Quem não pensa adivinhar que o pajem dedicado e fiel, que é afinal uma mulher, é aquela mesma Gulnare a quem o corsário devia sua libertação?", escreve numa nota o tradutor Amédée Pichot.

— Fuja, Marie: você tem uma renda de quatro mil libras, isso é a independência; você é maior de idade e livre, ninguém pode, portanto, lhe impor sua vontade. Dizem que você tem um belo talento para piano; dizem que tem uma voz bonita... Contrate um professor, estude, cante; mais vale ficar solteira e ser artista, mesmo uma artista medíocre, do que ser uma má dona-de-casa... Quer que eu a rapte esta noite?

— Tarde demais, ah! Se o tivesse encontrado quando meu casamento com o conde C[harpentier] fracassou!... Estava desesperada, e tudo o que eu queria era uma atitude extrema. De lá para cá, eu pus os pés no chão e tomei minha decisão: Diana Vernon há de ser subprefeita, ou diretora de posta; e, se essa ambição ainda é muito alta para ela, pois bem! Solicitarei à rainha uma loja de selos ou um quiosque de tabaco. Veja, estão avisando que minha tia está servida, dê-me seu braço e vamos para a sala.

Dei-lhe o braço, e fomos.

Uma semana depois, soube que ela ia se casar com um fundidor chamado Lafarge.

13

Na época em que revi Marie em casa da tia, ela acabava, com efeito, de ser chamada da casa da sra. de Montbreton, onde estava fazendo teatro, para vir a Paris escolher um marido.

Mas o que a pobre Marie desconhecia era a mina de onde estavam tirando aqueles maridos que sucessivamente lhe ofereciam.

Era simplesmente uma agência, a agência Foy[1].

O sr. de Martens, na qualidade de diplomata, era quem estava encarregado de tratar do assunto.

Às perguntas de Marie, surpresa com aquela concorrência que se estabelecera de repente, o sr. de Martens retrucava que ele andava tratando de negócios com um rico comerciante, em cuja casa se encontravam muitos jovens industriais casadouros.

Ficou combinado um encontro no concerto da rua Vivienne, que a sra. Garat e Marie iriam por seu lado, o sr. de Martens pelo seu, e que ele lhes apresentaria o sr. Lafarge como um de seus amigos.

---

[1] Foy (de) et Cie, "casa especializada em negociações de casamento, rua Bergère, n. 17" (*Almanach du commerce*, 1839).

"Foi", conta Marie Cappelle, "numa quarta-feira que vi o sr. Lafarge pela primeira vez. O tempo estava admirável, não havia uma única nuvem no azul do céu nem um único pressentimento em minha alma.

Mas, ai, brisas queixosas que vêm às vezes chorar com este mundo, por que seus gemidos não despertaram algum eco em meu coração? Nuvens que carregam a tempestade, por que não enviaram seus raios para despertar meu sono, seus relâmpagos para indicar o abismo? E vocês, belos astros que luziam na abóbada eterna, brilharam acima de mim, e nenhuma dessas estrelas cadentes que, pálidas e proféticas, deslizam no espaço e caem sobre a terra veio dar um preságio de morte à pobre Marie!" [p. 173].

Marie Cappelle achou o sr. Lafarge cruelmente feio e, sobretudo, profundamente vulgar, o que era para ela a mais terrível das feiúras; mas seu espírito inquieto, recuando ante a realidade, dela afastou-se no mesmo instante, esqueceu-se de tudo em prol do concerto e deixou sua alma magoada levar-se nas asas da melodia.

No dia seguinte, porém, foi preciso voltar à realidade.

Marie, chamada pela tia, encontrou-a imersa numa verdadeira avalanche de cartas de recomendação, declarações sobre a situação pecuniária do sr. Lafarge e certificados de boa vida e bons costumes oferecidos por prefeitos e padres.

Uma dessas cartas era do sr. Gautier, deputado de Uzerche, que apresentava os maiores elogios ao caráter do sr. Lafarge e as mais satisfatórias garantias de sua posição industrial. Intimamente ligado a ele, via-o como a um filho; sua fortuna, que ele bem conhecia, era uma das melhores e mais estáveis do Limousin; ele possuía uma dessas raras capacidades, que vivem apenas para o progresso, um coração generoso e a mais estrita probidade.

"Senhor", dizia o honorável deputado, concluindo a enumeração das brilhantes qualidades do sr. Lafarge, "afortunada é a jovem mulher que lhe confiar sua felicidade! Se eu tivesse uma filha, ficaria feliz e orgulhoso em aceitá-lo como genro."

Oprimida por todos aqueles atestados de bom coração, grande fortuna, brilhantes qualidades, Marie não ousou mais falar sobre a feiúra e a vulgaridade que tanto a tinham chocado à primeira vista.

"Na sexta-feira, minha tia deu uma resposta, se não positiva, ao menos favorável, ao sr. Lafarge, e quando entrei na sala estavam conversando sobre mil detalhes íntimos e confidenciais que não foram interrompidos com minha chegada.

— É preciso que vá até meu notário para que o senhor também possa tomar as informações necessárias.

— Informações! De que me serviriam?... Conheço a srta. Marie, e a questão financeira tornou-se nula para mim.

Senti-me grata e comovida com aquele desinteresse. Estendi a mão ao sr. Lafarge, e ele me falou sobre a mãe dele, que saberia me amar como a uma filha, e sobre outros projetos de futuro. Disse-me que Glandier era um pouco isolada, mas que recebia muitos convidados, e que, toda primavera, os negócios o chamavam a Paris, para onde me traria para estar com minha família.

No dia seguinte, o sr. Lafarge nos trouxe as contas de sua usina; o lucro anual alcançava de trinta a trinta e cinco mil francos; e quando uma estrada departamental, que estava para estabelecer a comunicação com Uzerche, acabasse com o oneroso transporte dos ferros a lombo de mula, quando os capitais que eu trazia permitissem aumentar a fabricação, esses lucros alcançariam anualmente um mínimo de cinqüenta mil francos.

No domingo, o sr. Lafarge foi jantar no Banco; minha tia e ele tinham um ar de mistério quando entrei na sala; mostraram-me a planta colorida de uma grande e bonita usina, de um delicioso castelo cujas ardósias azuis se perdiam faceiramente no azul do céu e cujo terraço branco descia até um jardim de canteiros simétricos, sebes de buxo, chafarizes rococó. O outro lado do castelo dava para um pomar, em cujos gramados dormiam antigas ruínas góticas de uma igreja de cartuxos; uma comprida alameda de choupos servia de avenida, e o riozinho que emprestava a força da sua corrente para as usinas, em sua curva graciosa e borbulhante, servia igualmente de cerca para o jardim. Saudei com um gritinho de surpresa aquela encantadora habitação.

— É sua, senhorita — disse minha tia, abraçando-me e dando minha mão ao sr. Lafarge —; é mesmo sua, menina, pois sem seu consentimento apressamos as tediosas preliminares do casamento, e os proclamas foram publicados esta manhã.

Tive um momento de pavor!..." [p. 176]

E, no entanto, como não se deixar arrastar por todas aquelas manifestações, por todas aquelas promessas e, sobretudo, por aquela febre de compras que excita os recém-casados. Marie estava totalmente resignada; acreditava no castelo de ardósias azuis, acreditava no pomar com belas ruínas que lhe lembravam as de Longpont; acreditava no riozinho que fazia funcionar a usina e servia de limite para o parque e chegava a esquecer a máscara de vulgaridade e baixeza que a natureza pusera no rosto do sr. Lafarge, como para prevenir contra ele, quando de repente ficou sabendo de algo que lhe tinham ocultado e que por pouco não a levou a romper com tudo.

"Certo dia, depois que eu estivera com minha tia de Martens percorrendo algumas lojas e escolhendo a armação que eu queria para meu adorno de turquesa, ela me fez comprar um anel grande de ouro fosco que ela queria que eu desse a meu noivo; dentro, havia somente uma data, a de nosso primeiro encontro, meu nome e o dele. Chegando em casa, contamos à minha tia Garat sobre nossa aquisição e sua finalidade.

Ela parecia preocupada e disse:

— Minha filha, preciso lhe contar uma notícia bastante natural, mas que vai machucá-la: o sr. Lafarge é viúvo!

Foi como cair um raio em cima de mim. Desde sempre eu associara a um segundo casamento uma noção sinistra; dissera para mim mesma, e também muitas vezes dissera em voz alta, que nunca teria a idéia, e nem a coragem, de me casar com um viúvo e, no entanto, dali a três dias assinaríamos meu contrato! Dentro de três dias eu substituiria a fria esposa que dormia em seu caixão.

Meu primeiro impulso foi romper com tudo, o segundo foi desmanchar-me em prantos sob os carinhos e exortações de minhas tias." [p. 182]

Muito pior teria sido se a pobre Marie pudesse ter adivinhado o que fora a existência da mulher à qual sucederia.

O depoimento do pai da infeliz mulher diante do júri nos dará uma idéia[2].

Chamado a depor na audiência de 7 de setembro, o sr. Coinchon de Beaufort, pai da primeira esposa do sr. Lafarge, disse ao sentar-se:

— Devo avisar a Corte que tenho um processo contra a família Lafarge; perdi em Brive e estou em instância em Limoges.

O presidente.[3] — Quer dizer com isso que não se sente suficientemente livre para depor?

A testemunha. — Estou avisando antes, já que poderiam achar que estou falando em interesse próprio e que meu depoi-

---

[2] Na audiência de 7 de setembro de 1840, cf. *Gazette des Tribunaux*, 10 de setembro, pp. 1101-2.
[3] Sr. Barny, conselheiro da Corte real de Limoges.

mento carece de imparcialidade. Não desconfio de mim mesmo, apenas gosto das situações francas, e estou provando.

O presidente. — O senhor poderia nos dar informações sobre seus assuntos de interesse com os Lafarge e mesmo sobre fatos mais delicados ligados a eles?

A testemunha. — Saí de Glandier, onde tinha passado três dias de graves contestações com meu genro. Alguns meses depois do casamento de minha filha, o sr. Lafarge me confessou que tinha quase quarenta mil francos de dívidas e reconheceu as manobras indelicadas a que se prestara para conseguir uma mulher. Ele se trancara durante dois dias com um notário, sua irmã e seu cunhado, imaginando um jeito de se casar.

— Eu precisava — disse ele — apanhar alguém e preferi que fosse o senhor.

— Muito grato pela preferência — retruquei.

Saí dali para me recompor e fui dar um passeio pelas redondezas.

Retornando para os lados da forja, avistei minha filha e o marido conversando muito energicamente. Minha filha chorava. Lafarge, que me viu, fez sinal imperativo à mulher e veio em minha direção. Abordou-me com um rosto sorridente e disse que tinha as condições de fazer fortuna.

— Deixe-nos em paz — disse eu, dando de ombros. — Imagino que condições sejam essas e acredito tanto nelas como na fortuna que o senhor há de ter um dia.

Ele respondeu-me com muita vivacidade:

— Se eu soubesse quem é a pessoa que o pôs a par de meus negócios, imediatamente lhe queimaria os miolos.

Deixei Glandier após uma violenta altercação, jurando nunca tornar a pôr os pés por lá.

O presidente. — Sua filha era feliz com o sr. Lafarge?

A testemunha. — Não, senhor presidente. Acontecia no Glandier uma sucessão de pequenos mistérios internos que se esforçavam para esconder, e que eu percebia; uma vez, por exemplo, o sr. Lafarge me abordou, dizendo: "Bom dia, meu sogro".

Eu respondi: "Bom dia, senhor".

E como a porta da sala em que nos achávamos estivesse aberta ouvi o ruído de uma discussão acalorada, no quarto vizinho. Minha filha estava brigando com a sra. Lafarge, mãe dele.

— Escute, escute — disse para meu genro, fazendo um gesto significativo com a mão.

— Mas — respondeu ele com uma segurança acachapante — não estou ouvindo nada.

— Como não está ouvindo nada! Pois preste atenção.

— Basta — disse ele —, não é nada, acalme-se: é só eu aparecer e isso acaba.

De fato, ele entrou no quarto de minha filha e pôs fim à discussão.

Mas, por essas e por mil outras coisas miúdas, concluí que aquele casamento era uma grande desgraça para minha menina.

❋

Quer nos parecer que aí é que as tias de Marie Cappelle deveriam ter ido buscar suas informações.

"No sábado 10 de agosto, ao meio-dia", conta Marie Cappelle, "os notários e a parte masculina da família reuniram-se para definir os artigos do contrato. Não entendendo nada sobre aqueles termos de lei, não me senti obrigada a escutar e, retirando-me para o vão da janela, conversei sobre literatura com o sr. de Chambine, meu antigo notário, que estava ali muito desocupado, pois sua mente original livrara-se havia pouco do jugo dos contratos e testamentos.

Um momento de silêncio avisou-me que o negócio estava concluído, aceito de parte a parte; e quando me fizeram assinar o ato, em que duas inteligências notariais tinham colocado todo o seu bom senso, uma para vender o mais caro possível, outra para vender com o maior dos descontos uma pobre criatura feita à imagem de Deus, dei um sorriso de desprezo, e a vergonha corou minha testa.

Súbito, vieram avisar-me que era impossível nos casar na segunda-feira, como fora combinado, e que tínhamos de nos dirigir imediatamente para a prefeitura.

Então, sem nem sequer me dar o tempo da reflexão, vestiram-me com minha roupa mais bonita, fizeram-me subir no carro, entrar num quartinho bem escuro, um escrivão trancado numa gaiola de ferro nos acolheu com uma careta graciosa. Ele abriu volumosos registros, nos quais as testemunhas apuseram seus nomes, e principalmente seus títulos; em seguida nos conduziram, por sombrios corredores, para uma sala de estofos sujos, encimados pelo galo gaulês, onde nos esperava um homem cingido com uma echarpe, segurando um código na mão.

Até então eu só observara os ridículos que me cercavam, acompanhara maquinalmente pelo espelho os ondulantes balanceios da comprida pluma que ombreava meu chapéu, enquanto me dirigiam cumprimentos de circunstância que eu não escutava; mas quando precisei dizer sim, quando, emergindo de uma insensibilidade letárgica, compreendi que estava dando minha vida, que aquela mesquinha comédia da lei acorrentaria meu pensamento, minha vontade e meu coração... as lágrimas que eu quis ocultar me sufocaram, e quase passei mal nos braços de minha irmã!..." [pp. 182-3].

Marie Cappelle acabava de descer o primeiro degrau rumo a seu calabouço!...

14

Eis Marie Cappelle transformada em sra. Lafarge.

Nós a vimos nascer e crescer em seu doce ninho de musgo; vimos tornar-se uma moça nas saletas acolchoadas de suas duas tias. Uma, bela entre as mais belas mulheres de Paris; a outra, distinta entre as mais distintas. Vimos os cavalheiros mais elegantes de Paris e da província, os Mornay, os Vaublanc, os Valençay, os Montbreton, os Montesquiou cortejarem a menina e também as tias e a mãe; vimos como ela só deixou os salões da sra. de Martens, local de encontro de toda a aristocracia diplomática, pelos da sra. Garat, local de encontro de toda a aristocracia financeira. Tomaremos então a mulher habituada a todas as delicadezas físicas e morais, a todos os encantos de uma conversação elegante, a todos os encantadores salões da moda e a colocaremos diante do homem que acaba de comprá-la, de quem ela é mulher, ou seja, propriedade, e a quem ela não só pertence como deve obediência.

Os mais prevenidos contra Marie Cappelle poderão julgar.

Deixemo-la falar; ninguém melhor que ela sabe fazer intervir o público em sua situação.

Ficara combinado que após o casamento iriam imediatamente para Glandier, ou seja, para o encantador castelo e para a elegante usina cujos desenhos tinham sido mostrados.

"Já não era noite, não era dia, e os guizos dos cavalos davam o sinal da partida; precisava apartar-me das pessoas e dos lugares que eu amava!... Após muitas lágrimas e muitos beijos, as mãos que eu apertava escaparam das minhas e atravessei Paris, tão profundamente perdida em minhas penas que nem sequer lhe dei um último olhar de adeus. Entretanto, minhas lágrimas logo secaram ao sopro do vento fresco que vinha soerguer a gaze de meu véu e sacudir a poeira dos grandes olmos do caminho. Os pássaros despertaram cantando; a aurora, pálida de início, envolveu-se aos poucos em seu traje púrpura, e o sol, surgindo esplêndido, pareceu debruçar-se sobre a natureza, e a natureza estremeceu, orgulhosa, ao primeiro beijo de seu Deus.

Voltei-me para o sr. Lafarge; ele dormia; pus-me a sonhar.

Até aquele dia, minha vida, que transcorrera isolada em meio a afetos íntimos, mas secundários, tornar-se-ia então o primeiro móbil, a primeira alegria, a primeira esperança de uma outra vida! Eu seria amada; o sentimento de inutilidade que tão pesadamente oprimira meu passado daria lugar ao sentimento do dever! E cada uma de minhas ações, de minhas palavras, poderia honrar e encantar um homem honesto que me dera seu nome. O sr. Lafarge parecia me adorar; eu ainda não aprendera a amá-lo, mas dizem que isso acontece depressa; o amor, num casamento de conveniência, não passa de uma terna estima, e eu já sentia no coração tudo o que pode inspirar esse sentimento. Enquanto minha razão me falava assim, minha imaginação soprava ao pensamento palavras delicadas e apaixonadas que me embalariam o dia inteiro; o primeiro beijo na testa, um segundo, um terceiro, que eu talvez retribuísse; então um braço viria segurar minha cintura, que um cansaço poderia curvar; uma voz me diria: 'Eu a amo' e, mais tarde, murmuraria: 'Você me ama?'.

Um solavanco despertou o sr. Lafarge; ele esticou os braços com um bocejo sonoro e prolongado, beijou-me nas duas faces e disse:

— Então, minha mulherzinha, vamos almoçar.

Havia frango frio no carro; o sr. Lafarge o apanhou pelas asas e, dividindo-o ao meio, ofereceu-me a metade; recusei com um pouco de nojo. Ele julgou que eu estivesse doente, ficou preocupado, solícito, rogou que eu tomasse pelo menos uma taça de bordeaux e, diante de outra recusa, bebeu a garrafa inteira, 'por ele e por mim, que somos um só'.

Aquele cheiro de comida me era insuportável; tomei o lugar de Clémentine[1] no banco; diverti-me pagando aos cocheiros, fazendo-os falar sobre a influência de uma gorjeta prometida, tentei, principalmente, brincar comigo mesma sobre o despertar positivo que um almoço suscitara a meus pensamentos; e pensei, para me consolar, que nem sempre se almoça, e daquele jeito primitivo.

Lá pelo meio-dia entrei no carro; tentei falar de literatura, de teatro, do meu caro Villers-Hélon, de sua linda floresta. Essa última parte da conversa pareceu finalmente interessar o sr. Lafarge; mas sua ignorância do sistema de corte, o preço da madeira e do carvão logo pôs término a meu êxito; ele tirou uma carteira da bolsa e isolou-se em contas que pareciam preocupá-lo desagradavelmente.

Tentei dormir: o sol em brasa e as nuvens que se acumulavam a oriente, estendendo sobre nós como um manto de chumbo, causaram-me uma dor de cabeça que tornou o sono impossível. Por volta das cinco horas chegamos a Orléans; eu mal conseguia

---

[1] Clémentine Serva ou Servat, sobrinha da boa Lalo, criada dos Collard em Villers-Hélon.

ficar de pé, pedi para entrar num banho em busca de um pouco de frescor e descanso.

Mal tinha entrado na banheira, a porta foi violentamente sacudida.

— A senhora está no banho — disse Clémentine.

— Eu sei, abra a porta.

— Mas, senhor, a banheira é descoberta; a senhora não pode recebê-lo.

— A senhora é minha mulher; que o diabo carregue as cerimônias!

— Por favor, não grite tanto; aguarde um momento; dentro de uns quinze minutos estarei vestida — eu disse, um pouco despeitada.

— Mas é exatamente porque a senhora não está vestida que quero entrar. Está me achando com cara de idiota, acha que vou me deixar enrolar muito tempo por uma parisiense pudibunda?

— Estou com medo — Clémentine me dizia baixinho, e em voz alta: — Senhor, seja galante no primeiro dia!

— Marie, ordeno-lhe que abra esta porta, senão vou arrombá-la, está ouvindo?

— O senhor é livre de arrombar a porta — respondi —, mas não vou abri-la. A força é impotente diante de minha vontade; saiba disso, de uma vez por todas.

Depois de alguns palavrões, tão grosseiros que empalideci e que minha pena não saberia repeti-los, ele foi embora, furioso. Fiquei aterrorizada em meu banho; minha querida Clémentine fez correr minhas lágrimas beijando mil vezes minha mão para me consolar; depois, quando me viu mais calma, saiu e foi procurar o sr. Lafarge. Tentou, em vão, fazê-lo entender seu erro e, quando ela disse que eu era doente e que ele me mataria com cenas daquele tipo:

— Que seja — disse ele —, vou calar-me desta vez, mas, ao chegar a Glandier, vou saber chamá-la à razão." [pp. 189-92]

Eis a estrada.
Vamos rapidamente para Glandier, onde o sr. Lafarge chamaria sua mulher à razão.
"Paramos por uma hora em Vigeois, na casa de um primo do sr. Lafarge. Estava tão ansiosa para chegar a *minha casa* que me deixei abraçar, olhar, e peguei algumas frutas maquinalmente, sem ter me desvencilhado de minhas dolorosas impressões. Trouxeram-nos montarias. Eu estava exausta, quis terminar a viagem de carro, embora alertassem para a imprudência e declarassem ser impossível atravessar de mala-posta a região selvagem que nos separava de Glandier. Nenhum raio de sol sorrira através das nuvens desde a tempestade da manhã. As árvores ainda se inclinavam sob a chuva, e as estradas intransitáveis, que reduziam ao passo o andar dos cavalos, ameaçavam-nos com perigos contínuos e quase inevitáveis. Depois de três horas desse terrível trajeto, descemos a pique numa estrada funda. Mostraram-me uns telhados enfumaçados que despontavam no nevoeiro e que, disseram, pertenciam aos edifícios da forja, e ao fim de uma pequena alameda de choupos o carro parou.

Saltei para os braços de duas mulheres; atravessei uma comprida abóbada escura, fria, úmida; subi uma escadaria de degraus de pedra bruta, sujos, escorregadios sob as gotas de chuva que um telhado desmantelado deixava passar. Por fim, entrei num salão grande, que chamaram de sala de companhia, e deixei-me cair numa cadeira, olhando à volta com olhar embrutecido.

Minha sogra pegara numa de minhas mãos e fitava-me com um olhar curioso. A sra. Buffière, mulher baixa, rosada e viçosa, de movimentos comuns e incessantes, cobria-me de carinhos e perguntas, querendo sacudir minha amarga estupefação, que ela confundia com timidez. O sr. Lafarge veio juntar-se a nós; tentou sentar-me em seu colo e, como eu o repelisse com uma clara negativa, disse bem alto, e rindo, que eu só sabia *acariciá-lo em tête-à-tête*.

— Minha mãe — ele acrescentou —, você não acreditaria como me ama essa *patinha*! Vamos, meu bem, confesse que me ama tremendamente.

Ao mesmo tempo, para juntar os atos às palavras, apertava-me a cintura, beliscava-me o nariz e abraçava-me. Meu amor-próprio revoltou-se a essas palavras, a esses gestos; eu me sentia estremecer de indignação ao escutar aquelas doces palavras de amizade que faziam de mim um ou mais animais. Não suportando mais aquele suplício, pretextei um cansaço excessivo, cartas a escrever. Levaram-me até meu quarto, onde me encerrei com Clémentine.

Meu quarto, do mesmo tamanho da sala, era totalmente destituído de mobília. Duas camas, quatro cadeiras, uma mesa vagavam naquela solidão. Eu tinha pedido um tinteiro; trouxeram-me um vidro de geléia quebrado, no qual um pedaço de algodão boiava numa água cinzenta, uma pena velha e papel azul-celeste. Clémentine quis despir-me; teria sido para mim impossível ficar na cama. Pedi que se deitasse junto de mim, por parecer-me que, mesmo dormindo, a boa criatura seria uma salvaguarda, e tentei escrever. Não consegui organizar uma só idéia. Estava sob o peso de uma terrível decepção. Resisti ao pensamento de lançar tão depressa o terror entre os meus; meu carinho recusava-se a dar-lhes metade de minhas angústias; meu orgulho, a começar tão depressa um papel de vítima... Além disso, cem léguas nos separavam... seriam precisos vários longos dias para trazê-los até aqui... O que seria de mim durante aqueles longos dias?... O que fazer, meu Deus, o que fazer?

A tonalidade escura do céu, que ia escurecendo com a chegada da noite, vinha somar-se à indignação que eu experimentava ao me sentir enganada, ao medo ainda maior e mais íntimo do tête-à-tête que eu tanto temia e já não podia evitar. Nunca conheci o rancor; mas, quando me ferem o coração, sou impotente em dominar minha indignação. Naquele momento, eu teria passado mal se o sr. Lafarge segurasse minha mão; em seus braços, teria morrido.

Súbito, tomei uma resolução: decidi partir, ir até o fim do mundo, antes de mais nada não passar a noite entre aquelas tristes paredes. Aquela decisão me deixou mais calma; mas precisava pensar no meio de executá-la, e minha imaginação veio em meu socorro; resolvi obter do próprio sr. Lafarge uma ordem de partida, ferir seu amor-próprio, seu ciúme, sua honra; tornar uma aproximação impossível, dizer que não o amava, que amava outro e que, traindo meus novos sentimentos, avistara seu rival em Orléans, e tentar dizer-lhe, enfim, que todos os meus pensamentos de esposa tinham sido adúlteros! Eu jamais ousaria dizer aquela palavra assustadora, jamais teria coragem de proferir de viva-voz aquelas mentiras humilhantes; mas o papel não enrubesce, e a ele confiei com toda a amargura de meu coração o cuidado de minha libertação.

Depois de escrever várias páginas, quis reler minha carta: fiquei espantada com sua energia, mas compreendi que estava salva. Após essa leitura, poderiam me matar; era impossível querer me reter ou perdoar. Vieram me chamar; apertei rapidamente minha carta nas dobras do cinto; fiquei calma, pois minha vontade era firme, e eu estava com a inquebrantável coragem do guerreiro que queimou seus navios esperando apenas a vitória ou a morte.

Todos os moradores de Glandier estavam reunidos na sala de jantar; o jantar foi longo; a noite, mais longa ainda; eu sofria ao receber as manifestações afetuosas da sra. Lafarge, os cuidados solícitos da sra. Buffière. Tentei ser amável; quis me mostrar sensível à boa recepção e, naqueles últimos momentos que nos reuniam, sentia-me envergonhada e perturbada por devolver-lhes tão depressa todo o mal que me tinham feito naqueles três dias. Cada vez que o monótono tilintar de um relógio me dizia que a hora temida se aproximava, apertava com um estremecimento minha carta junto ao peito; escutava o ligeiro ruído do papel e parecia-me ouvi-lo murmurar para meu coração: 'Estou vigiando, não tema'.

Bateram dez horas. O sr. Lafarge interrompeu uma conversa que ocupara toda sua atenção nas últimas horas — conversa em dialeto, dirigida mais especialmente a seu cunhado, da qual participavam todos os membros da família. Não tentei compreender aquele estranho idioma; mas sofria, e não conseguia evitar um profundo sentimento de tristeza ao escutar aquela língua que não era a da minha terra.

— Venha, minha mulher, vamos nos deitar — disse o sr. Lafarge, puxando-me pela cintura.

— Eu lhe suplico, permita que eu fique alguns instantes sozinha em meu quarto — respondi.

— Mais uma farsa, mas, enfim, vou deixar passar pela última vez.

Entrei em meu quarto, chamei Clémentine e dei-lhe a carta; pedi que a entregasse imediatamente ao sr. Lafarge. Quando ela voltou, puxei o trinco e me joguei, aos prantos, em seus braços. A boa moça ficou assustadíssima, fez mil perguntas, e mal pude lhe explicar meu desespero, a carta que tinha escrito e minha decisão de partir naquela mesma noite. Clémentine ficou apavorada com a confidência, depois suplicou que eu tivesse paciência por mais alguns dias, que chamasse minha família e não me expusesse a ser morta por meu marido num momento de fúria." [pp. 197-201]

Eis, palavra por palavra, como era a carta:

"Charles, venho de joelhos pedir-lhe perdão! Enganei-o de maneira indigna; não o amo e amo outro! Meu Deus! Sofri tanto, deixe-me morrer; você, que me estima de todo o coração, diga: 'Morra, e eu a perdoarei', e não existirei mais amanhã.

Minha cabeça se estilhaça, você virá em meu socorro? Escute, por piedade, escute: ele também se chama Charles; é bonito, é nobre, foi educado perto de mim, nos amamos desde que sabemos amar. Há um ano, outra mulher o roubou de meu coração. Pensei que fosse morrer. Por despeito, quis me casar. Infelizmente, conheci você, ignorava os mistérios do casamento, estremeci de felicidade ao apertar sua mão.

Infeliz que sou! Pensava que apenas um beijo na testa lhe seria devido, que você seria bom como um pai. Compreende o que tenho sofrido nestes três dias? Compreende que, se não me salvar, é preciso que eu morra? Pois vou lhe confessar tudo: estimo-o com toda minha alma, venero-o; mas os costumes, a educação, puseram entre nós uma imensa barreira. Em lugar das duas palavras de amor, triviais amenidades; das efusões do espírito, só o que os sentidos falam em você e que se revoltam em mim. E súbito ele se arrepende, eu o vi em Orléans, você estava jantando, ele estava numa sacada defronte à minha. Está escondido aqui mesmo, em Uzerche, mas serei adúltera à minha revelia, e à sua, se não me salvar. Charles, que tão terrivelmente ofendo, arranque-me de si e dele. Esta noite, diga-me que consente; tenha para mim dois cavalos, indique-me o caminho de Brive, tomarei a mala-posta para Bordeaux, embarcarei para Esmirna.

Eu lhe deixarei minha fortuna. Deus há de permitir que lhe seja próspera, você merece; quanto a mim, viverei do fruto de meu trabalho ou de minhas aulas. Peço que jamais deixe suspeitarem de que eu existo; se quiser, posso jogar meu manto num de seus precipícios, e tudo estará terminado; se quiser, posso tomar arsênico; tenho algum: tudo estará dito. Você tem sido tão bom que posso, ao recusar seu afeto, lhe dar minha vida. Mas receber suas carícias, jamais! Em nome da honra de sua mãe, não me recuse. Em nome de Deus, perdoe-me. Espero sua resposta como um criminoso espera sua sentença. Ah, se eu não amasse esse homem mais do que à vida, teria conseguido amar você, de tanto estimá-lo; assim como é, suas carícias me repugnam. Mate-me, eu o mereço, e no entanto conto com você. Passe uma folha de papel sob minha porta esta noite, ou amanhã estarei morta.

Não se preocupe comigo, irei a pé até Brive, se preciso. Quede-se aqui para todo o sempre. Sua mãe, tão terna, sua irmã, tão doce, tudo isso me oprime; tenho horror de mim mesma. Oh! Seja generoso; salve-me de me matar! Em quem confiar senão em você? Dirigir-me a ele? Jamais! Não serei sua, não serei dele, estou morta para os afetos. Seja homem; você ainda não me ama, perdoe-me. Cavalos fariam com que descobrissem nosso rastro; tenha para mim dois trajes sujos de suas camponesas. Perdão! Que Deus o recompense pelo mal que lhe causo.

Só vou levar comigo umas poucas jóias de minhas amigas, em lembrança do restante do que tenho; envie-me para Esmirna o que se dignar permitir que eu conserve por sua mão. É tudo seu.

Não me acuse de falsidade: desde segunda-feira, desde a hora em que soube que seria algo mais que sua irmã, quando minhas tias me ensinaram o que significava se entregar a um homem, jurei morrer, tomei veneno em dose demasiado pequena; ainda em Orléans, ontem, vomitei-o; a pistola armada, mantive-a em minha têmpora durante os sobressaltos e tive medo. Hoje tudo depende de você, não vou mais recuar.

Salve-me, seja o anjo bom da pobre órfã, ou, então, mate-a, ou diga-lhe que se mate. Escreva-me, pois sem sua palavra de honra, e acredito em você, sem ela escrita não hei de abrir minha porta".

"Bateram à porta com força. Recusei-me a abrir. Ajoelhada junto a minha cama, eu chorava: solicitações mais prementes trouxeram-me de volta a mim mesma; disse a Clémentine que me deixasse sozinha e recolhi-me no vão de uma janela que não estava fechada.

O sr. Lafarge entrou, num estado assustador; dirigiu-me as mais ultrajantes injúrias, disse-me que eu não iria embora, que ele precisava de uma mulher, que não era suficientemente rico para comprar uma amante; que, pertencendo-lhe diante da lei, eu seria sua. Quis se aproximar e me agarrar; declarei friamente que se ele se aproximasse eu pularia pela janela; que eu reconhecia o direito dele de me matar, mas não o de me macular! Ao ver-me tão pálida e tão desesperada, ele recuou e chamou a mãe e a irmã, que se achavam no cômodo vizinho." [p. 201]

Acreditamos ser inútil prosseguir nas citações. A situação dos dois indivíduos, com seu berço, seu caráter, sua posição social, o meio no qual viveram, está suficientemente retratada. Esses dois indivíduos estariam em constante hostilidade um para com o outro: a mulher nunca cumpriria seus deveres de esposa; o homem clamaria em vão pelos direitos de marido.

Ou então algo terrível e inesperado há de irromper de repente.

15

Marie não se jogou pela janela, Marie não se envenenou com o arsênico que tinha consigo, Marie não fugiu.

Só o divórcio, ao devolver-lhes a liberdade, poderia devolver a felicidade a dois seres tão opostos um do outro como eram Marie Cappelle e o sr. Lafarge.

Mas o divórcio está abolido na França.

Marie curvou a cabeça, superou seu nojo e tornou-se materialmente a mulher do sr. Lafarge.

Os antigos representavam a Necessidade com uma corrente de aço em uma das mãos e cunhas de ferro na outra.

A própria Marie procura nos contar a reconciliação, impossível para nós de acreditar, com o marido.

Escutemos, até aqui ela tinha dito a verdade.

Começará a mentir.

Fosse eu poeta, filósofo e anatomista, e ao mesmo tempo jurado, dataria dessa noite que ela nos vai descrever sua terrível resolução!

"Certa noite, tendo ido assistir à moldagem da fundição, sentia-me um pouco cansada; o sr. Lafarge sugeriu que retornássemos de barco. Já estava um tanto tarde... A terra silenciosa deixava soprar uma brisa ligeira que estremecia nas grandes árvores e, balançando frouxamente as flores adormecidas, roubava a essas lindas filhas da luz seus deliciosos perfumes. Uma cigarra atordoada cantava vez ou outra uma cançãozinha atrevida, que despertava toda uma república de austeras formigas. Uma rã, incompreendida talvez, deixava escapar um suspiro coaxante; então, de repente, uma nota aguda, vibrante, interrompia suspiros e canções, e o rouxinol ordenava silêncio, a fim de oferecer uma serenata à mais bela das rosas, sua amante adorada... No céu, todas as estrelas brilhavam, e a luz, mirando nas águas a pálida e divina imagem, sorria para a própria beleza.

O sr. Lafarge dava umas remadas fracas e intervaladas... Cingia-me com um dos braços, pois eu me debruçara na borda da barca, abandonando uma das mãos à água que a refrescava e observando escorrer o pequeno rio que não tinha uma só ruga e muitos murmúrios misteriosos.

Um lindo nenúfar flutuava a nossa frente; fiz um gesto brusco para apanhá-lo, o sr. Lafarge deu um grito de pavor.

— Ah! — disse eu — você decerto ainda está assombrado por minhas idéias de suicídio! Fique tranqüilo, minha razão já está de volta, e minha imaginação um tanto doida nunca é soberana, *mulher e déspota*, mais do que uns poucos minutos.

— Quer dizer que não vai mais me deixar?

— Ora... depende de você.

— Sabe, Marie, que tudo o que quero é lhe obedecer e lhe agradar.

— Então, prometa deixar que eu seja *muito* sua irmã e muito pouco sua mulher. Está calado? Vamos, aceite essa minha regra, verá que sou uma irmã muito amável.

— Mas, de vez em quando, eu não poderia também amá-la como minha mulher?

— Veremos!... Nos dias especiais, quando você tiver sido muito amável, e quando tiver me dado coragem... pois, confesso, tenho medo, um medo atroz!

— Aceito tudo o que quiser, pequena excêntrica, amo-a loucamente; e você, ama-me um pouco?

— Ainda não, mas sinto que acabará acontecendo, com a ajuda da graça de Deus, mas *principalmente da sua*. Ora, para começar, permito que me dê três beijos; serão as três assinaturas obrigatórias, acho, para que um contrato seja válido.

Os três beijos talvez tivessem se multiplicado ao infinito; felizmente, eu tinha para me defender meu lindo nenúfar, o qual continha toda uma artilharia de graúdas gotas d'água; e estávamos no porto: tive de desembarcar.

No dia seguinte a esse em que eu aceitara meus novos deveres, percorri com olhar indulgente todo o meu pobre castelo-ruína. Fiz mil planos, mil projetos de bem-estar e decoração; depois, escrevi para todos aqueles que eu amava, especialmente a minha tia Garat." [pp. 211-2]

Cá estão algumas dessas cartas, que conseguimos obter[1]. Ou bem são sinceras, e tal mobilidade de humor numa mulher que diz de si própria *Quando me ferem o coração, sou impotente em dominar minha indignação!* é inexplicável; ou bem constituem um sentimento encenado e são o ato de acusação de Marie Cappelle.

"Querida tia,

Continuo sendo uma pessoa feliz e mimada; Charles me faz a corte assídua de um pretendente, me cobre de carinhos, cuidados,

---

[1] O texto das duas cartas seguintes está publicado na *Gazette des Tribunaux*, 21 de setembro de 1840, p. 1155; a primeira, contudo, mescla excertos de duas cartas distintas para a sra. Garat (uma datada de 2 de setembro de 1839; a outra, de dezembro); a carta a Elmore, datada de 1º de outubro de 1839, foi postada nos correios de Uzerche em 4 de outubro.

adoração. Ofereceram-me um baile em Uzerche, estava bem ruim; mas a atenção compensou as luzes; os elogios fizeram-me esquecer a desafinação dos artistas inábeis, enfim, não me chateei. Eu estava *um primor*, o que tem acontecido bastante desde que me casei.

Estava com um vestido de musselina de saia dupla, sendo a segunda ornada de margaridas, e nas mangas, na cabeça, as mesmas flores; uma graça; e, como me acharam muito bem, achei o baile muito divertido. Charles fez-me a surpresa de uma bonita égua cinzenta malhada, meu sonho de dez anos! É minha propriedade, sou a única a montá-la, e esse império exclusivo me encanta.

Fiz muitas visitas pelas redondezas e bonitos passeios a cavalo; recebem-me com uma graça e solicitude muito agradáveis, que deixam Charles, sobretudo, bastante satisfeito. Agradeço a Deus, realmente, do fundo de minha alma, por Charles, que Ele me deu, e pela vida que descortinou diante de mim. Só vocês me fazem falta, porém sinto que as verei seguidamente e precisarei antes de motivos para recusar essa felicidade do que de preces para obtê-la.

Continuo em meio aos pedreiros; eles pouco avançam e são odiosos como todos os operários que existem. No mais, meu casamento vai muito bem. Continuo sendo aprovada por minha sogra e antecipada e adivinhada por meu marido; meus empregados são, se não perfeitos, ao menos solícitos, alegres e satisfeitos. Clémentine é uma moça excelente, que trabalha bem, esquece quase tudo, mas conserta sem resmungar e se deixa encher de tarefas sem fazer cara feia.

Adeus, minha tiazinha querida; escrevo-lhe feito um gato e amo-a feito um cão.

Marie Cappelle"

Seguindo a ordem das datas, talvez devêssemos ter colocado esta carta antes da outra; de fato, esta precede em alguns dias a que Marie Cappelle escreveu para a tia e deve ser do início do mês de outubro.

É endereçada a seu antigo estribeiro-chefe, sr. Elmore.

"Bom dia, caro senhor Elmore, como está?... Se sua memória para amizades for boa, há de ler neste bom-dia que não o esqueço, que o desejo, que o quero; embora casada, muito feliz, mulher, mimada, adorada, não quero perder meus antigos direitos e venho reclamá-los, se é que ainda existem. Construíamos outrora castelos no ar; agora que tenho um no Limousin, o senhor é aguardado e desejado...

Estou bem aclimatada a nossa região selvagem; o senhor não pode imaginar essa infância de civilização e poderá estudá-la à vontade em meu pobre Glandier, que desfruta da natureza mais linda e é, afora isso, horroroso. Estou certa de que se sentirá bem aqui, embora muito mal na verdade. Monto seguidamente a cavalo, sem ter cavalos que me pertençam. Espero-o para que me ajude com suas luzes em minha escolha. A raça limusina é elegante e, principalmente, ágil e forte de pernas, o que é necessário nesta região de caminhos desconhecidos e nos quais não se pode andar de carro, mesmo com o firme desejo de sacrificar o próprio pescoço."

Ora, paralelamente ao baile de que fala Marie Cappelle, que ela achou bem divertido, eis o que ela conta sobre esse Charles *que lhe faz a corte assídua de um pretendente, que a cobre de carinhos, cuidados, adoração, e que ela agradece a Deus por ter-lhe dado.*

Quem estará mentindo, a carta ou as memórias?

"A fim de me distrair dessas pesadas obrigações (trata-se das festas e dos bailes), o sr. Pontier me sugeriu uma pequena excursão até Grenerie, terras pertencentes ao sr. Deplaces, um rico fundidor. Fui acolhida com bondade pela sra. Deplaces, que unia à dignidade de uma mulher de idade a complacência indulgente e cordial, e por sua nora, espirituosa, elegante, enfeitada de duas encantadoras crianças. Esse ingresso no mundo civilizado fizera-me bem; mas, na volta, fazia um tempo pavoroso; a chuva, empurrada pela tormenta para dentro da capota da *briska**, escorria-nos pelo rosto e por nossa roupa... Ao chegar a Uzerche estávamos tremendamente molhados.

Como havia um jantar em família, tivemos de manter a compostura; por volta das dez horas, porém, eu me sentia tão mal que pedi licença para me retirar. A sra. Pontier me acompanhou, descobriu que eu estava com febre, fez-me tomar bastante chá, prescreveu-me um profundo descanso e, para torná-lo mais completo, instalou Clémentine como enfermeira, proibindo a entrada do quarto a seu sobrinho.

Eu estava dormindo havia uma hora, oprimida pelo cansaço e pela febre, quando ouvi baterem à porta com violência. Perguntei, com a impaciência de uma pobre doente acordada em sobressalto, o que queriam comigo.

— Abra! — gritou o sr. Lafarge.

— A sra. Pontier não lhe disse que, vendo-me adoentada, pediu a Clémentine que dormisse em meu quarto?

— Mande-a embora, quero entrar!

— Meu caro, isso não pode ser, por favor, deixe-me dormir e deixemos para amanhã uma mais ampla explicação.

Um palavrão, aceitável até, me respondeu e, julgando ter-me livrado daquela conclusão um tanto temerária, mergulhei nas profundezas do travesseiro.

---

* Palavra de origem russa, significa carro leve, puxado por cavalos e transformável em trenó; caleça. (N. de T.)

— Senhora — disse-me um tempo depois minha criada —, estou ouvindo um ruído estranho na fechadura; seriam ladrões?...

— Não é nada!... que medrosa você é!

O ruído prosseguia e, reconhecendo uma amável brincadeira de meu marido, não fiz um único movimento; a fechadura era forte, e eu esperava que depois de alguns minutos ele se cansasse do ofício de chaveiro.

— Abra, ou arrombo a porta! — ele gritou dali a pouco, com raiva redobrada.

— Mas não é possível; eu lhe suplico, deixe-me descansar!...

— Abra, ou quebro tudo!

— Pode quebrar a porta, mas sabe que comigo a força não funciona.

— Sou o mestre, quero entrar; não é você que eu quero, é meu quarto; devolva-me o quarto, e pode ir às favas se preferir!

Um pontapé terrível, seguido da mais grosseira interpelação, fez-me estremecer; então, forte de minha indignação, pulei da cama, abri a porta e, cruzando os braços sobre o peito, quedei-me diante dele em silenciosa indignação. O sr. Lafarge, olhar desvairado, rosto lívido e contraído, quis me puxar violentamente para junto dele, dirigindo-me odiosos adjetivos; mas, esgotado pela raiva, foi obrigado a jogar-se em cima de uma cama, e pude recolher-me na antecâmara, aniquilada de vergonha, de desespero, escondendo o rosto entre as mãos para sufocar os soluços, enquanto minha boa Clémentine cobria com suas lágrimas e beijos meus pobres pés descalços que ela, em vão, queria aquecer."
[pp. 214-6]

Mais uma vez, no que acreditar, e quem dirá a verdade, a carta ou as memórias?

Mas eis o fato nu, terrível e sem comentários.

Quatro meses depois dessa cena, quatro meses depois da carta escrita à sra. Garat, no momento em que só se falava em harmonia entre os esposos, um parente e um amigo da família, dos quais eu mesmo era quase parente e totalmente amigo[2], apresentaram-se em minha casa quando eu ainda estava na cama.

Gritaram-me seus nomes do outro lado da porta.

"Bom!", perguntei, "o que eles querem a esta hora; será um convite para caçar?" (Eram ambos caçadores.)

— Não — disse meu empregado, depois de transmitir minha pergunta —, é um assunto urgente e dos mais sérios.

— Então, abra.

Fez-se a luz do dia em meu quarto, e eles entraram.

— Quais são suas relações com o senhor duque de Orléans? — inquiriu o mais moço dos dois visitantes.

— Boas, acho.

— Você precisa solicitar uma audiência para falar com ele?

— Não. Só preciso me apresentar na casa dele e mandar dizer meu nome.

— Muito bem, você precisa se levantar e ir falar com ele sem perder nem um minuto sequer.

— E por que isso?

— Marie Cappelle envenenou o marido.

Pulei da cama.

— Marie Cappelle!...

— Envenenou o marido.

— E o que o duque de Orléans pode fazer?

— Ele pode saber se, em caso de condenação, o rei concederia um indulto.

---

[2] Trata-se de Félix Deviolaine e seu cunhado, Hippolyte Leroy.

— E em caso contrário?

— Como ela ainda não foi detida, faríamos o possível para fazê-la deixar a França.

— Realmente — disse eu —, não temos tempo a perder.

Chamei meu criado e pedi que me vestisse. Eu morava na rua de Rivoli[3], só precisava atravessar a rua.

Eram oito horas da manhã, mas para mim não havia horário na casa do príncipe.

Pedi que me anunciassem. Ele acorreu, pensando que eu precisava lhe falar sobre algo importante.

Expus o objeto de minha missão.

Seu rosto ensombreceu.

— E ela ainda não foi detida? — perguntou ele.

— Ainda não, senhor.

— Vou falar com o rei, espere aqui.

Cinco minutos depois, ele desceu.

— Se ainda houver tempo — disse o príncipe —, que ela fuja; *qualquer que seja o veredicto, a justiça seguirá seu curso!*

Despedi-me do príncipe e fui num passo só das Tulherias até em casa.

Meus dois amigos pegaram uma cadeira de posta e rumaram para Glandier.

Chegaram tarde demais: Marie Cappelle tinha sido detida!

---

[3] Em 1838, A. Dumas mudara-se para a rua de Rivoli, n. 22, quase em frente às Tulherias, num apartamento situado no quarto andar, amplo e confortável, ornado de uma sacada; após sua ida para Florença, o apartamento foi entregue aos cuidados de Anne Ferrand, mãe de Ida Ferrier (com quem Dumas acabava de se casar), que, em 16 de dezembro de 1840, pediu rescisão do contrato para meados de julho de 1841, alegando umidade.

16

Não nos deteremos em nenhum dos detalhes desse processo que um jornal acaba de reproduzir. Vinte e seis anos atrás, esse processo arrebatou a Europa; hoje, sua reprodução interessou a França. O que mais podemos pedir ao mais emocionante dos dramas judiciários?

Durante esse processo, que durou quase um mês, a sra. Lafarge passou por todos os degraus da esperança, por todos os níveis da dor. Durante um mês, os olhares dos jurados, dos juízes, dos jornalistas, e aqueles mais curiosos ainda dos espectadores, puderam acompanhar naquele rosto movente todas as emoções que agitaram o coração que esteve tão perto de se romper, que, como na tortura, um médico às vezes assistia durante a audiência com a missão de dizer *basta* caso à acusada faltassem forças para suportar ainda mais. Depois do relatório dos médicos de Tulle, julgaram-na salva; depois do relatório do sr. Orfila, julgaram-na perdida; depois do relatório de Raspail, quedaram-se na dúvida[1].

---

[1] Cf. *Accusation d'empoisonnement par l'arsenic, mémoire à consulter à l'appui du pourvoi en cassation de Dame Marie Cappelle, Vve Laffargue, sur les moyens de*

Durante todo o tempo que duraram os debates, ela literalmente viveu entre dois médicos, alimentando-se apenas de caldos de ervas. Suas noites não passavam de insônias longas e febris. Ela só saía de uma crise nervosa para recobrar as forças e cair em outra. As freqüentes sangrias, os múltiplos banhos enfraqueciam-na ao aliviá-la. Só tinha forças para trabalhar com seus advogados.

Deram à sra. Lafarge o quarto da filha do carcereiro. A pobre moça, chamada Mariette, tivera um filho e havia dois anos trabalhava para prover às necessidades da criança.

"Era", diz Marie Cappelle, "o quarto da excelente moça que eu vinha ocupando desde meu processo; sobre sua cama é que eu estava deitada sem sentidos quando vieram me comunicar a sentença de minha condenação: à sombra das cortinas de sua pequena alcova é que ela se introduziu, certa noite, a fim de me apresentar o filho.

Nada é tão tocante como a ternura humilde e receosa desses dois seres infelizes. O coitadinho, todo trêmulo por sentir estremecer a saia da mãe, escondia-se sob seu manto e enlaçava-lhe os braços no pescoço. Mariette, agitada, confusa, ora tranqüilizava a criança com um sorriso, ora me olhava chorando; a dor velava em seu rosto o brilho do amor materno, e, quando sua cabeça morena se inclinava para a cabeça loira do pobre menino, que a chamava de *minha irmã*, lembravam dois passarinhos nascidos num mesmo ninho, duas flores desabrochadas num mesmo caule, com alguns sóis de intervalo" [H., livro I, IX, p. 15].

---

nullité que présente l'expertise chimique [*Acusação de envenenamento por arsênico, dissertação a consultar como suporte ao recurso de apelação da senhora Marie Cappelle, viúva Laffargue, sobre os meios de nulidade apresentados pela perícia química*], por F.-V. Raspail; e *Réponse aux écrits de M. Raspail sur l'affaire de Tulle* [*Resposta aos escritos do sr. Raspail sobre o caso de Tulle*], pelos srs. Orfila, Bussy e Olivier (de Angers) (Paris, Béchet Jeune e Labé, 1840), extraído de *L'Esculape*.

A condenação que a acusada ouviu, deitada naquela cama, era terrível. Emprestamos dos jornais da época a ata da cruel sessão em que ela foi pronunciada:

> Por estafeta chegado a Paris às duas e meia da tarde, em 22 de setembro de 1840.
>
> VEREDICTO DO JÚRI
> (audiência de 19 de setembro de 1840)

Às sete horas e quarenta e cinco minutos, o júri entra na sala das deliberações. Depois de exatamente uma hora, torna a sair. O chefe do júri está mudado. Um profundo silêncio se estabelece no auditório.

A declaração do júri é:

Sim, segundo a maioria, a acusada é culpada. (Movimentação no auditório, exclamações na tribuna das senhoras.)

Sim, segundo a maioria, há circunstâncias atenuantes em favor da acusada.

(A imensa multidão que se amontoou no pretório permanece silenciosa, nenhuma palavra, nenhum movimento, nenhum gesto é manifestado. A impressão, diante de todos esses olhares fixos num mesmo ponto, de todas essas bocas caladas, é de que uma mesma comoção elétrica acometeu-os a todos de imobilidade perpétua.)

Sr. presidente. — Recomendo ao auditório o mais profundo silêncio, o mais profundo recolhimento. Guardas, façam entrar a acusada.

Todos os olhares fixaram-se na porta pela qual Marie Lafarge entraria pela última vez. Passa-se um quarto de hora e nada vem romper o silêncio de morte que todo o auditório se impôs e que a voz severa do sr. presidente não precisa manter.

Dr. Paillet, com o rosto inundado de suor e a voz apagada. — A sra. Lafarge, ao chegar a sua prisão, desfaleceu; encontra-se neste momento num estado tal, segundo me informaram, que se fosse transportada até aqui chegaria privada de sentidos. A triste formalidade de sua condenação não poderia ser cumprida em sua ausência?

Sr. presidente. — É com sentimento de dor que sou forçado a lhe lembrar que o artigo 357 do código da instrução criminal exige que a declaração do júri seja lida em presença da acusada. Vemo-nos então reduzidos à alternativa de mandar trazê-la até a audiência no estado em que se encontra, ou então de fazer aplicar o artigo 8 da lei de setembro, constatando sua recusa em se apresentar à audiência.

Dr. Paillet. — A impossibilidade em que ela se encontra pode, no próprio espírito da lei, equivaler a essa recusa.

Sr. advogado-geral. — Decidimos formalmente que seja feita a aplicação da lei de setembro.

A Corte, satisfazendo essas requisições, encarrega um meirinho, acompanhado da força armada, de convocar Marie Cappelle, viúva Lafarge, a comparecer à audiência e levantar, em caso de recusa, um auto dessa recusa.

Meia hora se passa na execução dessa formalidade e, durante todo esse tempo, reina em todo o auditório um profundo silêncio. Ouvem-se então, do lado de fora do recinto, gritos confusos proferidos pela multidão imensa que, na mais completa escuridão, se queda diante da sala do palácio e já tomou conhecimento do resultado da declaração do júri.

É dada a leitura da convocação do meirinho, que constata que encontrou a sra. Lafarge deitada em sua cama, recusando-se a responder-lhe.

A Corte ordena que seja dada a leitura da declaração do júri.

O sr. advogado-geral requer a aplicação da lei e decide que a acusada será condenada a trabalhos forçados perpétuos.

Sr. presidente. — A defesa tem algo a dizer a respeito da aplicação da pena?

Dr. Paillet. — A defesa nem deveria estar presente.

Sr. presidente. — Será tomada nota dessa resposta.

A Corte, após deliberação de uma hora, retorna à sessão e profere uma sentença que condena Marie Cappelle, viúva Lafarge, a trabalhos forçados perpétuos e à exposição em praça pública em Tulle.

> Deus, como diz o Evangelho[2], mediu o rigor do vento
> pela ovelha recém-tosquiada, e tosquiada até a pele!

A pena foi comutada pela de reclusão perpétua.

Já era terrível o suficiente, aos vinte e quatro anos. Para uma saúde robusta, significava a separação do mundo, do ar, da natureza, da sociedade, por meio século.

Verdade é que, felizmente, Marie Cappelle não tinha saúde robusta. Restava-lhe, portanto, a esperança de morrer cedo.

E, no entanto, essa reclusão perpétua constituía um favor.

Congratulava-se por isso quando, em 24 de outubro de 1841, sentiu uma lágrima de sua fiel criada, Clémentine, cair sobre seu ombro.

Estremeceu; aquela lágrima era sinal de alguma desgraça inesperada. Inquiriu; Clémentine negou-se a responder.

Seu defensor, que a defendera muito mais com o coração que com o espírito, muito mais como entusiasta convicto que como advogado cumprindo sua missão judiciária, Dr. Lachaud, entrou em seu quarto e sentou-se diante dela sem nada dizer.

Receava falar, evidentemente, de medo que a voz lhe traísse a emoção.

---

[2] A citação é atribuída a Henri Estienne, *Les prémices*.

Marie Cappelle olhou para ele sem ousar questioná-lo.

Nisso, o carcereiro-chefe veio chamar Clémentine, e a prisioneira ouviu murmurar as terríveis palavras: *viatura policial*.

— Bem-aventurados os mortos! — exclamou Marie Cappelle.

Quase em seguida o médico, dr. Ventajou, entrou com o sr. Lacombe, que a sra. Lafarge chamava de seu tutor. O dr. Lachaud disse umas palavras em voz baixa ao sr. Ventajou, e ambos saíram para falar com o prefeito.

O sr. Lacombe ficou.

Marie Lafarge escreveu sobre ele uma página toda de coração.

"Existe, na amizade que me dedicou o sr. Lacombe, uma seqüência de particularidades que fazem com que eu a abençoe a título de amizade providencial.

O sr. Lacombe, notário em Tulle, é um dos homens mais estimados do país. Mantinha, desde muitos anos, relações de negócios com a família Lafarge, e até de polida intimidade com alguns de seus membros. Assim, na época de meu processo, seu gabinete era um dos centros de reunião de meus adversários mais cruéis. Ele assistiu, portanto, a todas as peripécias do terrível drama que, à sombra, se enredava contra mim, para ir desenredar-se, ainda contra mim, à plena luz do tribunal.

Aderindo, de início, à causa da calúnia e acreditando-me culpada, o sr. Lacombe usava sua influência para apartar de mim a opinião pública e interessá-la nas rancorosas esperanças de meus inimigos. Se não escondia sua repulsa pela acusada, escondia menos ainda suas simpatias para com a família acusadora.

Mas chegou o dia em que aquele homem honesto se viu de mais nas misteriosas coalizões de iras interesseiras e rancores venais; em que aquele homem de bom coração indignou-se perante as torturas infligidas a Emma Pontier, a pobre menina que ousava me defender com toda a consciência e me amar com todas as suas lembranças; em que o homem muito sensato se revoltou com os gritos de uma mãe e de uma irmã, mais preocupadas em hipotecar a morte do que em chorar, mais preocupadas em *herdar* um crime do que em salvar seus nomes da desonra... Chegou o dia em que as idéias do sr. Lacombe se perturbaram; em que, querendo examinar e aprofundar os fatos, deixou-se conquistar pela causa de minha inocência e, de amigo dos opressores, tornou-se amigo da oprimida.

Libertar-se de uma secreta prevenção é coisa rara e difícil; mas abjurar em alto e bom som uma prevenção admitida em alto e bom som, defender abertamente o que se tinha atacado abertamente, ousar respeitar amanhã o que se tinha aviltado na véspera é coisa para uma consciência firme, um espírito reto... e, principalmente, um coração grande." [H., livro I, IV, pp. 9-10]

De fato, como já dissemos, o dr. Lachaud fora, com o médico Ventajou, falar ao prefeito; redigira com o colega médico, o dr. Ségéral, um relatório sobre o estado de saúde de Marie Cappelle; o relatório declarava que a viagem na viatura de polícia poderia matá-la.

O prefeito consultou o ministro e concedeu que ela fizesse a viagem em cadeira de posta, entre dois guardas.

Os rigoristas viriam a denunciar o favorecimento! E a perguntar se todos os cidadãos são ou não iguais perante a lei.

Creio que é chegado o momento de proclamar uma dessas grandes verdades morais que nossos legisladores chamam de paradoxo: a saber, que a pretensa igualdade perante a lei não existe!

Igualdade de pena, evidentemente.

Fui ligado ao velho doutor Larrey, aquele que Napoleão em seu leito de morte proclamou o homem mais honesto que já conhecera³, tão ligado quanto um rapaz pode ser a um ancião; pois bem, vou comparar a desigualdade da punição moral àquilo que ele me disse sobre a desigualdade da dor física.

O barão Larrey talvez fosse, desde Esculápio e até nós, o cirurgião que mais braços e pernas já cortara. Bonaparte, depois Napoleão, tinha-o levado por todos os campos de batalha da Europa, de Valladolid a Viena, do Cairo a Moscou, de Leipzig a Montmirail⁴, e só Deus sabe a tarefa que lhe confiou! Amputou árabes, turcos, espanhóis, russos, prussianos, austríacos, cossacos, poloneses e, principalmente, franceses.

Pois bem, ele afirmava que a dor era apenas uma questão de nervos; que a mesma operação que provocava gritos estridentes num homem irritável do sul às vezes mal arrancava um suspiro à organização apática do homem do norte; que, deitados lado a lado em seu leito de dor, um deles punha em pedaços, com seus dentes rangentes, um lenço ou um guardanapo, enquanto o outro, fumando tranqüilamente seu cachimbo, nem sequer lhe quebrava o tubo.

Em nossa opinião, o mesmo acontece com a punição moral.

O que é uma simples punição para a mulher vulgar, para uma organização comum, torna-se uma tortura atroz, um suplício insustentável para uma mulher da sociedade, para uma organização distinta.

---

³ "Ele dedicou ao sr. Larrey uma lembrança de seu punho com esta apostila tão gloriosa: *O homem mais virtuoso que já conheci*", Las Cases, *Le Mémorial de Sainte-Hélène*, terça-feira 22, quarta-feira 23 de outubro de 1816.

⁴ Enumeração de capitais ou cidades conquistadas e vitória ou derrota que representam as campanhas de Napoleão Bonaparte: Valladolid, a guerra de Espanha; Viena, conquistada após a batalha de Wagram (6 de julho de 1809), a campanha da Áustria; Cairo, conquistado após a batalha das Pirâmides (21 de julho de 1798), a campanha do Egito; Moscou, ocupada após a batalha de Moskova (7 de setembro de 1812), a campanha da Rússia; Leipzig, a *Voelkerschlacht* (16, 18, 19 de outubro de 1813), a campanha da Alemanha; Montmirail (11 e 12 de fevereiro de 1814), a campanha da França.

Observem que o crime, na sra. Lafarge — e, percebam, continuo colocando-me do ponto de vista da lei, que decidiu que havia crime — observem, digo, que o crime foi cometido pela exasperação de uma extrema delicadeza, de uma deliciosa aristocracia.

Uma moça que, como os Monmouth e os Berwick[5], conta com príncipes, ou até reis, entre seus ancestrais; uma moça que foi educada dentro da seda, da cambraia e do veludo, cujos pezinhos pisaram, tão logo puderam andar, os tapetes macios de Aubusson, e os tapetes diferentemente suaves de um gramado inglês, cujo jardineiro precavido tirou previamente até o menor pedregulho, até a mínima urtiga; que, durante os primeiros dezoito anos de sua vida, sempre viu o futuro como uma paisagem oriental emoldurada por raios dourados do sol; imaginem essa moça, jogada de repente numa posição inferior, diante de um homem sujo, esquálido, grosseiro, numa habitação que é pura ruína, e que ruína!

Não aquela ruína pitoresca das margens do Reno, dos montes Suabos ou das planícies da Itália, e sim a ruína banal, úmida e vulgar da fábrica; obrigada a disputar com os ratos, que a visitam à noite, as pantufas bordadas a ouro, as toucas rendadas que se perderam com ela naquela espécie de deserto selvagem, inculto, inospitaleiro, para o qual a empurra um dos maus ventos da vida. Pois bem, o meio no qual fervilha, respira, fala, age à vontade a família Lafarge, exige de sua parte um esforço sobre-humano para nele viver. É uma luta de todos os dias, uma decepção de todas as horas.

Onde a natureza, a natureza vulgar, baixa, comum, encontra o bem-estar, a melhora relativa, sua natureza encontra o desespero. E então chega o dia em que a virtude da mulher se apaga, em que a pomba se torna abutre; a gazela, tigresa; o dia em que

---

[5] Bastardos de Carlos II e de Jaime II da Inglaterra, cf. Dicionário onomástico.

diz: "Tudo, tudo, tudo! A prisão, a morte, tudo, mas não esta vida impossível em que a mão da fatalidade colocou não uma parede de ferro, de bronze ou de estanho, mas sim um lago, um mar, um oceano de [lama] entre mim e o amanhã!...".

E, certa manhã sombria, certo lúgubre entardecer, o crime acaba por ser cometido, injustificável aos olhos dos homens, mas talvez justificável aos olhos de Deus.

Perguntei a um jurado:

— O senhor acredita que Marie Cappelle seja culpada?

— Acredito — disse ele.

— E votou pela prisão?

— Não, absolvi.

— Explique-me.

— Ah! senhor, a infeliz não fez mais que se vingar.

A palavra é terrível. Porém, considerando-se Marie Cappelle culpada, ela sintetiza muito bem, assim nos parece, as circunstâncias atenuantes em meio às quais foi cometido.

Pois bem, veja só o leitor: a mesma pena, a pena da detenção perpétua, é imposta a essa mulher de organização superior, cujo crime em si é fruto dessa organização; a mesma pena imposta a essa mulher seria imposta a uma vaqueira, a uma varredora de ruas, a uma sacoleira.

É justo, já que diz o Código: "Igualdade perante a lei". Mas será eqüitativo?

Essa é a questão, e é tão importante para a vida como aquela que Hamlet se faz sobre a morte[6].

---

[6] *Hamlet*, ato III, cena I. "Ser ou não ser, eis a questão!", A. Dumas, *Hamlet, prince de Danemark*, drama em cinco atos e oito partes em versos, ato III, parte IV, cena III.

17

Prossigamos.

Marie Cappelle sai de Tulle; Marie Cappelle chega a Montpellier, no meio das turbas que se amontoam à sua volta, que se juntam em torno de seu carro, que quebram seus vidros, que lhe mostram o punho, que a chamam de ladra, envenenadora, homicida. Ao chegar a Montpellier[1], ao ouvir troar os gongos da grade

---

[1] Em novembro de 1841: "Montpellier, 18 de novembro. Marie Cappelle está desde alguns dias na cadeia central de nossa cidade. Sua chegada, que ninguém esperava, não causou na população nenhuma espécie de comoção. A opinião pública começa finalmente a ficar farta do caso dessa mulher demasiado célebre. A cadeira de posta que transportou Marie Cappelle vinha seguida por um segundo carro, ocupado por duas pessoas de sua família, uma delas o sr. Conde de L.
Ao entrar na cadeia central, a condenada foi apartada de Clémentine Servat, sua criada, que até então não a deixara. Essa separação afetou muito Marie Cappelle. Ela foi recebida pelo diretor, o sr. Chappus, e tornou-se imediatamente objeto dos cuidados das irmãs da ordem de São José, às quais foi confiada há pouco tempo a vigilância interna da cadeia. Marie Cappelle tem sido até o momento tratada como doente e parece de fato ser acometida por freqüentes acessos de uma tosse seca; foi instalada provisoriamente numa cela privada. Essa cela, de três a quatro metros quadrados de extensão, compõe-se de uma

da prisão, ela desmaiou para só voltar a si numa cela de janela gradeada, piso de pedra, teto de ripas, tremendo de febre numa cama de ferro, com lençóis grosseiros e úmidos, debaixo de um cobertor de lã cinzenta que já gastou dois ou três prisioneiros sem que os prisioneiros tenham conseguido gastá-lo.

Pois bem, esse quarto de paredes brancas, janela gradeada, piso de pedra, teto de ripas é um palácio para muita gente pobre; para ela, é um calabouço. Aquela caminha de ferro, os lençóis grosseiros e úmidos, o cobertor cinzento, gasto, furado, em cujo tecido o frio mata os vermes, é uma cama, e uma boa cama, para a comadre Lecouffe; para Marie Cappelle é um catre imundo.

E não é só isso. Essa mulher, que terá a sua volta a degradação, a miséria, o frio, terá pelo menos sobre o corpo um pouco de calor, roupas íntimas finas, vestidos, como todo mundo? Ela pode esquecer por uma hora o passado, acreditar durante uma hora que está ali por acaso, que um dia a porta maciça se abrirá para deixá-la passar, que um dia as grades da janela se abrirão, se

---

caminha de ferro, uma mesa pequena e duas cadeiras. Marie Cappelle não se levantou da cama nos primeiros dias de sua chegada. Usa na cabeça uma espécie de touca ou gorro de veludo. Seus cabelos pretos estão vaidosamente alisados sobre a testa. Seu manto cobre a cama. Uma das irmãs de São José permaneceu constantemente a seu lado desde que chegou à cadeia. As visitas de fora estão terminantemente proibidas; ordens severas parecem ter sido transmitidas nesse sentido pelo ministro. Uma só pessoa dessa cidade, parente de Marie Cappelle, teve permissão para visitá-la desde sua chegada. Ainda não sabemos se, assim que seu estado de saúde permitir, Marie Cappelle será vestida com o uniforme das detentas e empregada nas tarefas costumeiras da cadeia. Esse uniforme se compõe de um vestido grosseiro de cor azul e uma touca branca pregueada na cabeça. As tarefas, realizadas em comum e em silêncio, consistem na fabricação de lenços, meias, luvas de filó e na fiação de algodão e seda. Em geral, não se compreenderia aqui que, por algum privilégio sem motivo, a condenada fosse poupada de um regime que atinge mulheres muito menos culpadas que ela". *Gazette des Tribunaux*, n. 4561, 22 e 23 de novembro de 1841, p. 114.

não para seu corpo, pelo menos para sua alma, que anseia pelo céu? Não, essa derradeira ilusão que ela deve a uma camisa de cambraia, a um vestido de seda preta e a um colarinho branco, a uma fita de veludo atada nos cabelos, o regulamento da prisão virá lhe tirar.

Uma irmã arranca-lhe a touca; outras duas querem cobri-la com o vestido de burel, o vestido penitenciário, o vestido da prisão.

Para uma prisioneira apanhada na rua, para uma mendiga recolhida num canto, esse vestido seria um traje de núpcias; para Marie Cappelle, era o uniforme da vergonha, a prova material da infâmia.

Ela se debate, consegue uma trégua de uma hora, manda buscar o único parente que tem em Montpellier, seu tio-avô, irmão de seu avô.

Ele vai até o diretor da prisão.

— Diga-lhe, meu tio, que suportarei tudo, tudo, está ouvindo, mas que jamais vestirei o uniforme do crime, que não mereço usar.

O tio retorna.

— As ordens são formais, minha pobre Marie — diz ele. — Sua recusa só acarretaria medidas rigorosas que têm de se evitar a todo custo, e você só poderá evitá-las com resignação digna e cristã. O que faria, minha filha, se lhe tirassem hoje à noite o vestido que está usando?

— Se hoje à noite me tirarem o vestido, amanhã não levantarei da cama.

— E se for uma medida definitiva?

— Não me levantarei nunca mais.

— Não se levantar nunca mais seria caminhar para a morte.

— Deus decidirá, e agora só mais uma palavra, meu tio venerado: perdoe-me pelo mal que lhe causei. Não se despeça de mim aborrecido com minha resolução ou magoado com minha recusa.

Estou com a cabeça ardendo; procuro uma idéia, ela me foge; interrogo minha consciência, meu coração é que responde. Amanhã eu talvez esteja mais calma; amanhã, eu lhe escreverei e o que não consigo lhe dizer agora minha carta dirá. Mas é meu dever confessar-lhe, meu tio: amanhã como esta noite, amanhã como sempre, é uma pergunta para a qual terei somente uma mesma resposta, e o senhor pode transmiti-la ao sr. Chappus[2].

Pela manhã, tiraram-lhe não só as roupas como todos os móveis. Os jornais liberais queixaram-se de que Marie Cappelle tinha um quarto provido de uma mesa, uma cômoda e quatro cadeiras, enquanto os prisioneiros políticos tinham apenas uma cadeira e uma cama.

Marie, como os prisioneiros políticos, só tem agora uma cadeira e uma cama.

Os prisioneiros políticos estão melhor assim?

Não, mas os jornais liberais provaram que são mais influentes do que se pensa e podem fazer com que se tire uma poltrona, uma cômoda e uma mesa da sobrinha-neta de Luís Filipe.

---

[2] "Montpellier, 13 de dezembro. Marie Cappelle continua doente. Seu estômago rejeita todos os alimentos que ela ingere. A visão do uniforme da casa, que lhe apresentaram para que o vestisse, produziu nela um violento acesso de desespero que só fez agravar seu estado: 'Jamais hei de vestir o uniforme da infâmia!', exclamou, jogando-se convulsivamente sobre a cama da qual desde então não se levantou. Todas as visitas externas continuam rigorosamente proibidas. Os parentes que Marie Cappelle tem em Montpellier são os únicos admitidos a visitá-la alguns instantes a cada domingo. Alguns móveis pessoais que lhe trouxeram de fora foram todos devolvidos. Sua cela em nada se diferencia das outras. Pode-se dizer, numa palavra, que, se Marie Cappelle ainda não foi, em razão de seu estado de saúde, submetida às tarefas materiais e ao traje comum da casa de detenção, nem por isso suporta menos, e num grau mais elevado que todas as outras condenadas, o peso de seu castigo. / Portanto, está tudo acabado, agora, para essa mulher a quem a moral, a lei e a própria humanidade impõem doravante o silêncio e o esquecimento." *Gazette des Tribunaux*, n. 4584, 18 de dezembro de 1841, p. 260.

Quanta pequeneza nessa oposição que, no entanto, às vezes consegue derrubar tronos!

Sozinha em seu quarto, sem móveis, deitada para não ter de trajar o vestido penitenciário, Marie Cappelle aproxima da cabeceira a única e tosca cadeira que restou em seu quarto; põe sobre ela tinta, papel e pena, e escreve para o tio.

"Meu caro tio, se for loucura resistir à força quando estamos derrubados, combater ainda quando estamos vencidos, protestar contra a injustiça quando ninguém há de ouvir; se for loucura querer morrer de pé, quando só resta, meu Deus, para medir uma vida, a extensão de uma corrente, tenha pena de mim, meu tio, pois estou louca.

Passei toda a tarde de ontem e a noite familiarizando meu coração e minha consciência com o novo jugo que lhes são impostos. É pesado demais: meu coração e minha consciência se revoltam. Aceitarei da lei os rigores que puderem me matar mais depressa. Não aceitarei as humilhações que têm um único objetivo: me degradar e me aviltar.

Escute-me, bondoso tio, e, acredite, não é diante da dor que recuo.

De minha cama à lareira, são dezesseis passos dos meus — da janela à porta são nove. Eu contei: minha cela está vazia. Entre o piso de arenito e o teto de ripas, sobrou uma cama de ferro e um mocho de madeira...

Vou viver aqui.

Entre o domingo em que o senhor terá vindo e o domingo em que o senhor voltará, haverá seis dias de sofrimentos solitários para uma hora de sofrimento partilhado.

Vou viver esses seis dias.

Mas carregar as insígnias do crime, sentir debater-se minha consciência sob esse vestido fatal de Nessus que não se gruda somente ao corpo... mas queima e macula a alma!

Jamais!...

Escuto-o dizer que a humildade faz os mártires e os santos. A humildade, meu tio, eu a compreendo nos heróis; adoro-a no Cristo!... Mas não dou esse nome à sujeição de minha vontade, à violência, ao sacrifício forçado ou à renúncia do medo. A humildade! É a virtude do Calvário, é o amor dos rebaixamentos, é o milagre da fé... Eu me orgulharia de ser verdadeiramente humilde; mas me envergonharia de parecer sê-lo se o fosse só pela metade.

Ora, meu tio, deixe que lhe diga. Neste momento, não estou forte o suficiente para alçar-me tão alto. Tenho defeitos, preconceitos, fraquezas. Ainda ontem filha da sociedade, não desaprendi suas máximas todas. Preocupo-me com a opinião dos homens, talvez mais do que deveria. Tenho a vaidade da honradez humana; mas sou mulher, muito mulher. Na infelicidade aprendi, pelo menos, a não mentir para mim mesma... Eu me conheço, me julgo, e é porque me julguei que rejeito o traje infame com que quiseram me manchar.

Na qualidade de inocente, não devo usá-lo.

Na qualidade de cristã, ainda não sou digna de vesti-lo.

Meu tio, quero sofrer... Quero. Entretanto, eu lhe suplico, interceda junto ao diretor para que ele me poupe das torturas inúteis e das alfinetadas anódinas, as grandes pobrezas e pequenas misérias que parecem ser aqui a trama em si da vida dos cativos. Tenho tanto a sofrer no presente! Tenho tanto a sofrer no amanhã! Consiga que me economizem as forças! Ai! Minha coragem nunca será demasiada para suportar todos os meus sofrimentos!

Adeus, caro tio. Escreva-me, isso fortalecerá minha alma. Ame-me, isso será dar vida a meu coração,

Sua

Marie Cappelle"

"*Post-scriptum*. Dizem que o pensamento de uma mulher se encontra inteirinho no *post-scriptum* de suas cartas. Torno a abrir a minha, meu tio, para dizer-lhe: 'Sou inocente e só usarei o traje da infâmia no dia em que ele for para mim não mais sinal do crime, mas sim sinal da virtude'." [H., livro IV, IV]

※

Acredita o leitor que a mulher que escreveu essas linhas tenha sofrido mais do que as moças que são mandadas para a Salpêtrière ou as ladras que são encerradas em Saint-Lazare?

Sim.

Acredita o leitor, por exemplo, que Maria Antonieta, arquiduquesa da Áustria, rainha da França e de Navarra, descendente de trinta e dois Césares, esposa do neto de Henrique IV e de São Luís, aprisionada no Temple, levada até o cadafalso numa charrete comum, executada na guilhotina da praça Luís XV, na companhia de uma mulher da vida, tenha sofrido mais que a sra. Roland, por exemplo?

Sim.

Acredita o leitor que eu, cuja vida é um labor incessante, eu, que, graças a um trabalho de quinze horas por dia, trabalho necessário não só para minha existência intelectual, como também para minha saúde, produzi cento e cinqüenta volumes, levei ao palco sessenta dramas; acredita que eu, se fosse condenado a ficar o que ainda me resta de vida numa prisão celular, sem livros, sem papel, sem tinta, sem luz, sem penas, acredita que eu sofreria mais do que um homem ao qual se recusassem penas, luz, tinta, papel e livro, mas que não soubesse ler nem escrever?

Sim, incontestavelmente, sim.

Existe, portanto, igualdade perante a lei, mas não existe igualdade perante a punição.

Agora, os médicos, ao inventarem o clorofórmio, suprimiram essa desigualdade perante a dor física que tanto preocupava o bondoso doutor Larrey.

Legisladores de 1789, de 1810, de 1820, de 1830, de 1848 e de 1860, será que não há meio de suprimir a desigualdade perante a dor moral?

É um problema que coloco e que mereceria, parece-me, concorrer ao prêmio Montyon.

Assim, veja-a, após essa cena dolorosa que a prende à cama qual seu herói Carlos XII à Bender. Sua razão se questiona, se perturba, ignora se ainda existe, e a imaginação está prestes a romper a frágil divisória que a separa da loucura.

"Eu me perguntava, esta manhã, por que a gente aqui enlouquece.

Agora eu sei." [H., livro IV, VI, p. 102]

※

"O outono viu cair a última folha de sua coroa. Faz frio e, embora acendam um pouco o fogo em meu quarto, meu mantelete de noite é insuficiente para me cobrir. Tenho de permanecer deitada o dia inteiro. São bem longas essas dez horas solitárias e desocupadas! Quero experimentar viver quando tudo repousa e dorme; a noite é o domínio dos mortos. Quero me aliar a essas almas errantes que estremecem no escuro e que tomam dos ventos os suspiros desolados que suas vozes já não podem gemer... um langor ansioso apoderou-se de mim.

Eu o abençoaria se fosse repouso; mas não passa do pesadelo de minha vida; e não passa do sonho de minha dor... Às vezes me parece que meu eu sensitivo e sofrido foge à ação de minha alma. Flagro-me pronunciando palavras que não são a expressão de

meu pensamento... as lágrimas me sufocam; quero chorar e rio. Minhas idéias assumem formas vagas e fugidias. Já não as sinto brotarem de minha testa. Vejo-as se esticarem, se arrastarem dentro do cérebro; de relâmpagos, tornaram-se sombras; parecem um eco sem som e um efeito sem causa; parecem quase... Não, não, não! Não estou louca; não, meu medo mente, pois os loucos não amam, e eu amo; pois os loucos não acreditam, e eu acredito!..."
[H., livro IV, VII]

Não, a prisioneira não viria a enlouquecer; o que ela confunde com perturbação da razão é a gênese de sua nova vida, de sua vida de mártir se ela for inocente; de sua vida de expiação se ela for culpada.

Para a justiça de Deus, o arrependimento bastaria.

Para a justiça dos homens, é preciso não só o arrependimento como a expiação.

18

Acompanhemos Marie Capelle mais algumas páginas nessa vida de prisão, que não é apenas a solidão, o isolamento, a separação do mundo, o exílio na noite, a ausência do ar do céu, do sol de dia, das estrelas de noite, como também uma tortura de todos os minutos. Tonel de Régulo com pregos ocultos que o prisioneiro é o único a sentir[1].

Deixemos que ela mesma fale:

"Por volta das dez horas, a chave girou duas vezes na fechadura. Eram duas freiras que vinham me trazer uma xícara de chá de tília. Recusei-me a tomá-lo.

— A senhora talvez tenha febre? — disse a irmã mais jovem, erguendo-me suavemente o braço para tatear-me o pulso.

Não respondi; mas, súbito, tive a impressão de sentir a mão que segurava minha mão apertá-la ligeiramente. Ergui os olhos. A jovem freira me fitava com olhos tristes e carinhosos, e vi uma lágrima escorrer em sua face.

---
[1] Esse tonel (ou baú) de madeira eriçado de pontas de ferro por dentro é simplesmente uma das pavorosas torturas a que os historiadores submetem Régulo.

— Então, tem pena de mim? — perguntei baixinho para minha doce enfermeira.

Sem responder, ela se voltou precipitadamente para sua companheira, ocupada em encher de água de arroz uma jarra que se encontrava, junto de um copo, sobre o criado-mudo.

— A senhora está com febre — disse ela —, não seria o caso de sugerir que se deitasse?

— Não vejo nenhum impedimento. Os lençóis estão postos desde ontem.

A freirinha não respondeu; porém, aproximando-se solicitamente de mim, começou a despir-me.

Cinco minutos depois, eu estava deitada e as irmãs se retiravam.

— Pensei que não ia acabar nunca, irmã Mélanie — disse a mais velha, apoiando-se na porta para se certificar de que estava bem fechada.

— Pobre senhora! Tenho pena dela. Parece estar sofrendo tanto.

— Pena! Por quê? Se tiver cometido o erro, é uma bênção para ela poder fazer penitência e se, por algum milagre, não for culpada, ainda assim foi *abençoada* pelos juízes a terem condenado. O que estava fazendo na sociedade? Estava danando sua alma. Aqui, vai salvá-la apenas sofrendo sua dor pelo amor de Deus.

As vozes se afastaram e não ouvi mais nada. Contudo, em meio aos sonhos dolorosos de minha febre, uma palavra ecoava incessantemente em meus ouvidos: *abençoada!*

Abençoada, eu!..." [H., livro III, II, pp. 61-2].

Isso se deu na noite de sua entrada na prisão; a partir da primeira noite, portanto, ela pôde perceber, nas duas primeiras pessoas com que o acaso a punha em contato, uma dessas almas doces que gastam suas últimas lágrimas pela infelicidade do próximo e um desses corações secos de que os desgraçados só têm a esperar um suplemento de desgraça!

"Esta manhã, quando a irmã entrou", continua Marie Cappelle, "meus olhos já não enxergavam. Meus lábios estavam gelados, e a febre batia surdamente em minhas têmporas. Ela perguntou se que eu queria ver um dos médicos da prisão.

Indiquei o sr. Pourché.

Meu tio me dissera que, ao conhecê-lo na época de meu processo, o achara quase tão convencido de minha inocência quanto ele próprio. Acrescentara que, embora ainda jovem, o sr. Pourché era um dos melhores médicos da região. Eu tinha então o direito de esperar que, estendendo o pulso a um novo médico, estaria estendendo a mão a um amigo.

Minha esperança não foi vã. Montpellier me devolve Tulle. Ao entrar em meu quarto, o sr. Pourché não me olhou nem me analisou. Ele veio consolar a desgraça. A ciência cedia o passo à bondade. O médico ocultou a si mesmo para mostrar apenas o homem de coração" [H., p. 73].

O leitor há de ver, à medida que a dor se torna maior, os pensamentos se elevarem e a forma se tornar mais clara e precisa.

"Sinto que o sr. Pourché já conhece meu mal; pois, em vez de me prescrever remédios, deixou comigo o melhor de todos, sua estima e amizade. Com ele, assim como com o sr. Ventajou, ousarei dizer que sofro sem me preocupar em dar nome a meu sofrimento; ousarei ter febre sem que meu pulso bata mais forte; ousarei queixar-me sem que sangrem minhas feridas.

Quando a dor da ausência empalidecer minhas faces, ele não me acusará de exaltação e loucura. Quando a dor da liberdade, quando a dor da honra tiver esgotado em mim as fontes da vida, ele não confundirá a angústia da vítima com o delírio furioso do culpado. O saber dentro dele se inspirará no coração; o homem, o cristão, o amigo completarão o cientista. — Ah! Que nobre sacerdócio é a medicina, quando aqueles que a exercem sabem compreender que para possuir *a virtude* de curar [a ciência precisa ser ela própria uma virtude]." [H., livro III, IX, pp. 73-4]

Outro dia, ela escreveu:

"Meu tio tem razão. Já arrastei suficientemente minha cruz. Quero carregá-la.

A fim de começar a fazer ato de vontade e de vida, eu me impus a tarefa de mobiliar minha cela, de tal sorte que meus olhos nela possam descansar com prazer, e meu pensamento, recolher inspirações doces ou elevadas, consoladoras ou ternas.

Terei para mim uma cama de ferro, uma lareira, uma poltrona, duas cadeiras, uma estante de nogueira para guardar meus livros e, embaixo, uma mesinha para escrever. Outra mesa, dobrável à vontade, servirá para minhas refeições. Terei também uma cômoda, na qual ficarão ocultos uma pia, um espelho e alguns frascos" [H., livro III, XIV, p. 83].

Ela põe seu projeto em execução, e um bem-estar material de fato se faz sentir em seu quarto.

"Desde que minha cela está provida de meu pequeno mobiliário, já não me sinto tão só." [H., livro III, XIV, p. 84]

É então que os jornais da oposição se queixam de que ela possui uma mesa, uma poltrona, uma cômoda, e que os detentos políticos possuem apenas uma cadeira e um catre.

Poderiam dar aos prisioneiros políticos uma mesa, uma poltrona e uma cômoda; o governo acha mais simples dar a Marie Cappelle apenas um catre e uma cadeira.

É então que chega a ordem de que lhe retirem os móveis e que a vistam com o uniforme disciplinar.

"Meus móveis", ela exclama, "oh! se os estão tirando para dá-los a quem não os tem, que tirem, ficarei agradecida" [H., livro IV, II, p. 93].

Quanto ao uniforme disciplinar, já vimos que batalha ela enfrentou.

Deixamos Marie, no último capítulo, deitada em sua cama, da qual não se levanta para não ter de vesti-lo.

Vimos a loucura, ao passar, roçar seu cérebro com a ponta da asa.

Em sua cama, Marie Cappelle conservara sua touca de mulher da sociedade.

"Hoje é domingo. Acordei com a luz do dia a fim de somar algumas horas a minhas horas de espera. Atraí para mim meus mais doces pensamentos, minhas mais queridas recordações. Quis serenar minha fronte apaziguando meu coração. Queria armar-me de coragem para disfarçar as emoções penosas que aguardavam minha família, que obtive permissão de ver na presença da irmã S. L.; forçada a permanecer deitada, tirei de uma caixa esquecida debaixo da cama um mantelete de noite de damasquilho e uma travessa de batista ornada de duas fileiras de renda estreita.

Quando a irmã Filomena me trouxe minha xícara de leite, notei que ela olhava muito para mim. Mais tarde, ela voltou a não sei que pretexto com outra freira, cuja missão parecia ser me examinar. Por fim, alguns minutos antes da hora em que chegaria minha família, a irmã Filomena entrou para me dizer com ar assustado 'que a cara madre superior se sentia mortificada e contrita, mas encarregava-a de vir trocar minha touca por um dos barretes vistos e aprovados pela administração'.

E, enquanto falava, irmã Filomena aproximou-se de minha cama e, sem mais cerimônia do que para despir e tornar a vestir um manequim, tirou minha touca de duas fileiras de rendas e tornou a colocar-me a touca regulamentar de uma fileira só.

Como é triste, meu Deus, já não pertencer a si mesma!

....

Antes da última badalada do meio-dia, estava nos braços de minha tia. Minhas duas mãos descansavam nas mãos de meus primos, meus olhos iam de Elisa para meu tio, e eu sentia correr em minha face a suave respiração de Adèle, que atara os braços em volta do meu pescoço para melhor apoiar a cabeça no pobre travesseiro em que minha cabeça descansava.

Queridos esperados!... Via minha dor refletir-se nos olhos deles; sentia a angústia de meu coração bater surdamente nos corações deles... Sofrer assim, isso se chama amar.

Eugène, o mais velho de meus primos, foi quem primeiro encontrou forças para se mostrar forte. A pobre Clémentine lhe contara que eu gostava de chocolate pralinado. Tirou um pacote do bolso e me ofereceu, a título de guloseima retrospectiva e sagrada.

Estendi a mão, mas a irmã que nos vigiava, colocando-se entre mim e meu primo, apanhou o saco com tal precipitação que deixou cair ao chão o terço que ainda havia pouco deslizava tão quietamente entre seus dedos devotos.

Olhamo-nos com estupefação.

— Vai me desculpar — disse a irmã S[anta]-L. num tom seco. — Nada entra aqui sem ter sido revistado.

— É chocolate apenas — apressou-se em dizer Eugène — e, se me permite...

— Pode ser o que o senhor quiser, o nome não altera a coisa. Pelo contrário, pois se forem apenas bombons, como o senhor está dizendo e como quero acreditar, pouco deve importar à senhora comê-los cinco minutos mais cedo ou mais tarde.

— Irmã — exclamou Eugène, mal contendo a impaciência —, fico chateado por não ter me deixado concluir a frase; eu queria dizer que falei com o senhor diretor e que ele me autorizou a oferecer esses poucos bombons a minha prima.

A irmã S[anta]-L. deu ligeiramente de ombros; depois, sem retrucar uma só palavra, sem pedir nenhuma desculpa, voltou a sentar num canto e recomeçou a rezar.

....

Meu Deus! Meu dia de domingo tão desejado, essa hora do meio-dia que sonhei tão doce e consoladora, essa trégua para minha dor, esse instante fugidio que era para animar o vazio de uma semana inteira de isolamento e expectativa; meu Deus!, essa reunião com os meus, que deveria reavivar minha coragem, esse fulgor de alegria então só será de ora em diante um pretexto ao suplício, uma tortura somada a minhas torturas?... Nunca mais os verei a sós! Nunca mais lhes falarei sem constrangimento! Hão de pesar as lágrimas que verterei em seus corações; hão de contar os beijos que eles darão em minha testa. Se minha consciência deixar escapar seu segredo num grito ou num soluço, o olhar frio de um terceiro estará presente para me chamar de volta à ordem. Com que direito protestar minha inocência? Sou a coisa julgada, a culpada segundo a lei!... Se o carinho dos meus se esquece disso, se eles vêm me falar de esperança, o mesmo olhar frio e agudo há de sorrir de pena ante sua louca confiança. De que direito me permitir o amanhã?.... Sou a coisa condenada, sou a morta perpétua!... O luto de meu calabouço é um túmulo.

Mas o que eles ainda temem de mim para me torturarem assim? Meu pranto?

A gota d'água que cai sobre a rocha precisa de um século para furá-la.

Minha voz? É tão cativa quanto minha vontade, minha cela não tem eco.

Minha fortuna? Somente meus acusadores saberiam dizer onde ela está.

Meu direito? Já não tenho nem sequer um [nome] para assiná-lo...

Ah! O que eles temiam era o tempo, que é, por si só, a voz, a fortuna, o direito do oprimido; era o tempo que instrui, lentamente recolhido, a causa perdida das vítimas; o tempo que cita as testemunhas perante a morte e as interroga, sentadas no banco dos réus de um caixão; o tempo que se lembra de tudo, enfim, porque soube de tudo e deverá dizer tudo de novo..." [H., livro IV, IX, pp. 105-6]

"Tiraram-me o retrato de minha avó porque a moldura era dourada.

Eu sabia que devia usar o luto da morte, mas não sabia que a morte devia usar meu luto."

Uma última citação pelo menos para este capítulo.

Vimos o estilo de Marie Cappelle alçar-se até as elevadas considerações sociais.

Vejamos como ela se dobra aos detalhes mais exíguos e mais familiares:

"Eu não acreditava que os objetos externos tivessem uma ação tão poderosa sobre meus pensamentos. Eu não me compadecia suficientemente dos pobres, só enxergando neles os servos da humanidade. A miséria é uma lepra que toma conta das almas assim como dos corpos. É seguida mais do que aquilo que mata, é aquilo que degrada. O pão se mendiga; mas e a inteligência, a fé? Será que basta estender a mão para recobrar seu dom e seu uso?

Desde que minha cela ficou vazia dos poucos móveis e da [ordem] que a enfeitavam, é em vão que tento juntar minhas idéias... de intenções, tornaram-se sensações; de espírito, tornaram-se carne, e, quanto mais trato de isolá-las da matéria, mais se agarram a ela, mais se encarnam nela a despeito de minha vontade e meus esforços.

Se estou mal sentada numa cadeira alta e dura, meu pensamento sente um mal-estar, parece empoleirado nas arestas de minha testa; se estou com frio, ele tirita; se estou com calor, ele sufoca. Ora me abandona e vai se abater em minha pobre candeia, toda escorrida de mil cascatinhas de sebo ainda fumegantes e já congeladas no ar frio da noite; ora me escapa para ir contar as rosáceas musguentas que verdejam no teto, ou as brechas rugosas se escancarando nos interstícios do pavimento. Vai se ferir em todas as quinas; corre se estragar em todos os vazios; nada o fixa além dos espinhos que o fazem sangrar" [H., livro IV, XI, pp. 107-8].

"O sr. Pourché me fez compreender a necessidade de reagir contra essa disposição mórbida, não raro funesta, dos prisioneiros. Ele quer que eu me canse o suficiente para que meu pensamento descanse; quer que, vinda a noite, eu me levante para me ocupar em meu quartinho com tarefas domésticas, esses pequenos serviços comuns que enganam o tédio de uma pobre vida reclusa.

Eu quis experimentar, esta noite, essa espécie de servidão do meu *eu* ativo ao meu *eu* pensante, do meu animal à minha alma, e, escolhendo o momento em que meu pensamento rebelde teimava em fitar, na lareira, dois tições que choravam, pus-me resolutamente a fazer chá.

Idas, vindas, manejo das tenazes e do fole, nada foi poupado. Bati a nata em creme, bati o açúcar e cortei o pão bem miúdo; pus a xícara numa cadeira coberta por toalha branca; mascarei a luz com uma lanterna de furos entalhados em cascas de laranja e romã, e quando, uma vez cumprida a obra, vinte perolazinhas douradas se lançaram do fundo da chaleira para me avisar, em seu gentil gluglu: 'Sua boba, a água vai ferver'; quando as folhinhas de chá, desenroladas pelo vapor, vieram rodopiar e nadar na superfície da água; quando, encantada com meu êxito, abri uma janela para as estrelas que cintilavam na noite feito o brilho do olhar de Deus, meu pensamento surgiu espontaneamente para fazer as pazes com sua humilde serva. Chegou sua vez de se mostrar amável e alerta, de idealizar os menores objetos, de animá-los, enfim, com o reflexo reluzente de uma recordação ou de um sonho.

De início, ele evocou as vigílias familiares, a mesa redonda, toda orlada de jovens mães e belas crianças, reunidos toda noite para levar a saúde do dia prestes a findar, para cingir num abraço comum a felicidade de ontem com a felicidade de amanhã.

Em seguida, alçou-se da prisão, roçou com a asa os cimos ondulantes dos grandes bosques da Corrèze, indo descansar nos saudosos cimos das florestas de Villers-Cotterêts. Visitou, um a um, cada ausente querido e, tornando a se abater ao pé do fogo, pôs-se a conversar com o animal de suas caras peregrinações... Aproveitei aquelas horas de quietude para escrever umas cartas. Ao amanhecer, pus alguma ordem em meu lar e consegui adormecer sem ópio, o que não tinha acontecido desde minha partida de Tulle.

Gosto da antiga sabedoria um pouco repisada dos antigos provérbios. Não é ela quem diz: 'Deus ajuda a quem se ajuda'? [H., livro IX, XI, pp. 108-9]

Confesso que prefiro essa ocupação a domesticar aranhas."[2]

---

[2] Alusão a Paul Pellison (1624-1693), preso na Bastilha após a queda de Fouquet.

19

No mês de dezembro de 1846, viajei até a África com meu filho, Auguste Maquet, Louis Boulanger, Giraud e Desbarrolles[1]. Cinco ou seis horas antes, deixáramos aquele ninho de águias chamado Constantina e fomos forçados a fazer uma parada e passar a noite no acampamento de Smendou.

O acampamento de Smendou tinha muralhas, mas não tinha casas. Fora preciso pensar em se defender antes de pensar em se alojar.

Estou enganado: havia um grande barraco de madeira com o pomposo nome de estalagem e uma casinha de pedra modelada em miniatura segundo aquele famoso hotel de Nantes, que ficou

---

[1] A. Dumas relatou, não sem algumas variantes, o incidente de viagem que se segue em *Le véloce, ou Tanger, Alger et Tunis* (Cadot et Bertonnet, IV, 1851), pp. 157-68: "O acampamento de Smindoux/Smendou"; Smendou fica a vinte e sete quilômetros de Constantina, na estrada de Philippeville, e em "*Heures de prison*, da sra. Lafarge, nascida Marie Cappelle", publicado em *Le Mousquetaire*, n. 2-5, 21-24 de novembro de 1853, e coletado em *Bric-à-brac* (Michel Lévy, 1861) (*Bibliographie de la France*: 29 de junho de 1861). O escritor passaria em Smendou a noite de 21 para 22 de dezembro de 1846.

muito tempo erguido e isolado na praça do Carrossel, casa que era habitada pelo pagador do regimento em guarnição no acampamento de Smendou.

É impressionante como faz frio na África! Era de acreditar que o sol, rei dos Saaras, tivesse abdicado e se mandado substituir por Saturno ou Mercúrio. Chovera e geara por cima da chuva; de modo que chegávamos ao termo de nossa etapa inteiramente molhados e enregelados.

Entramos na estalagem e nos amontoamos em volta da salamandra enquanto pedíamos o jantar.

Soprava um vento atroz, e esse vento passava através das tábuas gretadas, a ponto de recearmos sermos obrigados a jantar sem candeia. Smendou, em 1846, ainda não alcançara o grau de civilização que faz uso de lâmpadas ou velas.

Pedi dois homens de boa vontade para ir à cata de um quarto enquanto eu vigiava o jantar.

Embora se comesse melhor do que na Espanha, não quer dizer que se comesse agradável e abundantemente.

Giraud e Desbarrolles se prontificaram. Pegaram uma lanterna: tentar andar pelos corredores com uma candeia era um empreendimento insano que nem sequer lhes ocorreu.

Passados dez minutos, os intrépidos exploradores retornaram; a notícia que traziam era de que tinham encontrado uma espécie de casebre por cujos interstícios o vento penetrava por todos os lados. A única vantagem que uma noite passada ali apresentava, em relação a uma noite ao relento, é que se tinha a oportunidade de apanhar correntes de ar.

Escutávamos melancolicamente o relato de Giraud e Desbarrolles — digo de Giraud e Desbarrolles porque ainda esperávamos, interrogando-os um depois do outro, saber daquele que se calava algo melhor do que daquele que falava —; mas, por mais que se alternassem, qual Melibeu e Dametas², seu canto era de uma monotonia assustadora e de uma uniformidade lamentável.

Súbito, o estalajadeiro, após trocar algumas palavras com um soldado, aproximou-se e perguntou se eu não me chamava Alexandre Dumas e, ante minha resposta afirmativa, apresentou-me os cumprimentos do oficial pagador, o qual se encarregava de me oferecer hospitalidade no andar térreo da casinha de pedra para a qual, logo ao chegarmos e compará-la ao barraco de madeira, tínhamos lançado olhares de inveja.

Enviei todos os meus cumprimentos ao solícito oficial; mas, em havendo apenas uma cama, rogava ao estalajadeiro que lhe dissesse que eu não podia aceitar.

Era por lealdade; mas essa lealdade foi rejeitada por aqueles em favor de quem ela se dava. Meus companheiros de viagem exclamaram a uma só voz que não ficariam melhor pelo fato de eu ficar pior e insistiram, em coro, para que eu aceitasse a oferta que me faziam.

A lógica desse raciocínio tocando-me por um lado, o demônio do bem-estar solicitando-me por outro, eu estava prestes a aceitar quando manifestei um último escrúpulo.

Estaria privando o oficial pagador de sua cama.

Meu estalajadeiro, porém, parecia ter uma carta de argumentos assim como tinha uma carta de menu; com a diferença de que a primeira estava mais bem provida que a segunda. Respondeu-me que o oficial já mandara armar uma cama de lona no primeiro andar e que, em vez de privá-lo do que quer que fosse, estaria lhe dando, pelo contrário, um grande prazer ao aceitar.

---

² Na terceira écloga das *Bucólicas* (*Bucolica*) de Virgílio, Dametas e Menalca participam de um concurso de cantos alternados, cujo árbitro era Palemon; na sétima, Melibeu (*Meliboeus*) evoca a competição de canto entre Coridon e Tirso.

Resistir mais tempo a uma oferta feita com tamanha cordialidade teria sido ridículo. Aceitei, portanto; mas impus a condição de que teria a honra de lhe apresentar meus agradecimentos.

O embaixador, no entanto, retrucou que o oficial pagador voltara para casa muito cansado e se deitara imediatamente em sua cama de lona, pedindo que me transmitissem sua oferta.

Assim, eu agora só poderia lhe agradecer despertando-o, o que transformaria minha polidez em algo muito próximo de uma indiscrição.

De modo que não insisti e, terminado o jantar, pedi que me levassem até o andar térreo que me estava destinado.

A chuva caía a cântaros e um vento agudo assobiava através das árvores despidas de folhas, do barraco do estalajadeiro, da casa do pagador e das barracas dos soldados.

Confesso que fiquei agradavelmente surpreso à vista de meu alojamento. Era uma cela pequena e bonita, assoalhada de pinho, aonde se levara o requinte a ponto de revestir as paredes com papel. Aquele quartinho, simples como era, oferecia-se a mim com um aroma de asseio aristocrático.

Os lençóis eram de resplandecente brancura e de uma fineza notável; uma cômoda com gavetas abertas deixava entrever, numa delas, um chambre elegante, e, na outra, camisas brancas e de cor.

Era evidente que meu anfitrião previra o caso de eu querer trocar de roupa sem me dar ao trabalho de abrir as malas.

Aquilo tudo tinha um sabor de cortesia quase cavalheiresca.

Havia um bom fogo na lareira. Aproximei-me.

Sobre a lareira, havia um livro. Abri-o.

Esse livro era a *Imitação de Jesus Cristo*[3].

---

[3] *De imitatione Christi*, obra de devoção anônima, hoje atribuída, em geral, a Thomas A. Kempis, cônego de Sainte-Agnès (1380-1471).

Na primeira página do livro, estavam escritas estas palavras: "Ofertado por minha excelente amiga, a marquesa de..."

O nome acabava de ser rasurado, havia menos de dez minutos, e de modo que o tornava ilegível.

Coisa estranha!

Ergui a cabeça para olhar ao redor, duvidando estar na África, na província de Constantina, no acampamento de Smendou.

Meus olhos se detiveram num pequeno retrato em daguerreótipo.

O retrato representava uma mulher de vinte e seis a vinte e oito anos, cotovelo apoiado a uma janela, olhando para o céu através das grades de uma prisão.

A coisa estava ficando cada vez mais estranha; quanto mais olhava para aquela mulher, mais convencido ficava de que a conhecia. Aquela semelhança, contudo, que não me era alheia, flutuava nos vagos horizontes de um passado já distante.

Quem poderia ser aquela mulher prisioneira? Em que época ela entrara em minha vida? Que parte tivera nela, superficial ou importante? Isso é que me era impossível especificar. No entanto, quanto mais eu olhava para o retrato, mais convencido ficava de que conhecia, ou conhecera, aquela mulher. Mas a memória tem às vezes teimosias curiosas; a minha se abria às vezes para visões da juventude, mas quase em seguida uma espessa névoa invadia a paisagem, misturando e confundindo todos os objetos.

Passei mais de uma hora com a cabeça apoiada na mão; durante uma hora, todos os fantasmas de meus vinte primeiros anos, evocados por minha vontade, ressurgiram diante de mim: uns, resplandecentes como se os tivesse visto na véspera; outros, em meias-tintas; outros, feito sombras veladas.

A mulher do retrato estava entre esses últimos; mas, por mais que eu estendesse a mão, não conseguia erguer o véu.

Deitei-me e adormeci, esperando que meu sono fosse mais esclarecedor que a vigília.

Enganei-me.

Fui acordado às cinco horas pelo estalajadeiro, que batia à porta e me chamava.

Reconheci sua voz.

Fui abrir e roguei que pedisse por mim, ao dono do quarto, ao dono do livro, ao dono do quadro, licença para lhe apresentar meus agradecimentos. Ao vê-lo, talvez aquele mistério todo, que pareceria um sonho se os objetos que ocupavam meu pensamento não estivessem debaixo de meus olhos; ao vê-lo, dizia, talvez aquele mistério todo me fosse explicado. Em todo caso, se a vista não me bastasse, restava-me a palavra; e, ao risco de parecer indiscreto, estava decidido a interrogá-lo.

Mas se tratava de uma opção deliberada: o estalajadeiro respondeu que o oficial saíra às quatro da manhã, expressando seu pesar por partir tão cedo, *o que o privava do prazer de me ver.*

Desta vez, era evidente que ele estava me evitando.

Que razão teria para me evitar?

Isso era ainda mais difícil de identificar do que aquela mulher a cujo retrato eu voltava incessantemente. Conformei-me e decidi esquecer.

Mas não esquece quem quer. Meus companheiros de viagem me acharam, se não preocupado, pelo menos bem pensativo; perguntaram-me o motivo da preocupação.

Contei-lhes aquela contrapartida à viagem do sr. de Maistre ao redor de seu quarto[4].

---

[4] Alusão a *Voyage autour de ma chambre* [*Viagem à roda do meu quarto*], de Xavier de Maistre, publicado em Lausanne, em 1795.

Tornamos então a subir na diligência e nos despedimos, provavelmente para sempre, do acampamento de Smendou.

Passada uma hora de marcha, uma ladeira um bocado íngreme ergueu-se em nosso caminho; a diligência parou, o condutor fez-nos a cortesia, à qual seus cavalos eram mais sensíveis que nós, de sugerir que descêssemos.

Aceitamos aquele recreio. A chuva da véspera cessara, e um pálido raio de sol filtrava entre duas nuvens.

No meio da subida, o condutor aproximou-se de mim com ar misterioso.

Olhei para ele com ar surpreso.

— O senhor sabe — perguntou — qual o nome do oficial que lhe emprestou o quarto?

— Não — respondi —, e, se o senhor souber, seria um imenso prazer para mim se o dissesse.

— Bem, ele se chama sr. Collard.

— Collard! — exclamei —; e por que não me disse antes?

— Ele me fez prometer que só o diria quando estivéssemos a uma légua de Smendou.

— Collard — repeti, feito um homem a quem se retira uma venda dos olhos. — Ah! Sim, Collard.

Aquele nome explicava tudo.

A mulher que olhava para o céu pelas grades da prisão, a mulher de que minha memória guardara uma imagem imprecisa era Marie Cappelle, era a sra. Lafarge.

Eu só conhecia um Collard, Maurice Collard, com quem nos dias de nossa juventude eu tantas vezes correra, despreocupado, pelas alamedas sombreadas do parque de Villers-Hélon. Para mim, esse homem retirado do mundo, refugiado num deserto, só podia ser aquele que eu conhecera, ou seja, o tio de Marie Cappelle.

Daí o retrato da prisioneira sobre a lareira. O parentesco explicava tudo.

Maurice Collard! Mas por que ele tinha se privado do simpático aperto de mãos que nos teria [a ambos] rejuvenescido trinta anos?

Por que sentimento de vergonha mal compreendida ele tinha obstinadamente se esquivado a meu olhar, ao olhar de um companheiro de infância?

Oh! Por temer, decerto, que meu orgulho lhe fizesse alguma censura por ser parente e amigo de uma mulher da qual eu mesmo fora amigo e que era quase minha parenta.

Que pouco conhecia meu coração, pobre coração sangrento, e como lhe quis mal por essa dúvida desesperada!

Eu já experimentara poucas sensações tão constrangedoras como aquela que, naquele momento, me inundou o coração de tristeza.

Queria retornar a Smendou; o que teria feito se estivesse sozinho; mas, assim fazendo, estaria impondo dois dias de atraso a meus companheiros.

Contentei-me em arrancar uma folha de meu álbum e escrever a lápis:

"Caro Maurice,

Que louca e desoladora idéia terá lhe ocorrido quando, em vez de se jogar em meus braços, como nos braços de um amigo que não vemos há vinte anos, você, ao contrário, escondeu-se para que não nos encontrássemos? Se o que acredito é verdade, ou seja, que sua dor se origina na irreparável desgraça que a todos nós impressionou, por quem mais você poderia ser consolado senão por mim, que *quero* acreditar na inocência da pobre prisioneira com cujo retrato deparei pendurado sobre a lareira.

Adeus! Afasto-me de você com o coração pesado de todas as lágrimas encerradas no seu.

A. Dumas"

Nisso, dois soldados passaram; entreguei-lhes meu bilhete endereçado a Maurice Collard, e eles me prometeram que ele o teria em uma hora.

Quanto a mim, chegando ao topo da montanha, virei-me para trás e vi ao longe o acampamento de Smendou, mancha escura estendida na rubra verdura do solo africano.

Fiz com a mão um sinal de adeus à casa hospitaleira que se erguia feito uma torre e de cuja janela o exilado talvez acompanhasse nossa marcha rumo à França.

20

Três meses após minha volta a Paris recebi pelo correio um pacote com selo de Montpellier.

Deslacrei o envelope: continha um manuscrito de letra miúda, fina, regular, mais desenhada que escrita; e uma carta numa letra ardente, febril, apressada, como arrancada às sacudidelas e acessos de delírio da pena que a traçara.

A carta estava assinada: "Marie Cappelle".

Estremeci. Eu não esquecera completamente a dolorosa aventura do acampamento de Smendou. A carta da pobre prisioneira era, sem dúvida, o complemento, o posfácio, o epílogo daquela aventura.

Eis o que continha a carta[1]. Depois da carta, será a vez do manuscrito.

---

[1] A carta de Marie Cappelle, carta de remessa de textos escritos na prisão, está reproduzida em "*Heures de prison*, par Madame Lafarge, née Marie Cappelle", *Le Mousquetaire*, art. cit.

"Senhor,

Uma carta recebida de meu primo Eugène Collard — pois foi meu primo Eugène Collard (de Montpellier)[2] e não meu tio Maurice Collard (de Villers-Hélon) quem teve o prazer de lhe oferecer hospitalidade no acampamento de Smendou — conta-me toda a simpatia que o senhor lhe manifestou por mim.

E, no entanto, essa simpatia está incompleta, pois ainda lhe resta uma dúvida a meu respeito. Diz que *quer* acreditar em minha inocência?... Ó Dumas! O senhor que me conheceu em criança, que me viu nos braços de minha digna mãe, no colo de meu bondoso avô, poderia supor que a pequena Marie de vestido branco, de cinto azul, que encontrou um dia a colher margaridas nos campos de Corcy, tenha cometido o crime abominável de que é acusada? Pois do vergonhoso roubo de diamantes não vou nem falar[3]. O senhor diz que quer acreditar?... Ó meu amigo, o senhor que pode ser meu salvador, se quiser; o senhor que, com sua voz de alcance europeu; o senhor que, com sua pena poderosa,

---

[2] O filho de Simon Collard que servia na Argélia não era Eugène, residente em Montpellier, mas sim Edouard, cf. *Heures de prison*: "Tendo seu irmão [Edouard] entrado, em Argel, numa loja de gravuras, encontrara uma dessas calúnias a lápis que chamavam de meu retrato na época do processo; mandara trazer no ato todos os que ainda estavam à venda e, sem dizer palavra, destruíra-os; voltando-se em seguida para o vendedor estupefato, dissera-lhe: 'A sra. Lafarge é minha prima; este retrato é uma mentira, uma covardia!... Quanto lhe devo?'".

[3] Durante uma estada de Marie Cappelle em Busagny, na casa da sra. de Nicolaï (junho de 1839), um colar de diamantes pertencente à viscondessa de Léotaud, nascida Marie de Nicolaï, e que vinha de sua mãe, desaparecera; os diamantes foram descobertos após uma perquirição em Glandier. Em suas *Mémoires*, a sra. Lafarge afirma que se prestara a uma intriga amorosa que Marie de Nicolaï tecera com Félix Clavé, jovem espanhol romanesco. Após seu casamento com o visconde de Léotaud, Marie julgara reconhecer Clavé entre os comparsas da Ópera. Assustada e querendo tomar posse de uma correspondência comprometedora, ela teria entregue o colar a Marie Cappelle para que esta obtivesse dinheiro capaz de comprar o silêncio de Clavé. Esse caso foi objeto de um processo à parte perante o Tribunal correcional de Brive, sob a presidência do sr. Laviale de Masmorel (9 de julho – 15 de julho de 1840). A sra. Lafarge foi, por esse fato, condenada a dois anos de prisão.

poderia fazer por mim o que Voltaire fez por Calas, acredite, eu lhe suplico, acredite pela alma de todos aqueles que conheceu e que o amavam como a um filho ou irmão, pelo túmulo de meus avós, pelo de meu pai e minha mãe, eu lhe juro, meu amigo, com os braços estendidos através das grades de minha prisão, eu lhe juro que sou inocente!

Por que é que Collard, ao conversar com o senhor, não confirmou, ou não se certificou da opinião que o senhor tem acerca da pobre prisioneira que estremece ao lhe escrever? Ah! Ele sabe que não sou culpada; ele, caso o senhor ainda duvidasse, tê-lo-ia convencido. Oh! se eu pudesse vê-lo, se o senhor por acaso um dia passasse por Montpellier — pois não tenho a menor esperança de que venha somente por isso —, estou certa de que, ao ver minhas lágrimas, ao ouvir meus soluços, ao sentir minhas mãos queimando de febre, de insônia, de desespero, segurando suas mãos, estou certa de que o senhor diria, como todos os que me vêem, como todos os que me conhecem: 'Não! Oh! não, Marie Cappelle não é culpada!'.

O senhor recorda, não é, que jantamos juntos na casa de minha tia Garat, duas ou três semanas antes do malfadado casamento? Ele ainda não estava em questão. Oh! eu era feliz naquela época; comparativamente feliz, pois, desde a morte de meu querido avô, nunca mais fui feliz.

Pois bem, Dumas, lembre-se da menina, lembre-se de moça; a prisioneira é tão inocente quanto a menina e a moça, só que mais digna de piedade, pois é uma mártir.

Mas escute bem uma coisa, sobre a qual ainda não lhe falei e sobre a qual preciso lhe falar. O que me desespera, o que em breve há de me estender morta numa das estreitas celas da morte ou numa das horríveis celas da loucura, é a inutilidade da existência, é a dúvida quanto a mim mesma, é a confiança em minha própria força alternada com minha desconfiança quanto aos meios de revelá-la: 'Trabalhe', é o que me dizem.

Sim; mas a publicidade é tão necessária para os germes do espírito quanto o sol para os das colheitas... Sou ou não sou? Pobre Hamlet, que põe em dúvida a natureza humana. Será minha vaidade que me afasta dos caminhos que não eram para ser os meus? Não será apenas no coração de meus amigos que tenho espírito e talento? Ora me surpreendo frágil, hesitante, variável, mulher enfim, como ninguém é, e me atribuo um lugar ao pé do fogo; sonho com alegrias doces e pálidas [aprisiono em meu coração a chama que tantas vezes sinto subir à fronte], acalento o sonho de deveres tão encantadores e sombreados de solidão que nenhum ser humano poderia vir me buscar para me fazer relembrar o passado. Ora minha cabeça é que tem febre; minha alma parece se espremer contra as paredes de meu cérebro para se ampliar; meus pensamentos têm voz; alguns cantam, outros rezam, outros se lamentam; até meus olhos parecem olhar para dentro. Mal compreendo a mim mesma e, no entanto, graças ao estado de exaltação em que me encontro, compreendo tudo, o dia, a natureza, Deus. Se eu quiser me ocupar com os cuidados da vida, se quiser ler, por exemplo, pois bem, sou obrigada a concluir as idéias do livro que me parecem incompletas. Conduzo-as com minha imaginação, ou com meu coração por guia, não sei bem qual dos dois, uma etapa acima da que o autor as conduziu. As palavras, essas mesmas que só têm significados comuns aos olhos dos outros, abrem para mim horizontes sem limites que se aprofundam e me atraem irresistivelmente em suas vias luminosas. Lembro coisas que nunca vi, mas que talvez se tenham passado num outro mundo, numa vida anterior. Sou como um estrangeiro que, abrindo um livro em idioma desconhecido, nele encontrasse a tradução de suas próprias obras e assim continuasse a ler em si mesmo não mais a forma, mas a alma, o pensamento, o segredo desses caracteres estranhos que a seus olhos permanecem hieróglifos indecifráveis.

Se, em vez de ler, quero trabalhar em alguma tarefa feminina, minha agulha me treme na mão, como se fosse uma pena nas mãos de um grande escritor ou um pincel nas mãos de um grande pintor. Artista até o fundo da alma, parece-me então que eu colocaria arte até numa bainha.

Enfim, se em vez de ler e costurar continuo a sonhar, se mergulho numa contemplação que se eleva até o êxtase, então minha febre se faz mais intensa e se reacende, e meu pensamento escala as estrelas.

Agora, como decidir... tire-me de minha dúvida, Dumas — como decidir qual desses estados é aquele a que Deus me destinou? Como saber se minha vocação é força ou fraqueza? Como escolher entre a mulher da noite e a do dia, entre a operária do meio-dia e a sonhadora da meia-noite, entre a indolente que o senhor aprecia e a corajosa que às vezes o senhor se lembrou de elogiar e admirar? Ah! meu caro Dumas, essa dúvida de mim é a mais cruel das dúvidas! Preciso de encorajamento e crítica; preciso que escolham por mim entre a agulha e a pena; nada seria custoso para alcançar o objetivo se eu sentisse que alguém me ajudava. Mas a mediocridade me apavora e, se há em mim *apenas uma mulher*, quero queimar brinquedos vãos e limitar minha ambição em ser bem-amada e em saber, eu própria, amar sublimemente. A mediocridade nas letras, meu Deus, é a rigidez trivial e rasteira, é o corpo sem a alma, é o óleo que mancha quando não alumia.

A rã de La Fontaine nos causa pena quando rebenta de orgulho querendo imitar o boi[4]; talvez nos causasse inveja se coaxasse feliz em seu palácio de nenúfares ou em sua alta floresta de juncos.

---

[4] "A rã que quer ficar do tamanho do boi", *Fábulas*, livro I, III.

O trabalho latente e calado a que estou condenada não traz apenas o perigo de me enganar sobre meu próprio valor e induzir-me, quem sabe, a devaneios da menos indesculpável das vaidades. Se tenho talento, ele o irrita e me impõe ainda mais dúvidas, das quais a preguiça tira amplos benefícios. Faço, desfaço, refaço, rasuro, apago, queimo a troco de um nada.

É verdade que, na minha prisão, tenho todo o tempo para isso; abandono muito, e termino com imenso esforço. O artista deve, sem dúvida, ser severo para com sua obra e levá-la até tão perto da perfeição quanto suas forças lhe permitam; mas, além das grandes obras, devem se executar num só traço as conversas de um dia, estudos, bagatelas enfim, trabalhos, ou melhor, distrações intermediárias que descansam dos grandes trabalhos, que fazem uso do excedente de pensamento, que dão, enfim, corpo a nossos sonhos do dia, não raro mais sofridos pela infelicidade, mais reais que os sonhos da noite. Antigamente, a graciosa conversação dos salões gastava esse excedente de que falo; os homens superiores iam semear na sociedade as pérolas inúteis de seu espírito, e todos podiam juntá-las, como faziam os cortesãos de Luís XIII com aquelas que escorriam do manto de Buckingham[5].

A imprensa, hoje em dia, substituiu a conversação aristocrática: é com base nela, é através dela que desabam pensamentos vindos dos quatro cantos do horizonte, lá é que florescem essas impressões fugidias, nascidas do acontecimento do dia, essas recordações, essas lágrimas que no dia seguinte já não se acham,

---

[5] Buckingham: a anedota, retomada em *Os três mosqueteiros* (cap. IX), consta na introdução às *Mémoires inédits de Louis-Henri de Loménie, comte de Brienne, secrétaire d'Etat sous Louis XIV, publiés sur les manuscrits autographes, avec un essai sur les moeurs et sur les usages du XVIIe siècle* [*Memórias inéditas de Louis-Henri de Loménie, conde de Brienne, secretário de Estado sob Luís XIV, publicadas conforme os manuscritos autógrafos, com um ensaio sobre os usos e costumes do século XVIII*], por F. Barrière (Ponthieu et Cie, 1828), pp. 35-6 (coletânea A-Z, tomo A, p. 7).

enfim esses fantasmas coloridos da vida exterior, tão ardentes, mas tão frágeis.

Está vendo, Dumas [já me julgo livre], já me julgo autora, já me julgo poeta, vivo em liberdade, tenho fama, felicidade, e tudo isso, tudo isso graças ao senhor.

Enquanto isso, permita que lhe envie uns pensamentos fugidios, uns fragmentos esparsos, e diga-me se a mulher que fez isso tem alguma esperança de um dia viver dignamente de sua pena.

Amigo de minha mãe, tenha compaixão de sua pobre filha!

Marie Cappelle"

Essa carta deixou-me muito tempo pensativo. Eu estava convencido; mas o que é a convicção de um homem? Qual é a prova da verdade? A verdade não é todo dia combatida e vencida pela fé? O dogma não ordena que acreditemos em coisas impossíveis, de que os crentes não duvidam? Em suma, eu não vira Marie Cappelle verter o veneno no copo do marido; as duas afirmações eram positivas: o sr. Orfila dizia que *sim*, o sr. Raspail dizia que *não*. Se eu tivesse de acreditar em um deles, acreditaria em Raspail, a quem eu atribuía um talento superior ao do sr. Orfila; mas eu também estudara o suficiente de anatomia e química em minha vida para saber que se o arsênico é reconhecível pela arborização que deixa no estômago, caso o estômago seja examinado no mesmo dia ou no dia seguinte à morte, por outro lado é difícil de ser extraído das vísceras em decomposição. *Há arsênico em tudo*, dissera Raspail, *e poderia tirar algum da poltrona em que está sentado o sr. presidente*!

Infelizmente, porém, não era na prova material que eu me detinha, e sim nas probabilidades morais. Eu conhecia Marie Cappelle desde a infância. Nas breves entrevistas que tivera com ela, pudera estudar um caráter absoluto e uma organização nervosa. De probabilidade em probabilidade, eu chegara a uma convicção que, por assim dizer, chacoalhei por todos os lados sem que nada a abalasse.

Deixei a noite inteira passar, não sobre minhas dúvidas — um novo exame as faria sumir se me restasse alguma —, e respondi:

"Cara Marie,

Seria, de fato, uma bela missão essa que você me reservaria, pedindo-me que fizesse por você o que Voltaire fez por Calas, mais bela ainda porque Calas, condenado à morte pelo parlamento de Toulouse, foi executado, e Voltaire só reabilitou a memória do morto, impotente que era em fazer reviver o homem; você, Marie, graças às circunstâncias atenuantes, ficou suspensa sobre o abismo, e é daí que me lança esse doloroso grito de socorro que acaba de me chegar.

Marie, para convencer, por mais poderosa que seja a palavra, é preciso que aquele que fala esteja convencido. Voltaire estava convencido da inocência de Calas e foi por isso que ganhou o processo do morto contra os vivos. Eu não só não estou convencido de sua inocência como a acredito culpada; como quer que me torne paladino de uma causa na qual Deus não estivesse comigo?

Mas compreenda-me, Marie, embora não a acredite inocente, julgo-a desculpável. Se me deixar advogar sua causa do ponto de vista da legítima defesa — não vou encontrar outra palavra —, eu a advogarei. Negaremos o roubo, confessaremos o envenenamento; e comprometo-me a duplicar o número de seus fãs.

E digo mais: a partir de amanhã farei de tudo para obter seu indulto. Não perco a esperança; é o terceiro que eu obteria, e nenhum dos agraciados estava em condições tão favoráveis quanto as suas.

O único obstáculo com que vou deparar, tenho certeza, será seu parentesco com a família real.

Quanto ao que me diz sobre a dúvida que lhe inspira seu talento, lembre-se, Marie, daquilo que eu lhe disse da última vez que a vi em casa de sua boa tia Garat, que, embora talvez sendo injusta com você, tanto a amava. Eu lhe disse: 'Marie, pelo que conheço de seu caráter, de sua ambição, de suas aspirações, de seus desejos, você dará uma execrável dona-de-casa, mas será uma grande artista caso se disponha a cultivar os talentos que tem'.

Ofereci-me para raptá-la naquela mesma noite. Eu falava seriamente e o teria feito, certo de estar agindo em prol de sua felicidade e, conseqüentemente, de acordo com a Providência.

Teria você se tornado cantora, atriz trágica ou literata? Não sei. Teria sido Malibran, Dorval ou Geoge Sand, isso eu ignoro; mas teria, com toda certeza, sido algo grande, distinto, fora de série!

Não duvide de si mesma como escritora, Marie. Você tem talento, e muito. Suas memórias são, a um só tempo, obra de uma mulher de talento e de uma mulher de coração. Agora, do ponto de vista do tédio que acomete a prisioneira, eu lhe daria um conselho. Você é *poeta em prosa*, mas tente ser *poeta em versos*. Existe na elaboração dos versos algo de absoluto e de irritante que absorve. A prosa é uma arte demasiado fácil, que não necessita ser aprendida, ou melhor, que não achamos necessário aprender. Existe na arte dos versos algo das outras artes, particularmente da escultura e da música. A prosa lhe fará esquecer as horas; a poesia lhe fará esquecer os dias.

Quanto à inutilidade da existência, tranqüilize-se: nada é inútil dentro desta grande máquina da qual fazemos parte; desde o Sol, cujo diâmetro é mil e duzentas vezes maior que o da Terra, até o infusório que se esquiva ao microscópio solar, tudo tem sua utilidade neste mundo. Culpada, seu encarceramento terá sido uma expiação; inocente, seu martírio terá sido um exemplo, cada grito que lançou terá sido ouvido por Deus, cada linha que escreveu será estudada pelos filósofos; seu livro, caso escreva algum sobre seu próprio encarceramento, ocupará um lugar junto aos de Silvio Pellico e Andryane, exalará uma chama, uma luz, uma verdade qualquer, e, se o corpo anda à luz do sol, a alma anda à luz do espírito.

Agora, inocente ou culpada, coragem, cara Marie; continue amando aqueles que a amam e me inclua entre eles. Se não consegue esquecer os que lhe fizeram mal, comece por perdoá-los; acabará por não mais odiá-los. Amar é do princípio divino, odiar é do princípio infernal.

— Por quem chora? — perguntaram a Santa Teresa.
— Choro por Satã — ela respondeu.
— E por que chora por Satã?
— Porque ele não pode mais amar.

Ame, Marie! Ame tudo: as testemunhas que depuseram contra você, os juízes que a condenaram, os maus que se alegraram com sua perda, os carcereiros que a atormentaram e até as freiras hipócritas que, em nome da humildade, arrancaram suas roupas mundanas para vesti-la com o uniforme da prisão.

Quanto mais você amar, e, principalmente, quanto melhor você amar, mais estará, culpada, próxima à misericórdia e, inocente, próxima da perfeição!

Alexandre Dumas"

Já lemos a carta da prisioneira. Vamos ler agora os pensamentos contidos no manuscrito anexado à carta.

Recordações e reflexões de uma exilada

Itália

Itália, que de dois mares emprestas o cinto azul das ondas para velar teus belos flancos!

Itália, que, para cobrir a cabeça, possuis a altiva faixa de todas as neves alpinas!

Terra forrada de vulcões, terra coberta de rosas, eu te saúdo, e choro só de lembrar-te.

Teu céu radiante de estrelas, tuas brisas perfumadas, dentre as quais uma só bastaria para desfazer um luto; teu escrínio de formosura, presente da natureza; teu escrínio de talento, homenagem de teus filhos; tuas harmonias, alegrias e até teus suspiros pertencem aos felizes!

Eu, que sou infeliz, não te tornarei a ver (1844).

Villers-Hélon

Bom anjo da guarda dos dias de minha infância, tu que minha oração, à noite, chamava até meu berço, bom anjo, hoje ainda minha voz te invoca! Vai, retorna sem mim lá onde eu fui amada.

A lagoa ainda serve de espelho para as tílias? Os nenúfares dourados ainda vogam sobre as águas ao entardecer? A doce égide ainda vigia, bom anjo, próxima às margens fatais, as brincadeiras das crianças?

Estás vendo o tronco nodoso do espinheiro branco que floresce ao primeiro sinal da primavera? Querido espinheiro... eu alcançava seus ramos com o braço de meu pai para saudar o aniversário do avô bem-amado.

Encontraste as rosas preferidas de minha mãe, os choupos plantados no dia em que nasci? Nossas nogueiras ainda margeiam o caminho para a aldeia, e sua sombra ainda vê passar as festas de Maria? Tem o tempo respeitado a humilde igreja gótica, cujo altar é de pedra, cujo cristo é de ébano? Outra, em meu lugar e em minha ausência, estará pendurando, em grinaldas, as centáureas e rosas nos frágeis arcos do santuário?

Estás vendo entre as flores, bom anjo, sob uma cortina de olmos, o túmulo em que dormem meus mortos tão pranteados? A bondade deles lhes sobrevive, os pobres os visitam, e minha alma vem voando do exílio para ali rezar.

Vou aonde vai a folha arrastada pelo turbilhão. Vou aonde vai a nuvem que a tempestade carrega. De luto de minha vida, morta para a própria esperança, não hei de retornar para [onde] deixei meu coração.

Bom anjo, semeia as rosas sobre o túmulo de meus pais; dá os perfumes às flores que se esfolham a teus pés! Faze com que seja eu a chorar não só [minhas lágrimas, mas também as das vidas irmãs de minha vida], a fim de que permaneçam felizes lá onde fui amada!

Aflição

Ó vós que passais pelo caminho,
Olhai e vede se existe dor comparável a minha dor.

Jeremias

Senhor, vede minha aflição! Conto com minhas lágrimas as jovens horas de minha vida. Não espero nada da manhã e quando, após o tédio do dia, volta a tristeza da noite, ainda não espero nada.

Foi abençoado meu berço. Fui amada, em criança. Moça, vi o respeito dos homens inclinar-se a minha passagem. Mas a morte levou meu pai, e seu último beijo gelou o primeiro sorriso em minha fronte.

Infelizes os órfãos!... Estrangeiros na terra, ainda sabem amar e já não são mais amados. Recordam aos homens a lembrança dos mortos, e os felizes os jogam às lutas do mundo sem nem sequer as armas de uma bênção.

Infelizes os órfãos!... As nuvens se amontoam depressa sobre as pobres existências por ninguém protegidas, por ninguém defendidas. Às vésperas de viver, eu chorava minha vida. Às vésperas de amar, ai, eu já vestia o luto por minha felicidade.

Todos os que me eram caros viraram a cabeça; isolaram-se num soberbo desprezo. Quando eu gritava por eles, chamavam-me maldita, porque eu gritava do fundo do abismo; e vós, no entanto, meu Deus, sabeis que não troquei o vestido de minha inocência pelo cinto dourado do pecado.

Senhor, meus inimigos me insultam. Em seu triunfo, desafiam o remorso e se riem de meus prantos! Meu Deus, apressai para mim o dia da justiça! Meu Deus, dignai-vos servir de pai a esta órfã! Meu Deus, dignai-vos servir de juiz a esta oprimida!

(Segundo aniversário)

Meia-noite, 15 de julho de 1845

Os alentos da noite trazem os sonhos ao homem e o sereno às flores. Nos bosques, a fonte murmura um cântico ao sono. Sob os lilases, o rouxinol canta, e sua voz, que diz à rosa: *Eu a amo*, faz sorrir a esperança, faz chorar a saudade.

Através das nuvens, a lua infiltra e projeta mil visões de opala nos prados. O eco responde com um suspiro ao suspiro que escuta. O pensamento recorda, o coração ama, a alma reza, e os anjos recolhem, para [confiá-los a Deus] nossos mais nobres pensamentos, nossas mais santas orações, nossos mais castos amores.

Amo a noite; amo as brisas perfumadas que levam minhas lágrimas aos mortos, minhas saudades aos ausentes.

Amo a noite; amo as pálidas trevas que subtraem um dia aos dias de minha aflição.

Amizade

A amizade consiste no esquecimento daquilo que se dá
e na lembrança daquilo que se recebe.

Fevereiro de 1847

O sol, astro rei da felicidade e do dia, ofusca os olhares do homem.

As estrelas, doces filhas da solidão e da noite, atraem os pensamentos para o céu.

O sol é o amor que faz viver.

A estrela é a amizade que nos ajuda a morrer.

Jovem, saudei a felicidade, saudei a esperança. Hoje, só acredito na dor e no esquecimento. O tempo apagou a quimera de meus sonhos. Ó minha estrela! Ó minha santa amizade! Só a ti [ainda] amo.

Todas as minhas lágrimas secavam ao brilho de um sorriso.

O sorriso apagou-se.

Um coração batia para mim e, sozinho contra o ódio, sabia muito bem defender-me.

Escuto, o ódio ainda se agita; mas o coração já não bate.

A A. G.

Criança, você pergunta por que minha cabeça se inclina sobre as grades frias, e para que regiões se lança meu pensamento nesta hora em que, apagando-se o dia na noite, a natureza adormece, e o *Ângelus* canta o hino santo de Maria.

Meus pensamentos! Oh! quão longe estão da terra. Para eles, não há mais esperança, nem sequer um lamento. Estou morta neste mundo e, para reviver ainda, sofro, choro, rezo e, devagar, perdôo aos maus para que Deus, ao me amar, abençoe minha desgraça.

Não quero odiar. O amor é a harmonia que faz vibrar nossas almas ao santo nome do Senhor; o amor é nossa lei e nossa recompensa; é a força do martírio, a palma da inocência.

Jovem alma que me ama, possa você ser feliz! Minha oração a guarda, meu pensamento a abençoa. Espere felicidade e, se preciso for, que seus olhos também conheçam as lágrimas, ai!

Lembre-se de que na terra do exílio o caminho mais árduo é o que mais diretamente conduz a nossa pátria do céu.

A vida é provação: vivemos para morrer. Pouco importa a vida, e, quando vier a noite, se minha cabeça se inclinar tristemente nas grades frias, criança, não chore, meu coração é inocente; o céu tem estrelas, e Deus tem a justiça para o triunfo da verdade!

Morte

2 de novembro de 1848

Felizes, vocês caluniam a morte. Cegos de medo da libertadora, transformam em homicida a virgem dos túmulos. Dão-lhe por túnica o pano da mortalha. Dizem que suas asas são tão negras, seu olhar tão terrível, que petrificam suas alegrias.

Mentira, calúnia! A morte é repouso, paz, recompensa; é o retorno para o céu, onde as lágrimas são contadas. A morte é o anjo bom que exime da vida todas as almas sofredoras, todos os corações partidos.

Não raro, quando a noite vem, quando as mulheres felizes sorriem com amor para seus filhos pequenos, eu que não sou mãe chamo por ti, choro e, se tivesse asas, ó Morte, eu fugiria.

Não me assustas; visita a exilada, murmura em meu ouvido as promessas do alto; confia-me teus segredos, dize-me as harmonias; vem, estou escutando. Dize-me se utilizas, para ceifar nossa existência, um gládio, um sopro ou um beijo.

Morte, tens ferrões apenas para os culpados; Morte, teus desesperos atingem apenas o ímpio. Terror do mau, refúgio do oprimido, se citas o crime no tribunal do Cristo, Morte, levas de volta ao céu a inocência e a fé!

E agora acredita que o coração em que brotaram essas reflexões tenha meditado um envenenamento? Agora, acredita que a mão que traçou essas linhas tenha apresentado a morte a um homem, entre um sorriso e um beijo?

Sim?

Então, como é que Deus não fulminou a hipócrita no momento exato em que ela o nomeava testemunha de sua inocência?

21

Alguns dias depois de minha carta — aliás, a única que escrevi para Marie Cappelle — recebi dela esta segunda missiva[1]:

"Meu caro Dumas,
Mais uma carta, e há de ser a última.
Acredita em minha culpa; padeço por isso, e é uma dor nova que vem se somar a minhas dores antigas.
Oferece-me de tudo fazer para obter meu indulto: a palavra indulto é muito dura; mas, que fazer, já sofri tanto que engolirei essa vergonha. A vergonha é a lia da dor.
Mas apresse-se, meu amigo, ou o indulto virá tarde demais.
As trevas de Deus têm uma aurora. Os invernos de Deus têm uma primavera. Quando Sua mão segura a vara, a fonte brota do rochedo. Quando Seu olhar traspassa a pedra do sepulcro, a morte se retira e Lázaro ressuscita[2]. Deus faz justiça, pois que é senhor

---

[1] Carta apócrifa, composta com base em *Heures de prison*, livro XI, I, pp. 221-9.
[2] Êxodo, 17, 5-7; João, 11, 32-44.

do tempo. Deus dá o indulto, pois que dispõe da eternidade... Mas o homem! O homem! O que podem seus indultos, o que valem suas misericórdias! Sempre ligeiro em lançar a palavra que fulmina, sempre tarde demais pronuncia a palavra que reergue! Quando o homem, erigido em juiz, impõe a seu irmão o sofrimento e a morte, o sofrimento e a morte obedecem. Quando ele lhe devolve a liberdade ou a vida, as correntes caem; mas o desespero, ou a loucura, se ergue e se recusa a entregar a presa. Escute o que vou lhe dizer.

Esta manhã, ouvi ranger esta porta que eu não vira se abrir desde o dia em que se abriu para mim e se fechou depois de mim. Através das grades da janela, vi entrar no pátio um carro vazio; um guarda baixava seus estores e desenrolava-lhe o estribo.

No mesmo momento, os tilintares apressados da campainha chamaram as freiras ao parlatório; um vaivém inusitado, um estranho cruzamento de vozes, ordens dadas, transmitidas e comentadas despertaram minha curiosidade ao despertar os ecos, não raro calados, de minha cela.

Despachei minha guardiã em busca de informações e, visto que onde reina o silêncio como regra, embora nada se diga, tudo se repita, logo fiquei sabendo que o misterioso carro vinha buscar a srta. Grouvelle, libertada de sua pena, para levá-la até a casa de saúde do sr. professor Rech[3].

A janela da pequena sala ocupada por minha guardiã, embora situada três andares acima da janela da srta. Grouvelle, fica de frente para ela, separada apenas por algumas braçadas de ar, sulcadas na primavera pelas ligeiras evoluções das andorinhas, alegradas no inverno pelos folguedos piados dos pardais.

Apoiada nesta janela, eu não raro ficara horas inteiras meditando perante as sombrias muralhas que erguiam seu enigma

---

[3] Nota de Dumas: Conheci muito bem a srta. Grouvelle e vou dizer mais adiante quem era ela.

diante de mim. Havia ali uma mulher que eu queria consolar, e ela já não sentia o peso de suas correntes... Minhas lágrimas rolavam por ela, e já não havia coração para colhê-las... Eu buscava uma inteligência que me respondesse e deparava com o nada.

Certa noite, lembro-me ainda, tendo a ronda de serviço dado o alarme, eu acorrera àquela janela. O fogo tomara conta do quarto da srta. Grouvelle, e, à luz das tochas, eu vira a infortunada, pálida, imóvel, entregando os pés à mordida da chama, qual a antiga hamadríade que, surpreendida pela matéria, nela soçobra, estupefata, sem encontrar nem sequer um sopro de grito para se defender ou um tremor de pensamento para salvar-se.

De outra feita, durante uma tormenta, eu a avistara, de pé no terraço, ombros nus e pés descalços, braços convulsivamente cruzados sobre o peito, entregando os longos cabelos à borrasca, apresentando a fronte ao relâmpago. A cada ribombar do trovão, interrogando a noite, ela parecia buscar-se sem se reconhecer e agitar-se sem se sentir. Seu gesto desafiava a tempestade; seu braço batia no vazio, seus gritos amaldiçoavam a escuridão, e, com o eco repetindo seus gritos, ela fugia, horrorizada, daquela voz que no entanto fora sua.

Acredite bem nisso, caro Dumas, os que só sofreram com os males corriqueiros da vida, que só choraram pelos lutos temidos, mas privados, de que todo ser humano é tributário em seu destino, os que chamamos de felizes deste mundo, esses jamais hão de compreender a solidariedade poderosa que une dois desconhecidos um ao outro, mas um ao outro ligados pela sagrada afinidade da desgraça.

Entre mim e a srta. Grouvelle, as lágrimas eram a seiva que nutriam nossas vidas; a mesma corrente nos machucava, os mesmos ferrolhos selavam nossos túmulos geminados. O raio de sol que acariciava ao meio-dia o ferro de minhas grades ia, às três horas, acender uma estrela na vidraça das dela. Os ventos de outono mesclavam, ao expulsá-las, a fumaça de sua lareira àquela de meu fogão. Ouvíamos, juntas, gemerem e gritarem os cata-ventos de chamas negras de nosso telhado comum. A natureza confraternizava com o destino.

Eu não conhecia a srta. Grouvelle: o interesse que me ligava a ela tinha por única definição a comunidade de situação e sofrimento. De seu passado eu não sabia quase nada; de seu processo nada quis saber. O pouco que descobrira bem me mostrava que sua coragem se acendera num fogo distinto do meu. Sentia que devia haver entre nós uma total dessemelhança de caráter e de princípios.

Pouco me importava.

Choram por Charlotte Corday, paramentada com seu suplício como se ele fosse uma expiação e uma glória... Se ela vai dar a morte, apavoram-se... Se vai recebê-la, inclinam-se... Na hora do sucesso, é a heroína pagã... Na hora do cadafalso, é a mártir...

Eu recomendara, não podendo escrever sem tardar um bilhete amigo à srta. Grouvelle, recomendara a minha guardiã que indagasse seguidamente por seu estado e me informasse. Infelizmente, ela piorava a cada dia, e os ecos da pobre cela só traziam oráculos mudos, como os de um túmulo.

Questionei mais tarde o sr. Pourché, e ele me passou a metade de suas lembranças. Embora antipático às opiniões da srta. Grouvelle, o excelente doutor oferecera-lhe sua amizade para fazer com que ela aceitasse seus préstimos... Foi sua a mão que, por último, apertou a mão dela; foi sua ciência que, por muito tempo, disputou a razão dela com o caos; e, quando a infeliz já se esquecera de tudo, ainda parecia reconhecer nele um amigo.

O senhor, meu caro Dumas, que partilhava suas opiniões e estava presente a todos os tumultos a que os amigos dela tomavam parte, deve ter conhecido a srta. Grouvelle. Afora o objetivo a que me conduzem, as informações do sr. Pourché devem interessá-lo. Vou registrá-las aqui.

No dia em que a srta. Grouvelle transpôs a soleira da prisão, estava confiante e forte. Carregava suas correntes qual o guerreiro suas armas. Quedava-se diante da desgraça como o espartano diante da morte.

Naquele dia, vários amigos a cercavam: amigos políticos usando luto por sua liberdade e chorando por ela, enquanto ela própria se recusava a chorar.

Nos dias seguintes, os amigos voltaram. As lágrimas ainda não tinham secado em seus olhos e, nos lábios da prisioneira, o sorriso ainda não se apagara.

Mais tarde, as visitas foram cessando. Posições a serem resguardadas, deveres de Estado a serem cumpridos desaprenderam o caminho que leva apenas ao desespero e ao nada.

Esquecida por todos esses cuidados que o espírito de partido acende e que o espírito de egoísmo apaga, a srta. Grouvelle só manteve a seu lado um ou dois homens de coração, cujas opiniões eram sentimentos. Esses homens podiam consolá-la em seu infortúnio, mas eram impotentes para curá-la do tormento da decepção e do olvido.

Mais de um ano se passara, e ninguém escutara uma palavra saída de seus lábios; ninguém a vira sorrir, ninguém a vira chorar. De pé defronte uma janela fechada ou sentada diante do fogo aceso, ela se isolava, apavorada, de todos os que queriam se aproximar. Somente a inanição a forçava a comer, somente a lassidão a forçava a deitar-se...

Passados dois anos, estava louca!

Hoje, a srta. Grouvelle está libertada de sua pena, e vão transportá-la da prisão para uma casa de saúde.

Acaso não receia, caro Dumas, que quando venham me libertar de minha pena me encontrem no mesmo estado da srta. Grouvelle?

Mas vejo que não lhe disse em que estado ela se achava.

Estenderam uma cortina de pano verde diante da janela da mulher que me guarda, e eu me escondi atrás dessa cortina a fim de ver sem ser vista.

As persianas da srta. Grouvelle estavam cerradas.

Súbito, dois pardais que puxavam as penas na janela da prisioneira voaram a toda pressa para o alto do telhado vizinho; a veneziana abalou-se, e as duas folhas, abertas com estardalhaço, permitiram que eu mergulhasse o olhar no interior do quarto, ao mesmo tempo que penetravam o ar puro e a luz da liberdade.

O pobre quarto, infelizmente, estava tão cheio de sombra que a luz mal conseguia filtrar.

Fragmentos de teias de aranha balançavam-se no teto; uma fumaça opaca turbilhonava à flor do chão, e o vento, que levantava de todas as superfícies planas nuvens de poeira úmida, parecia expulsar os raios do sol à medida que eles iam entrando.

Um colchão todo achatado estava estendido diante da lareira. Suas paredes, inchadas de bolhas, eram revestidas de um papel mofado, outrora verde, rasgado e pendurado aqui e ali. Não faltava nada do que faltava à vida, mas nada estava no lugar: era a desordem da loucura. Um jarro rachado ocupava a metade da lareira; um fogareiro e um banquinho ocupavam o lugar de honra sobre uma cômoda; uma bandeja, coberta de nacos de alimentos, jazia em cima de uma cama desfeita, enquanto uma velha pantufa, desfiada e calosa, florescia numa taça de vidro.

Até ali, as idas e vindas de pessoas que empilhavam em pacotes a roupa e os miúdos objetos de asseio tinham-me impedido de ver a srta. Grouvelle. Descobri-a, afinal, retraída a um canto do quarto; e ali, mais rígida, mais imóvel, mais ausente de si própria do que quando eu a vira no terraço. Seu olhar mirava friamente a luz, novo hóspede mal-vindo naquele quarto sombrio, e a luz não acendia nem uma faísca sequer de alegria em seus olhos.

Meu binóculo era excelente, rocei com o olhar o fantasma que me aparecia e, em alguns momentos, sentia-me tão próxima que uma corrente elétrica trazia para meu coração o frio do coração dela.

A srta. Grouvelle era alta; suas feições regulares, embora acentuadas e viris, devem ter sido belas antes que a dor as estupefizesse. Da antiga fisionomia, resta apenas a máscara, e, nessa máscara de carne onde já não brilha a alma, a luz ao cair cria uma mancha. Sua fronte é sulcada de linhas horizontais, em cujo fundo dorme o nada; seus olhos têm a tonalidade morna das águas mortas que cobrem o vazio dos abismos, assim como as lágrimas cobrem o vazio dos corações.

Enquanto duraram os preparativos da partida, aquela que esses preparativos ressuscitariam para a vida afundava mais e mais na sombra em que se escondia. Uma vez levado o último pacote, a vigia quis aproximar-se... A srta. Grouvelle, derrubando a cabeça para trás, lançou-lhe um olhar de indizível terror e agarrou-se violentamente à parede; no momento seguinte, voltou a cair em seu primeiro torpor, e pude então examiná-la à vontade.

Seu vestido, de um corte elegante, devia ter sido cor-de-rosa; agora, sem cor e reduzido a trapos, deixava escapar, pelas duas fendas das mangas, dois cotovelos magros, angulosos e gretados. Os magníficos cabelos loiros, que ela outrora trançava numa coroa cingindo a cabeça, desgrenhavam-se, retorcidos e crespos, sobre seus ombros e colo. Os dedos dos pés, furando um sapato em pedaços, crispavam-se, nus, na pedra fria dos ladrilhos. A vigia estava ali, com um vestido novo no braço e sapatos novos na mão, instando-a a se vestir, esgotando-se em argumentações incompreendidas.

Um forte toque de campainha tendo enfim dado o sinal, a vigia aproximou-se uma segunda vez da infeliz, pôs-lhe um longo xale sobre os ombros e quis arrastá-la. Um grito lancinante, decorrente de uma luta, fez-se ouvir... o binóculo caiu-me das mãos.

O que mais eu poderia descobrir, caro Dumas? Eu sabia quanto valem os dias seguintes da lei; sabia a que hora tardia intervêm a misericórdia e a justiça dos homens... sabia o que sobra da criatura humana quando ela já não reflete a imagem do Criador... Infelizmente, repito, o que eu teria a descobrir além daquilo?" [H., livro XI, I, pp. 221-9].

"O que acabo de escrever, caro Dumas, não é para fazer literatura, estilo, drama; não é para dizer, como em minha primeira carta: 'Posso escrever?'. É para dizer: 'Foi isso o que vi, e estou com medo'.

Marie"

22

Eu disse, no capítulo anterior, que daria algumas informações sobre a pobre louca com a qual foi preciso usar a força para poder tirá-la da prisão.

Conheci muito bem Laure Grouvelle e seu irmão em todas as nossas reuniões republicanas entre 1831 e 1838[1]. Ela era a mais exaltada; na hora do tumulto, era a mais audaciosa.

Grouvelle tinha, na época em que o conheci, trinta e dois anos, e sua irmã, vinte e cinco.

Ele não tinha nada de excepcional, fisicamente: aparência simples, rosto doce, cabelos raros e loiros numa cabeça cingida por uma faixa preta que ocultava a cicatriz de uma ferida.

Ela também era loira, com os mais lindos cabelos do mundo; olhos azuis abrigados sob cílios albinos davam uma expressão de suprema doçura a sua fisionomia, que, no entanto, assumia grande firmeza quando das linhas superiores se descia para as linhas da boca e do queixo.

---

[1] A. Dumas retoma aqui o capítulo CLXXX de *Mes mémoires*.

Ela tinha em casa um retrato seu — retrato encantador —, obra da sra. Mérimée, mulher do pintor que fez o belo quadro *L'Innocence et le Serpent*[2] e mãe de Prosper Mérimée, um de nossos mais firmes e coloridos escritores em prosa, autor de *Théâtre de Clara Gazul, Vase étrusque, Colomba, La Vénus d'Ille* e vinte romances, todos da melhor qualidade[3].

A mãe de Laure Grouvelle era a senhorita Darcet, irmã, parece-me, de nosso célebre químico Darcet e, por conseguinte, prima do pobre Darcet, que foi queimado com querosene, parece-me[4].

Ambos eram filhos de Philippe-Antoine Grouvelle, literato e político que publicou a primeira edição das cartas coletivas da sra. de Sévigné[5] e que, a partir de 1789, adotou os princípios da Revolução.

Tendo-se tornado, em agosto de 1792, secretário do conselho executivo provisório, teve de ler para Luís XVI, em 19 de janeiro de 1793, a sentença que o condenava à morte.

---

[2] A tela de Léonor Mérimée, *L'Innocence présentant à manger à un serpent* [*A Inocência oferecendo de comer a uma serpente*] (1791), foi destruída em 1870 no incêndio da casa de Prosper Mérimée.

[3] *Le Théâtre de Clara Gazul*, que agrupa dez comédias, dramas ou sainetes, foi publicado em 1825 (*Les Espagnols en Danemark; Une femme est un diable ou la Tentation de saint Antoine; L'amour africain; Inès Mendo ou le Préjugé vaincu; Inès Mendo ou le Triomphe du préjugé; Le Ciel et l'Enfer*) e completado em 1830 (*Le carosse du Saint-Sacrement, L'occasion*), depois em 1842 (*La famille de Carvajal, La Jacquerie*); *Le vase étrusque*, novela, 1830, *Colomba*, novela, 1840; *La Vénus d'Ille*, 1837.

[4] Félix d'Arcet (1814-1847), que pereceu terrivelmente queimado após uma explosão de gás (cf. *Moniteur universel*, 29 de fevereiro de 1847, p. 347), era filho de Jean-Pierre Joseph d'Arcet: ela era, portanto, tia de Félix.

[5] *Lettres de Mme de Sévigné à sa fille et à ses amis* [*Cartas da sra. de Sévigné a sua filha e a seus amigos*]; nova edição, reorganizada, enriquecida com esclarecimentos e notas históricas, aumentada com cartas, fragmentos, notícias sobre a sra. de Sévigné e seus amigos, elogios e outros fragmentos inéditos, ou pouco conhecidos, tanto em prosa como em verso, por Ph.-A. Grouvelle (Paris, Bossange, Masson et Besson, 1806, 11 v.).

Embora profundamente republicano, Grouvelle ficou tocado com esse imenso infortúnio. Leu a sentença com voz fraca e trêmula[6] e saiu da prisão num estado de acentuada agitação.

Foi em seguida enviado à Dinamarca como ministro da França. Em 1800, chamado para o corpo legislativo, ali permaneceu até 1802; depois retirou-se para Varennes[7], onde morreu em 1806, perseguido e desesperado pelos ataques de que era objeto em virtude das funções que exercera em 1793.

Fora inicialmente ajudante de notário e posto na rua porque escrevia versos.

Laure Grouvelle lançara-se com ardor na política, estava entre nós quando do tumulto ocorrido após o enterro do general Lamarque. No dia seguinte, trouxe socorro aos feridos.

Foi heróica no período da cólera.

Após a execução de Pépin e Moret, apresentou-se para sepultá-los e cumpriu piedosamente o fúnebre ofício.

Esteve comprometida no assim chamado *Complô de Neuilly*, mas não foi importunada. Eis em que ocasião ela foi detida e incriminada:

Em 8 de dezembro de 1837, um paquete vindo de Londres deixava seus passageiros no cais de Boulogne.

A chuva caía a cântaros.

Um dos passageiros passa correndo na frente de um aduaneiro chamado Pauchet e, ao passar, deixa cair sua carteira.

O aduaneiro pega a carteira, chama o viajante, corre atrás dele, em vão — o viajante desaparece.

A carteira fica um mês sem ser procurada; abrem-na e encontram uma carta assinada por Stiégler, que parece indicar um complô contra o governo.

---

[6] Expressão utilizada por Cléry em *Journal de ce qui s'est passé à la tour du Temple* [*Diário do que se passou na torre do Temple*].
[7] Varennes-Jarcy, próximo a Boissy-Saint-Léger.

A carteira é examinada com mais atenção.

Além da carta, continha uma folha de papel coberta com caracteres alemães e, além disso, uma caderneta com uma longa seqüência de algarismos que não resultava em total nenhum e não expressava cálculo algum.

Finalmente, uma carta que trazia as seguintes palavras: "Todo o material está concentrado em Paris. O plano que exigem eu estou trazendo".

Duas horas depois, Stiégler, que não era senão Huber, foi detido.

Fora ele quem perdera a carteira.

Huber foi imediatamente conduzido à casa de detenção de Boulogne. Logo veio a ordem para que fosse transferido para Paris.

Na hora da partida, os guardas, ao revistá-lo, encontraram no forro de seu chapéu o projeto colorido de uma máquina.

A máquina, que lembra a de Fieschi, era obra de um mecânico suíço chamado Steuble.

Uma grande quantidade de detenções foi efetuada. Na seqüência dessa descoberta, abriu-se um processo de atentado à vida do rei.

Foi esse processo que trouxe Laure Grouvelle diante do tribunal no mês de maio de 1838[8].

Foi defendida por Emmanuel Arago.

Eis o que diz Louis Blanc sobre esse processo, em sua *Histoire de dix ans*[9]:

---

[8] O processo foi aberto na segunda-feira 7 de maio de 1838, diante do tribunal do Sena, presidido por Delahaye, e cujo procurador-geral era Franck-Carré. O processo se estendeu por dezenove audiências. O julgamento foi pronunciado em 25 de maio; cf. relatório muito completo das audiências em *Le National*, 8, 9, 10, 11, 12, 13, 15, 16, 17, 18, 20, 22, 23, 24, 25 e 26 de maio de 1838. Arago era o advogado de Huber, e Jules Favre, da srta. Grouvelle.

[9] Louis Blanc, *Histoire de dix ans, 1830-1840* (Paris, 1841-1844, 5 v.), cap. LV.

"Esse processo ocupou várias audiências e deu lugar a cenas das mais tempestuosas. A atitude dos acusados era enérgica e altiva, sua aparência geralmente rebuscada. Não hesitavam em negar os objetivos criminosos que lhes eram imputados; e foi o que fizeram, alguns com presença de espírito, outros com exaltação. Mas no banco em que estavam sentados se encontrava Valentin, um infeliz que surpreendera indignamente sua confiança e se fizera seu delator. Foi nas afirmações desse homem, sobre o qual pesava uma acusação por falsificação e que fora arbitrariamente poupado do opróbrio da *exposição*, que a acusação se apoiou. Podia-se observar igualmente, e observou-se, que a maioria das testemunhas da acusação eram indivíduos de má fama, comprometidos por atos vergonhosos. O debate foi animado e tinha tudo para apaixonar o público.

Louis Huber exibiu convicções amadurecidas e ardentes. Steuble, que só falava e entendia a língua alemã, manifestou perante o tribunal uma rebeldia que não demonstrara na instrução. *Quanto à srta. Laure Grouvelle, unia a uma extraordinária exaltação política um devotamento sem limites; sua cabeça era a de uma republicana audaciosa, e sua alma, de uma irmã de caridade; cercara de ornamentos fúnebres o túmulo de Alibaud e, durante a cólera, fixou-se num hospital, cuidando dos doentes, consolando sua agonia, vivendo em meio ao contágio da morte: sob o peso de uma acusação capital, permaneceu calma e pôs-se a confessar sua fé com uma segurança isenta de afetação.*

Durante a primeira audiência, tendo o presidente perguntado à srta. Laure Grouvelle se tinha alguma coisa a acrescentar em sua própria defesa, ela se levantou e disse:

'Se tomo a palavra, senhores jurados, é para oferecer um testemunho público de gratidão para com aquele que veio com tanta coragem' — ela designava Huber — 'aprender qual foi minha vida, quais meus mais íntimos pensamentos. Meu coração está cheio de admiração e afeição por ele. Lembrem-se de que, envolvida numa rede fatal, ficarei lhe devendo, assim como a vossa conscienciosa deliberação, a liberdade... mais que a liberdade... a vida de minha mãe'.

Interrompida um momento pela emoção, prosseguiu designando o sr. Billiard:

'Uma lembrança para o digno amigo que não me deixou um só instante desde o dia de minha detenção e que podem ver sentado a meu lado nesta derradeira provação'.

Depois, voltando-se para o lado de Valentin, o qual, pálido, olhos baixos, parecia aterrorizado pelo remorso:

'Que eu traga também algum consolo', disse ela, 'a uma consciência que, acho, pela honra da humanidade, não está tranquila e precisa ser consolada. Valentin, Huber, de Vauquelin e eu lhe perdoamos suas infames invencionices. Se um dia estiver infeliz, doente, abandonado por todos, lembre-se de que estou no mundo'.

A sensação causada por essas palavras ainda perdurava quando foi feita a leitura da declaração do júri. Os acusados, ausentes conforme o costume, foram introduzidos. Huber escutou com muita serenidade a leitura do veredicto que o declarava culpado de complô premeditado e combinado no sentido de modificar ou destruir a forma de governo.

Todavia, quando ouviu o nome da srta. Grouvelle, um grito terrível escapou-lhe do peito, e uma arma que ele tinha escondida brilhou em suas mãos. Para impedir que se matasse, os guardas foram imediatamente para cima dele. Travou-se uma luta; o grito 'Às armas!' ecoou. Todos se levantaram precipitadamente. Os bancos, as mesas, as rampas foram escaladas em meio a uma confusão indescritível, redobrada pelo lamento das mulheres. Steuble caiu desfalecido nos braços dos guardas.

Nunca os anais dos tribunais ofereceram espetáculo igual. Furioso, fora de si, Huber se derramava em imprecações, e do meio dos guardas entre os quais se debatia: 'Essa mulher', exclamava com inacreditável violência, 'é inocente! Miseráveis! Condenaram a própria virtude! Um júri francês! Ó infâmia!'.

Arrastaram-no, por fim, e não sem dificuldade conseguiram concluir a leitura da declaração do júri, pela qual eram reconhecidos culpados do complô dirigido contra a existência não do rei, mas do governo, a srta. Grouvelle, Steuble, Annat e Vincent Giraud. Este último foi condenado a três anos de prisão; os outros, a cinco. Huber, declarado culpado de "complô seguido de ações para preparar sua execução", foi punido com a pena de deportação.

Quanto aos meios empregados para obter revelações e confissões de Valentin, será verdade que lhe foi prometida uma quantia de oito a dez mil francos?

É o que afirma uma carta de sua lavra, que está aqui debaixo de nossos olhos.

Seja como for, nesta hora em que escrevemos, Huber está morrendo; Steuble está morto, tendo cortado a garganta na prisão com uma navalha; a srta. Grouvelle está louca; Vincent Giraud está livre, mas saiu da prisão de cabelos brancos".

Laure Grouvelle morreu em 1842[10].

---

[10] Erro de Dumas: Laure Grouvelle morre no hospício geral de Tours em 21 de dezembro de 1856. Seu falecimento é declarado por dois funcionários do hospício que não podem oferecer nenhuma informação sobre a falecida.

23

Algum tempo depois, foi permitido a Marie Cappelle que tivesse livros; foi para ela uma grande alegria. Vamos ver pelo título dos livros que escolheu, e por sua apreciação, quão aquele espírito, temperado pelo infortúnio, tinha se tornado sério.

Eis o que lhe inspira a visão desses novos companheiros de sua solidão:

※

"É preciso ter sido privado de livros para sentir o preço dessa doce companhia, sempre variada, sempre renovada, sempre em uníssono com a corda vibrante de nosso espírito.

Ainda não fiz uma escolha. Ainda não tracei um plano de leitura e estudo. Quero antes rever todos os meus primeiros amigos, rodear-me deles com delícia, passar de um para o outro, recebendo e dando, deixando uma lembrança a quem me deixa um pensamento, amando quem me consola, acariciando quem me encanta, honrando quem me guia, bendizendo quem me instrui.

Os livros, os grandes e bons livros, formas esplêndidas e sagradas sob as quais sobrevive o espírito dos mortos ilustres, os livros, na ordem intelectual e moral, são nossos verdadeiros ancestrais. Tão logo nossos pensamentos compreendem a língua desses mortos gloriosos, tão logo aprendem a falá-la, o vínculo de nosso parentesco se estabelece. Nós lhes pertencemos, eles nos pertencem; nós, através deles, nos ligamos ao passado; eles, através de nós, ao futuro: nós rompemos as lajes de seus túmulos, nós os ressuscitamos... Eles aparecem para nós e nos mostram em que horizonte nosso sol de amanhã há de se erguer. Em meio às águas em que nossas opiniões incertas se debatem, seu gênio nos serve de bússola; é a estrela radiosa que nos guia para o Oriente. Meus pobres livros! Fazia dois anos, sim, tudo isso, que não os via. De modo que quis tê-los por tudo, debaixo da cama, em cima da mesa, debaixo de meus olhos, em minhas mãos... Brinquemos de avarenta; contemos nossas riquezas. Estão todos aqui, meus velhos amigos?

Em primeiro lugar, eis Pascal! Gênio doentio, olho cavo que olha sempre para dentro. Pascal! O intrépido crente, o pensador atormentado, o sublime agrimensor da dúvida e da fé... Pascal! Que com os pés toca no abismo e com a testa vai esbarrar no céu.

Ao lado de Pascal, Bossuet! O novo Moisés de um novo Sinai, o cronista inspirado dos segredos de Deus. Bossuet!... o altivo arengador dos mortos, que só adulava os reis diante dos mausoléus.

À direita de Bossuet, Fénelon! A estrela de Cambrai, coração sublime, espírito doce e brilhante, alma de apóstolo e de santo, nome abençoado e reverenciado por todos... Fénelon! Que com um erro fez surgir uma glória, e cuja glória sobe aos céus desde as chamas de uma fogueira...

À esquerda de Fénelon, que pequeno volume é esse, cujas páginas parecem se abrir sozinhas?... Ah! É a bela entre as belas, a encantadora, a deliciosa, a admirada, a boa, a incomparável... Disse seu nome, é a sra. de Sévigné, com todo o espírito de suas virtudes, todo o talento de suas graças e o inesgotável gênio de seu amor de mãe.

Mais adiante, debaixo desses in-doze de encadernação dourada, estou ouvindo Corneille, o poeta semideus, o pai imortal do *Cid*, o pintor primogênito dos heróis e das paixões sobre-humanas... Estou ouvindo Racine, o divino Rafael dos régios amores, o poeta encantador de que cada verso é uma nota, de que cada nota é uma melodia.

A seus pés, o pobre Gilbert! O poeta infortunado que se inspirava da miséria e que tinha por musa a fome.

A minha frente, Montaigne! O encantador ralhão, o filósofo censor, o moralista profundo, de bom senso tão sólido, de razão tão firme que nas próprias saliências de sua verve brincalhona reconhecemos o sábio que ensina.

Junto a meu travesseiro, o que é isso? Oh! são dois preferidos meus... La Fontaine! O homem tão sublime e tão ingênuo, tão engenhoso e tão simples, e com tanto espírito que o reparte com o mais frágil de seus animais... Molière! Mais feliz que o cínico de Atenas[1], encontra um homem... detém-no... põe-lhe a lâmpada no coração e faz o mundo rir com os segredos que o fazem chorar.

....

Na juventude se aprende; na velhice se esquece. A estação do estudo é a idade em que cada germe floresce a fim de granar na

---

[1] Diógenes, que foi encontrado em plena luz do dia, nas ruas de Atenas, com uma lanterna na mão, e diante do espanto causado: "Estou procurando um homem!", respondeu.

vida. O estudo não é apenas distração; ele nos inicia nos mistérios de uma existência superior. O hábito de ocupar a alma deixando repousar o corpo separa a idéia da matéria, exerce e fecunda nossas faculdades mais nobres, suaviza a espera pela morte e nos revela mais e mais a natureza distinta dessas duas substâncias que a vida reúne em nós.

Qual o homem que, após uma longa meditação, não reconhece a supremacia do espírito sobre os sentidos? O prazer, a dor não nos podem comover sem suscitar um pensamento que lhes corresponda. O pensamento, ao contrário, lança-se tanto mais alto quanto mais frágil é o corpo. Ele é livre dentro das cadeias; é sereno dentro do pranto. A adversidade o atinge e ele permanece estóico, paira tranqüilo acima de seus golpes.

Comparei por vezes a vida a uma alta montanha. Embaixo, a relva verdeja, a árvore cresce, a planta se desenvolve, a flor desabrocha, a água murmura, o pássaro canta; mas a nuvem, que verte a chuva e o sereno, também traz a tempestade, e, se a vida floresce em toda parte, por toda parte também a morte ameaça.

Ergamos os olhos para o topo. A vegetação se detém. O ar é tão puro que seca a seiva; o sol é tão ardente que aquece a pedra e faz com que ela sue filões de ouro, de cobre e de ferro. Estamos acima da vida e, ao mesmo tempo, acima da trovoada. No vale, tudo canta. Na montanha, tudo resplandece... A terra, com suas sombras, oculta a felicidade. O céu não tem nuvens para velar a luz. Mais vale o raio que ilumina do que a terra que floresce.

....

Aceito a dor que fulmina. A trovoada vem de Deus, e é no céu que o relâmpago se ilumina. Mas não aceito da mesma maneira as pequenas raivas do despotismo individual, quero dizer as vexações mesquinhas que se infligem ao pobre prisioneiro sem outro objetivo além de acrescentar chumbo ao ferro.

A vida na prisão lembra a espada de Dâmocles. Uma vontade sombria porque foi enganada; quizilenta, porque se atém a ninharias, esse é o fio que mantém suspenso sobre o coração dos cativos o gládio da lei.

Na prisão, não é sempre que se sofre; mas é sempre hora de sofrer. É isso que se sente, e nisso está o suplício. A bala está fundida. Basta vir uma mão, e o tiro dispara; basta um olho mirar, e o tiro atinge.

Na prisão, são tantas as coisas, aliás muito inocentes, que não se devem fazer que é praticamente impossível não se esquecer de alguma. Oh! está dado, então, o pretexto para a alfinetada.

Diziam os antigos que uma dobra na folha de uma rosa bastava para fazer a felicidade ir embora. Quantas vezes basta uma só lágrima para fazer transbordar a taça do infortúnio.

Que escutem.

A janela de minha cela dá para um bulevar. Um pequeno grupo de andorinhas, amigas compassivas, veio pendurar seus ninhos nas nervuras profundas das cornijas.

Quando a tarde cai, o sol desenha um triângulo de fogo na borda externa da janela. Se estendo a mão para fora das grades, encosto num raio, sinto que ele me acaricia e me aquece. Parece então que a primavera veste sua loura luz, a fim de se esgueirar para junto de mim. Sonho que a liberdade me visita numa faísca livre do astro que se digna cumprimentar o infortúnio.

Ainda à noitinha, meu olhar mergulha nos confins do horizonte. Gosto de ver as nuvens franjando-se de ouro e púrpura, fantásticas montanhas pairando sobre Cévennes, mostrando-me alternadamente suas vertentes de topázio e gargantas de rubi.

Gosto dos ruídos decrescentes do trabalho e das doces harmonias do descanso; gosto dos gritos das crianças, desfilando duas a duas na volta da escola; gosto do canto do operário saindo contente da fábrica e do assobio do vinhadeiro displicentemente sentado, feito um rei de Yvetot, na garupa de seu burro[2]; gosto, por fim, do passo cadenciado de nossos bravos mineiros, voltando em bandos alegres para o bairro das casernas.

Pois bem, dá para acreditar? Essas distrações de uma pobre morta, olhando a vida passar de longe, essas distrações são espionadas, desnaturadas, denunciadas. Falam mal, comentam... Se um passante pára, tristonho, ao pé de minha torre, é suspeito; se ergue silenciosamente o chapéu fitando minha grade, torna-se perigoso; informam-se rapidamente sobre quem ele é, o que quer, o que faz. Vêem-se complôs por toda parte, e em parte alguma caridade ou simpatia.

Dia desses, passou uma mulher, jovem; pensou avistar minha sombra; como ela decerto amava minha dor, quis me ensinar a amar sua alegria. Tinha uma criança nos braços, ergueu-a para mim, pegou sua mãozinha e usou-a para mandar-me um beijo; esse beijo, eu lhe devolvi chorando...

Alguém espiava: o pobre beijo foi surpreendido, vendido, e ameaçaram fechar minha janela.

Na ordem da Trapa, dois religiosos quando se encontram dizem baixinho: 'Irmão, é preciso morrer'. Aqui, a toda hora do dia, o ranger de um ferrolho ou o ferrão de uma palavra amarga vem me dizer: 'Sofra, você está aqui para sofrer!'" [H., livro XI, II, III, IV, pp. 229-35].

---

[2] P.-J. de Béranger, *Le roi d'Yvetot*, maio de 1813, segunda estrofe: "Fazia as quatro refeições / Em seu palácio de colmo, / E sobre um burro, passo a passo, / Percorria seu reino".

Enquanto isso, a terra gira, o tempo anda, a primavera sucede ao inverno; por mais que Marie Cappelle abra sua janela, ela não o vê, mas sente. O aroma vívido das primeiras brisas do ano penetra em sua cela, mas, como ela se encontra no Sul, cada mês está um mês adiantado, e março lhe diz: "Sou abril"; abril lhe diz: "Sou maio".

※

"Estou maravilhada com os esplendores da primavera no Sul. Tudo floresce, tudo fulgura, tudo brilha: o zinco vira diamante; a vidraça, estrela; a pedra de cantaria cintila; a ardósia se ilumina; um véu de fogo parece envolver a terra.

Ontem, minha querida irmã Adèle[3] foi convidada para um passeio no campo com algumas amigas.

Iam, ao sair da cidade, tomar ao acaso uma das verdejantes trilhas que correm ao longo dos campos, margeadas de juncos, malvas e margaridas.

Quando o cansaço se fizesse sentir, quando uma cortina de salgueiros, vertendo sua sombra móvel na ondina do riacho, convidasse as passeadoras a sentar, iam, conversando, partilhar um bolo, beber o suco de uma laranja e comer umas cerejas.

Os prazeres de Adèle são os meus, como suas dores são minhas dores. Eu queria vesti-la, atar-lhe o cinto, virar-lhe a gola sobre a fita; queria saber em que direção iria, segui-la com os olhos, prender-me a seus passos e, para além de meu estreito horizonte, tê-la sempre presente em minha memória e em meu coração.

Mas, longe de corresponder, Adèle estava tão triste que quem nos visse a confundiria com a prisioneira e a mim, com a jovem que ia pisar no sereno e beber o sol nos campos.

---

[3] Nota de Dumas: A filha do sr. Collard, de Montpellier.

— Escute, minha querida — eu dizia —, escute: a lagoa de Villers-Hélon era margeada de lírios amarelos e azuis; colha dois ramos, cujos botões mal estejam se abrindo. E traga-os para mim. Vou vê-los florir em meu quarto, e talvez o passado refloresça um momento a meu redor.

Adèle pôs os braços em volta de meu pescoço e não respondeu.

— Se você encontrar a erva das pérolas... aquela florzinha azul que diz, segundo alguns: 'Não me esqueça' e, segundo outros: 'Ame-me', faça um buquê... Tudo o que me resta de vida se encerra nessas expressões simbólicas da pobre florzinha... Você me entende, não é?

Adèle segurou minha mão; isso queria dizer que me entendia.

— Escute ainda: quando estiver sentada perto do riacho, deixe a mão brincar com as cascatinhas frescas e sonoras. Jogue na correnteza uma folha de salgueiro e diga-me depois se a corrente a levou ou se ela sumiu no fundo da água. Eu, antigamente, interrogava esse oráculo; infelizmente, ele mentiu; mas, de coração, ainda acredito nele; pergunte-lhe qual seu segredo. Por fim, prossiga, inspire todas as flores que se abrirem a sua frente; tome ar, sol, liberdade por duas, e volte para me dar minha parte, volte depressa...

Eu não terminara de falar e Adèle já desatava o chapéu e tirava as luvas.

— O que está fazendo, menina? Já vão lhe chamar.

— Já voltei do passeio.

— Magoei você? Acha que posso estar triste por saber você contente?

— Não, mas prefiro sofrer com você a ter prazer onde você não está.

— Adèle, por favor, não falte à palavra dada a suas amigas.
— Minha primeira amiga é você. Pensei que tinha mais coragem do que tenho. Desde esta manhã meu coração está tão pesado que tenho feito esforços vãos para não chorar. Agora, escute você: enquanto estiver infeliz, também vou estar; enquanto estiver prisioneira, não vou lhe deixar; e quando chegar o dia da liberdade, pois bem, será um lindo dia para nós duas.
— Adèle — respondi, beijando-a com toda minha alma —, fique, então, e não vamos mais nos separar...
A emoção tomara conta de nós, mas uma emoção doce, penetrante, quase religiosa... e durante o resto do dia, toda vez que nossos olhos se encontraram, eles disseram: Minha irmã..." [H., livro XI, V, pp. 235-6]
Essas emoções sempre renovadas alquebravam a prisioneira; caiu doente e, depois de ter se deitado por teimosia, um dia deixou-se cair de cama por fraqueza.

24

Ela permaneceu três semanas de cama, sofrendo terrivelmente de uma nevralgia; levantou-se, pegou da pena e escreveu sobre uma jovem noviça, auxiliar da irmã que a vigiava desde sua chegada à prisão, as páginas encantadoras que lemos a seguir:

"Não correu nenhum de meus ferrolhos. O cantinho de horizonte que me aparece brumoso no quadro de minha janela recorta-se tristemente sob o ferro de minhas grades. Fico pregada a minha cama de dor, envolvida nas perpétuas sombras das gemônias da lei... e, no entanto, um doce pensamento, um pensamento de liberdade, reergueu minha fronte, fez bater meu coração.

Creio ter dito que ao chegar aqui, e na hora de me separar de minha pobre Clémentine para me deixar trancar sozinha, sozinha para sempre, em minha nova prisão, uma jovem freira, doce, graciosa, um pouco tímida, apertou minha mão e olhou para mim, chorando.

Gostava dela por essa piedosa lágrima que me dera. Ela gostava de mim por todas as angústias que me via sofrer. Encarregada do serviço de enfermaria, trazia-me poções para a noite;

mas, segundo a regra, nunca vinha sozinha e, enquanto sua companheira se sentava gravemente em minha única cadeira, ela se ajoelhava junto de minha cama, fazia-me beijar o crucifixo de meu terço, afofava o travesseiro, erguia o cobertor, falava-me um pouco sobre tudo, sem ousar falar nada sobre o doce afeto que eu via sorrir em seus olhos: era o anjo das consolações que Deus me enviava na hora dos abatimentos.

Um dia, eu a vi entrar em minha cela com ar misterioso; uma jovem noviça, para mim desconhecida, acompanhava-a.

— É minha irmã — disse ela. — Agora seremos duas a rezar pela senhora.

— E eu — respondi — terei de amá-la duas vezes.

A irmã olhou para mim sem responder, mas com graciosa expressão de amizade. A pequena noviça adiantou a cabeça por sobre o ombro da irmã, deu dois passos em direção a minha cama, recuou intimidada; depois, cedendo a uma emoção irrefletida, jogou-se em meus braços. Aquilo me comoveu.

— E a regra? E os estatutos? — exclamou a irmã, enquanto ia, assustada, fechar a porta.

— A regra? Esqueci — disse a jovem noviça, mantendo-me presa sob as abas de estamenha azul de seu véu —; mas lembro que o Evangelho nos manda amar o próximo como a nós mesmos[1]. Ora, eu gosto da senhora, sim; gosto, e ouso dizê-lo, enquanto você, minha reverenda irmã, que também gosta, tem muitos escrúpulos em reconhecê-lo.

A pequena altercação entre as duas religiosas durou algum tempo. A irmã mais velha se lamentava, julgando que a mais nova, não tendo ainda renunciado à juventude, ia rindo, chorando e pensando alto, sem se importar com a regra e sem medo dos estatutos.

---

[1] Mateus 5, 43.

A partir desse momento, estabeleceram ambas, uma para com a outra, um grande mistério sobre a afeição que tinham por mim. A mais velha chegava sempre na ponta dos pés, olhar assustado, dedo nos lábios, tendo o maior trabalho para aliar a consciência ao coração, a regra à simpatia. A mais nova transpunha a escada feito um passarinho, sorria ao abrir a porta, chorava comigo quando eu chorava, sofria comigo quando eu sofria, apoderava-se de meu espelhinho para surpreender as dobras de seu véu e, principalmente, buscava meu coração para deixar o seu falar baixinho com ele.

A pobre menina mal completara quinze anos; seus dissabores não passavam de lembranças de criança mimada. Ela deixara a mãe e a boneca para vir ter no convento com sua irmã mais velha. O hábito lhe parecera gracioso; o arzinho importante que precisava adotar com a touca e o véu a encantara.

Nos primeiros dias de seu noviciado, queria que as orações sempre fossem mais longas, que os jejuns nunca acabassem. Queria suportar, sozinha, todos os suplícios que admirava no martirológio. Invejava as torturas, sonhava apenas com palmas verdes, arenas, leões e carrascos...

Mas a obediência, essa dura abdicação da vontade, ainda lhe custava e, sob suas roupas de freira, ainda era, talvez sem percebê-lo, uma moça de tino, de coração e de leves defeitos miúdos: era o sopro da saudade que apagava, aos poucos, os fogos-fátuos da imaginação.

A vocação religiosa não se improvisa: é o enxerto do anjo sobre o homem... E o enxerto morre caso o caule que o suporta já não tenha suas raízes no céu; afora essa condição, esconder uma cabeça marota sob um véu, sepultar seus quinze anos debaixo do burel é dar falsas rugas à juventude e falsas virtudes à loucura: é soprar o sol para apagá-lo.

Às vezes, nas horas de recreio, a freirinha escapava do meio das companheiras e vinha partilhar minha solidão, não raro meus problemas. Mal desabituada que estava da doce vida do lar, tendo por anjo da guarda uma avó ou uma mãe, ela preferia vir chorar comigo, que a amava, a alegrar-se tristemente com religiosas que perdem, com seu voto, o direito de escolher uma amiga.

Tocada por seu afeto singelo, eu o devolvia de todo o coração. Sempre reservava para ela uma parte das balas e das flores que amizades queridas me mandavam detrás de minhas grades. Dizia-lhe quão sua missão de misericórdia era bonita se soubesse compreendê-la, mas que, para cumpri-la dignamente, era preciso amá-la.

Quando, apoiando os dois cotovelos em minha cama, ela queria que eu lhe contasse histórias de um mundo que ela não devia conhecer, eu tratava de destruir as ofuscantes maravilhas de seus sonhos; tentava, de mansinho, fazê-la pressentir as amarguras e os problemas daquela vida agitada, cujos horizontes ilusórios ela avistava através dos prismas encantados do impossível e do desconhecido.

Porém, uma vez concluído meu sermão, ela cada vez mais retomava seu refrão; despreocupada e leve como se é aos quinze anos, ria-se das frias palavras da razão. Pensava lembrar que toda voz livre cantava, que toda estação na terra trazia suas flores ou frutos. Dizia que os espinhos eram apenas o caule das rosas, e que as cruzes nasciam tanto à sombra dos conventos como ao sol dos vales... Tinha pena dela: era uma criança.

Ontem pela manhã a freirinha entrou em minha cela mais preocupada que de costume e, sem lançar sua olhadela ao espelho, sem me roubar uma violeta, sem devolver o beijo que eu lhe mandava, deixou-se cair em meus braços: percebi que estava chorando.

— O que houve, menina? — perguntei, apertando sua mão —; o que aconteceu de tão terrível?

— Estou morrendo de tédio.

— Morrendo? Ora, que eu a faça sentir vergonha! Se eu, pobre, desesperada, estou vivendo, como você não consegue conviver com seu tédio? Sua cabeça está doente dos nervos. Como seria, então, se seu coração sangrasse como o meu?

A jovem freira ergueu seus olhos imensos para mim e disse com surpreendente vivacidade:

— Eu sabia que a infelicidade a estava matando! Muito bem! — ela prosseguiu, abrindo as cortinas de minha janela. — Muito bem! Veja, senhora, como o sol está bonito, como o céu está azul!

Voltei meu olhar para a janela. O dia estava lindo. Mil gotinhas de sereno escorriam nas vidraças, adiamantadas pelo brilho da luz e azuladas pelo anil escuro do firmamento.

— Muito bem! — prosseguiu a irmã. — Não é lindo?

Não respondi, mas ela percebeu que uma lágrima rolava em minha face e então exclamou, batendo palmas:

— Isso lhe dói? Melhor! Assim vai se deixar tentar.

— Tentar? Como assim? Por quê? Não estou entendendo.

— A senhora quer ser livre? — perguntou a irmã, em tom decidido.

— Que pergunta!

— Muito bem! Vamos sair.

Fiquei estupefata.

— Vamos sair, estou dizendo. Estou com uma cópia da chave de sua porta; tenho um hábito, que minha irmã me deu para consertar; consigo facilmente um véu e uma touca. Amanhã é minha vez de sair para ir à missa das seis horas, no hospital; vou me fazer de doente. Então, um ou dois minutos após a partida das outras irmãs, e quando todo o nosso pessoal estiver ocupado com o despertar das mulheres, passaremos pelo parlatório dos guardas. Vou dizer, correndo, que estamos indo encontrar com as irmãs. Eles as terão visto passar; não vão estranhar. Uma vez lá fora, nós nos refugiaremos junto de algum amigo seu. Encontraremos um jeito de chegar ao porto de Cette... Cette! Está me ouvindo? Cette! Ou seja, a liberdade, o mar, a vida!... Senhora, abrace-me, sejamos irmãs de coração desde hoje à noite, já que seremos irmãs de hábito amanhã...

Isso tudo era dito com uma volubilidade tal e tal confiança no êxito que me quedei alguns instantes sem recobrar a consciência de mim mesma.

Enquanto isso, a louca e querida noviça tirava dos enormes bolsos véus, toucas, que experimentava em mim quase a minha revelia, extasiando-se com minha boa vontade em usar roupas que me tornariam irreconhecível e serviriam maravilhosamente a seus projetos.

— Minha pobre menina — disse eu, reunindo minhas forças para erguer o peso da emoção —, amo-a por pensar em mim assim; mas... isso é impossível.

— Impossível? Não. Se não é suficiente afirmar, eu juro. Escute: os guardas não a conhecem, nesta época ainda está escuro às seis horas. Um único vigia guarda a portinhola. Quando ele abre para nós, está semi-adormecido, acostumado que está a nos ver sair toda manhã para a missa. Só o imprevisto poria os guardas de sobreaviso... Acredite — acrescentou a menina, segurando minha mão e cobrindo-a de beijos —, estou segura do êxito. Sei que a senhora está sofrendo. Surpreendi suas lágrimas há pouco, quando olhou para a janela. Seu mal, quem o causa é a prisão. Sua febre, quem a acende é a saudade... Pois não resista mais. Vamos, tomei minhas precauções... Ah! Que felicidade, cara senhora; vou poder rir quando me der vontade; falar alto, rezar baixinho, falar sobre tudo um pouco, pensar em tudo, esperar tudo... vou viver, enfim; mas não vá pensar que por isso deixo de ser uma moça honesta e uma boa cristã. Mas quero fazer o bem em família, à luz do dia, ao ar livre, de acordo com os mandamentos de Deus, é claro, mas também um pouco de acordo com minha cabeça e meu coração.

O longo discurso da jovem irmã me permitira refletir. Puxei-a de mansinho para junto de mim e me mantive calada.

— O que houve, senhora? — ela perguntou, ao ver que eu chorava. — Não vamos sair? Ou essas são lágrimas de alegria nesses olhos que já verteram tanta dor?

— Estou chorando, irmãzinha, porque não vamos sair, porque não devemos sair... Fique calma e, por sua vez, escute-me: eu não poderia levá-la até sua mãe, já que precisaria ir para o estrangeiro; e muito menos poderia abandoná-la...

— Abandonar-me? O que quer dizer? — replicou a irmã, interrompendo-me energicamente —; mas tenho a intenção de segui-la por toda parte.

— Infelizmente, sou ainda mais pobre que você, que nada tem. Como poderemos viver longe da França?...

— Não se preocupe. Sou jovem, sou forte, vou trabalhar por duas...

Ao dizer essas palavras, a menina parecia implorar, como um favor, a permissão de me ser devotada.

— E sua mãe? — perguntei, abraçando-a efusivamente.

— Minha mãe? Ah! Se ela conhecesse a senhora!

— Mas não me conhece. Ela diria que eu a arrastei, que a fiz perder o gosto pela vida religiosa, que a sacrifiquei para me salvar. O que sua mãe diria, o mundo pensaria, e desta vez a sentença do mundo me atingiria justamente, pois teria feito por merecê-la.

— Vou escrever a verdade para minha mãe.

— Essa verdade mudaria o fato de eu ter tido a fraqueza de lhe dar ouvidos? Não sou mais velha que você? Não lhe devo proteção e conselho? Não insista. Não terei a covardia de aceitar uma dedicação que seria, para você, um remorso. Só possuo, no mundo, minha consciência. Entre ela e minha liberdade, minha escolha está feita. Não me pressione mais. Assim me faria sofrer e eu não cederia.

A irmã calou-se, mas soluçava... Eu chorava também. Súbito, ela exclamou:

— Está bem! Sim, a senhora tem razão... Vou ajudá-la a sair e em seguida voltar para o convento... Assim, a senhora estará salva sem que me custe um só remorso...

— Mas então você não sabe que a lei tem castigos terríveis para os cúmplices de uma fuga?

— A lei? Grande obstáculo! O que poderão fazer? Pôr-me na prisão? Já estou... Condenar-me? As pessoas honestas dirão que agi como uma moça de bom coração. Os juízes me sentenciarão? Direi aos juízes que eu a amava porque a senhora era boa e que a deixei sair da prisão porque não merecia ter entrado nela. As freiras? Se eu permanecer na casa delas, não me quererão mal. Está vendo, senhora, nada pode detê-la. Está resolvido... Agora, vamos nos separar, para não despertar suspeitas. Na segunda-feira estará livre, juro.

— Mas estou tão fraca que não vou conseguir andar.

— Basta, o coração a levará.

— E se ele me trair?

— Está bem. Para encerrar a discussão, vou lhe dar um mês. Daqui até meados de janeiro a senhora tem condições de estar de pé. Adeus, cara senhora. Vou indo. Olhe de vez em quando para o sol e ficará impaciente para ir ao encontro dele.

Uma vez sozinha, mergulhei num profundo recolhimento. O que decidir?" [H., livro X, V, VI, pp. 206-9].

"Não dei minha palavra de que seria prisioneira... Não arrasto na ponta de minha corrente o grilhão do remorso... Sou órfã... Não dependo de nenhuma vontade... Só estou sujeita a minha consciência...

O que decidir?

Alguns dias se passaram em meio a essas mortais angústias da indecisão e da luta. Já no Glandier, tive ocasião de fugir e não quis. Tinha fé em minha inocência; não acreditava que a calúnia pudesse dar à mentira o aspecto e a força da verdade. Ignorava que a ciência pudesse verbalizar a dúvida e criminalizar a aparência. Bastava sentir-me sem censura para sentir-me sem medo.

Ai, como estava enganada. Só se adquire experiência sofrendo com as próprias lições. Eu então ainda não sofrera. Hoje, infelizmente, aprendi até demais.

Mas, se muitas vezes deplorei a confiança cega que me jogou onde estou, pelo menos não tenho do que me envergonhar. Em Tulle, depois de indeferida minha apelação, ainda me propuseram que tentasse uma fuga; ofereceram-me os recursos. Eram seguros. Dessa vez, já não contava com meu direito. Mas eu o queria puro e mantive minhas correntes enquanto abençoava as mãos que as teriam derrubado.

Se as pedras do calabouço são pesadas, mais pesadas são as calúnias que ditaram a sentença a que estou sujeita. Livre, recuperaria a honra ao recobrar a vida? Não. A honra, para mim, está em minha constância em sofrer. É necessário que cada uma das horas de meu martírio pleiteie a favor de minhas horas passadas. Deus juntará minhas lágrimas. Os próprios homens levarão em conta minha juventude perdida sem nenhuma queixa, meus sofrimentos suportados sem nenhum lamento. Os dias que se amontoam sobre os dias, para me levar moribunda ao cume dos opróbrios, esses dias, religiosamente empregados, atrairão para mim as simpatias que se concedem às vítimas. Adquirirei o que me falta. Cultivarei o que possuo. Pedirei forças para minha alma no recolhimento e na oração. Pedirei forças para meu espírito na meditação e no estudo. A amizade me manterá vivo o coração.

Minha consciência fará calar meu desespero. Nada pode apagar, bem sei, a sentença que me atinge; mas devo deixar-me esquecer? Não seria entregar à infâmia um nome que, infelizmente, não seria esquecido?... Não fui eu quem pediu essa publicidade. Eu a sofri. Se não consegui desviar os golpes dessa nova lança de Aquiles[2], vou usá-la por minha vez, e minha pena há de se fortalecer com meus grilhões... Lindo sol, que me sorri de longe, esconda-se atrás da nuvem que passa! Loucas esperanças, saudades amargas, desejos supérfluos, durmam ou morram em meu seio!" [H., livro X, VII, pp. 216-8]

....

"A irmã noviça voltou... Está me pressionando... 'Está tudo pronto', diz ela... Meu Deus, dê-me apoio...

Fugir significa recuar ante a justiça dos homens!... Ficar significa avançar rumo à justiça de Deus... é verdade... eu sinto... mas que conflito! Nunca a liberdade me pareceu tão bela, nunca a vida tão esplêndida... Se fico, perco a juventude... Se fujo, perco a honra... a honra!... Meu pai, ele, não hesitava quando, nos campos de Waterloo, se recusava a se entregar e caía moribundo aos pés de seus irmãos mortos!... Que o exemplo do pai se torne o dever do filho!... Vou ficar." [H., livro X, VII, p. 218]

....

"Acabo de suplicar à irmã que não me fale mais em fuga."

A pobre Marie Cappelle logo viria a ter motivos para se arrepender por não ter aceitado.

---

[2] A lança de Aquiles possuía a virtude de curar as feridas que tinha causado, de modo que um pouco de sua própria ferrugem curou Télefo.

25

Uma das grandes distrações de Marie Cappelle, compreensivelmente, era olhar para a rua através das grades da prisão.

Relatamos o prazer que, mais de uma vez, ela experimentara em Paris ao ser seguida por admiradores desconhecidos que logo se revelavam por meio de buquês ou cartas.

Aqueles dias de encantadoras fantasias tinham ido embora para nunca mais voltar; agora era a prisioneira quem, com olhar de inveja, seguia os passantes e procurava ligar-se a eles por algumas dessas simpatias que Descartes designou pelo nome de afinidades espontâneas*.

Certo dia, ela achou alguém para se compadecer e, conseqüentemente, alguém para amar.

Foi uma alegria para seu coração.

---

* Em francês, *atome crochu*, expressão que tem sua origem na teoria do grego Empédocles, para quem a transformação da matéria se explicava pelo grau de "afinidade" entre os átomos dos quatro elementos (água, terra, fogo e ar), que iam se associando e dissociando segundo se "afinavam" ou se rejeitavam. (N. de T.)

"Posso, finalmente, colocar a preocupação de um pensamento amigo entre o mundo e minha prisão. Assim como um cipó carregado pelo vento liga com seus anéis os dois lados de um precipício e enfeita por um tempo com seus ramos floridos o abismo aberto pela torrente.

Eu disse, num dos capítulos anteriores[1], que a cada final de tarde o derradeiro raio de sol vinha brilhar e se apagar na beirada externa de minha janela. Disse que, rapidamente, eu abria a janela para o raio, acolhendo-o com um sorriso como a um amigo desejado ou saudando-o com uma lágrima como à miragem de um bem perdido.

Anteontem, fui a primeira a chegar ao encontro. Vendo que não vinha nada do lado do céu, pus-me a olhar para a rua.

Estava passando um rapaz, pesadamente apoiado ao braço de um ancião, que parecia suportar sua fraqueza e conduzir seus passos.

Fiquei, de imediato, tocada pelo contraste entre aqueles dois destinos. O tempo tinha passado, sem curvá-la, pela cabeça branca do serviçal, e a doença dobrava com seu peso a fronte descorada do patrão. O ancião andava a passo firme para o termo, próximo, da vida. O jovem, traiçoeiramente apanhado pela morte, parecia sobreviver a si próprio e levar seu próprio sudário antes que usassem luto por ele.

Chegando em frente à prisão, o doente fez um sinal que decerto não foi compreendido pelo guia, já que inutilmente o repetiu várias vezes.

No dia seguinte, pensei menos em rever o sol do que em rever nosso desconhecido da véspera. A dor tem suas afinidades misteriosas e santas. Tanto eu sofria, e tanto o via sofrer, que já o chamava de irmão.

---
[1] Cf. supra. *Heures de prison*, livro XI, IV, p. 233.

Adèle era confidente dessa súbita e piedosa simpatia. Tendo nos aproximado da janela, por volta das seis horas, avistamos o infeliz subindo o bulevar, sempre apoiado ao braço de seu guardião.

Quando chegou defronte à cadeia central, ele se deteve, tocou com o olhar cada janela de minha torre, fez um gesto de piedade ao ver a última aberta e, voltando-se com esforço para o ancião, parecia querer, como na véspera, falar com o gesto e com os olhos.

Dessa vez, a muda solicitação foi compreendida. Sem deixar de apoiar o patrão, o velho serviçal ergueu duas vezes o chapéu do rapaz, o qual, erguendo o rosto para nós, parecia dizer: 'Este cumprimento é ao infortúnio que o dirijo, é à prisioneira que o enviamos'.

Pobre doente, obrigada! Minha consciência e meu coração repartem seu cumprimento e o retribuem, como você o manda.

Ontem e hoje, o tempo está ruim. Não tornamos a ver nosso amigo, e falamos nele durante muito tempo. De que mal será que sofre? Como é que os anos pesam assim em dobro sobre sua fronte?... E, no entanto, ele é livre!!...

Uma particularidade impressionou minha prima. O ancião usa o uniforme azul dos pensionistas do hospital... Comovente fraternidade diante do túmulo! Aquele a quem faltava o pão e aquele ao qual faltará a vida se entrelaçam os braços, caminham em silêncio para a casa dos céus... Durante um momento pensamos que o pobre doente era vítima de algum capricho da fortuna... mas não. Seu olhar é demasiado altivo. Ele não usaria luto por um pouco de ouro. Oh! A desgraça que congela a juventude nas veias de um homem vem do alto. Nas feições do nobre estrangeiro vê-se alguma coisa grande que se perde, toda uma vida da alma que se vai... Adèle vai se informar com santas filhas de Vicente de Paulo, que logo ficam conhecendo os infelizes de quem se tornam mães.

Adèle descobriu tudo. Nosso visitante desconhecido é um refugiado polonês... Salve, respeito ao mártir!

O jovem proscrito morava, em Varsóvia, no antigo castelo de seus pais... Era rico, amado pelos pobres, devotado ao duplo culto da pátria e de Deus, querido por seus companheiros de infância, que ele chamava de irmãos, e por antigos serviçais, que o chamavam de filho. Seu pai morrera na guerra. Restava-lhe a mãe, de quem era a esperança e o consolo.

Na idade em que as paixões invadem o coração, ele tinha uma só, a alforria de seu país, a honra de sua bandeira!

Certo dia, o sino tocou a rebate... a Polônia estava de pé, ordenando ao despotismo que lhe devolvesse a liberdade... O despotismo respondeu com o insulto e o gládio. Inúmeras legiões de escravos precipitaram-se sobre a falange de heróis. Varsóvia viveu primícias de martírio. Foram contados cem carrascos para cada vítima...[2] Quando a morte se saciou, o exílio substituiu a morte! Quando na Sibéria não cabia mais ninguém, os calabouços substituíram o exílio. Quando os calabouços já não foram suficientes, o vencedor pegou as leis, afiou-as feito machado e terminou de mutilar a raça dos vencidos... Povo infortunado! Não lhe foi permitido rezar a Deus como rezavam seus pais, falar a doce língua que suas mães falavam... A Polônia moribunda deu um grito... ninguém quis ouvir... sua liberdade afogou-se em seu sangue etc. Restou-lhe apenas sua glória e sua fé!

....

Nosso pobre amigo foi um desses poloneses mártires que escapou por milagre ao ferro dos vencedores. Pediu hospitalidade

---

[2] Insurgindo-se em 1830, Varsóvia foi cercada pelo feldmarechal russo Paskiévitch em agosto de 1831 e teve de se render em 8 de setembro.

à França. Com demasiada grandeza para mendigar uma vida que podia ganhar, entrara para o corpo dos engenheiros civis, onde sua aptidão logo o distinguiu. Seu trabalho pagava o imposto à terra que o acolhera. Seus estudos o ajudavam a suportar as horas amargas do exílio.

Foi em meio a esse pacífico trabalho que a doença veio atingi-lo, auxiliada por essa funesta predisposição que os grandes sofrimentos inoculam no corpo. Ele recebeu a ordem de traçar o mapa de uma das grutas mais curiosas do Sul. Para isso, tinha todo dia de passar várias horas numa atmosfera fria, carregada de miasmas, cuja ação deletéria se desenvolvia ao contato do ar externo.

O laborioso rapaz não percebeu que a morte estava a seu lado, paralisando, uma depois da outra, suas faculdades físicas, aprisionando sua vida no invólucro inerte de um cadáver.

Isso é o que descobrimos. Coitado! Seus lábios já não articulam palavra alguma; seus olhos vagueiam, perdidos no vazio; a parte direita de seu corpo está privada de movimento. É preciso emprestar-lhe a ação do gesto, do olhar e da voz...

Infeliz! Você passa como uma imagem de sua pátria... Que os felizes se compadeçam de você! Quanto a mim, só sei amá-lo.

....

Hoje pela manhã, um de meus amigos enviou-me uma caixa de frutas cristalizadas. Jamais presente algum foi recebido com tanta alegria. O pobre doente vai ter sua parte.

Passei uma hora enfeitando meus doces. Queria que o caro exilado pudesse ler neles uma piedosa lembrança... Teria recusado o presente. Há de aceitar a partilha.... Mas como lhe enviar a caixa? O intermédio de minha família poderia magoá-lo. Seguirei o conselho de Adèle: pedirei ao capelão do hospital. É o mensageiro que me convém para agregar algum valor à humilde oferenda.

....

A caixa chegou ao destino, e o bondoso capelão mandou-me dizer que uma doce lágrima foi nela derramada por mim...

Oh! Como é boa a Providência! Não há calvário, por abrupto e árido que seja, que não tenha sua flor e seu jardim... Deus fez da *misericordiosa* a trégua do sofrimento." [H., livro, XII, VI, pp. 254-8]

Enquanto a prisioneira esquecia seus dissabores na contemplação dos dissabores alheios, uma pequena conspiração se tramava que atrairia para ela todos os rigores do *regulamento*.

Deixemos que ela mesma conte essa catástrofe.

Na prisão, disse Marie Cappelle, não é sempre que se sofre, mas é preciso estar sempre pronto para sofrer.

※

"Esta tarde", conta ela no lúgubre diário que chamou de *Heures de prison*, "esta tarde, como estivesse chovendo, Adèle demorou-se algum tempo na salinha do porteiro. Censurei-a por isso.

Vi esse homem uma vez. Seu riso permanente, iluminado por cores de vinho, seus olhos sem olhar, seus modos rudes que se tornavam, quando ele queria, melados como um gato que se esfregou num favo de mel, um algo que eu não saberia definir, me inspiravam contra ele um sentimento repulsivo.

Quis saber o que acontecera durante aquela parada fortuita de Adèle, e eis o que ela me contou.

Enquanto um menino fora buscar um guarda-chuva, o guarda e a mulher desfaziam-se em cortesias para com minha prima, convidavam-na para se sentar etc. Depois, enchendo os lábios de mel e pondo uma surdina na voz, começaram a falar de mim.

— Senhorita Adèle — disse a porteira—, é verdade que a sra. Lafarge está melhor? *Imagine só!* Há tempos que essa pobre senhora já estaria enterrada, não fosse por sua mãe e pela senhorita.

— Muito obrigada — respondeu Adèle, cujo coração nunca se fecha de todo quando falam em mim —, minha prima, embora frágil ainda, já não inspira mais cuidados. Já está se levantando e pode dar a volta no quarto apoiada em meu braço.

— Todos os estranhos que passam — disse o porteiro — perguntam pela saúde dela... — E, piscando o olho como pedindo segredo, acrescentou: — Ainda ontem veio um senhor inglês que teria dado uns belos e bons luíses para vê-la. Teria sido um consolo para a senhorita ouvir o que ele dizia, olhando para a torre... Quando cai uma árvore, todos pegam seu machado para fazer um feixe de lenha; mas com a senhora sua prima é o contrário, pois todos dizem que ela não deveria estar ali.

Adèle corou de satisfação e respondeu simplesmente:

— Se esses estrangeiros conhecessem minha pobre Marie, como conheço, gostariam ainda mais dela.

— O que faz com que eu me interesse tanto pela desgraça dessa senhora — retomou a porteira, com ar enternecido — é que não consigo tirar de meus olhos a imagem dessa pobre srta. Clémentine quando precisou se separar da patroa. Era de partir o coração. Até o bravo gendarme que a escoltara de Tulle até aqui derramava lágrimas enquanto ajudava sua prima a subir as escadas. A freira que a acompanhava estava transtornada... Pobre senhora! Era terrível deparar com uma cama ruim, contendo mais palha que lã, lençóis amarelados, sem nem sequer um travesseiro para acomodar a cabeça! Quando já se foi rica, é triste decair tão baixo sem o ter merecido! No lugar dela, muitos teriam ido ver como é o clima em outros países. Quando se tem tantos amigos, não é difícil encontrar em quem confiar... Agora, senhorita Adèle, não se pode, numa casa como esta, contar com as palavras como dinheiro vivo. Alguns, para serem bem recebidos, diriam tudo o que sabem e denunciariam o que não sabem. Não vá acreditar neles! O guarda *** é um gato velho. Aquele ali, com aquele jeito boboca, não é melhor que ninguém. Aquele lá *** é pau-mandado do diretor.

— Meu Deus! — disse Adèle, apavorada com aquele jorro de palavras. — Sabem que é horrível estar cercada de gente assim?

— Ah! senhorita — prosseguiu a porteira com ar misterioso —, nem todos são assim. Há pessoas que sabem deixar a língua descansada. — E, inclinando-se mais próxima de Adèle, acrescentou em voz baixa: — Meu marido, por exemplo, nele dá para confiar.

Os olhares penetrantes da porteira, sua entonação, seus gestos, a abundância vertiginosa de suas palavras, as palavras de interesse que ela lançava no coração de minha prima, abrindo brecha, o prestígio que vai com a expressão de desvelo, tudo aquilo devia excitar a confiança de Adèle. Não só ela agradeceu a porteira por suas opiniões como ainda prometeu se lembrar delas se fosse o caso. Na espontaneidade de sua gratidão, contou-lhe que, antes de minha detenção em Glandier, eu teria podido fugir, mas, confiante em minha inocência, eu rejeitara a fuga como covardia. Disse-lhe também que, após minha condenação, tivera a mesma firmeza e que, quando de meu traslado para cá, Clémentine quis que eu ficasse com suas roupas e seu passaporte e eu persistira em minha resolução.

Em seguida, falou de todas as ansiedades, suas e de minha tia, durante a enfermidade à qual eu escapara milagrosamente e que, depois de fazê-las temer por minha vida, as fizera temer por minha razão. Ela não escondeu que, testemunha de meu desespero, não raro lhe ocorrera sacrificar a si própria para me salvar...

— Não comente isso, cara senhora — acrescentou minha prima —, pois poderiam me apartar de Marie, e eu nunca me consolaria. Toda minha alegria está em cuidar dela, sofrer com ela, e eu de bom grado me tornaria prisioneira se caíssem suas correntes para se tornarem minhas.

— Oh! Jesus! — exclamara a porteira, juntando as mãos. — Esta sim é uma amizade que vale seu peso em ouro! Ora, senhorita, não sou só eu a pensar assim. Deus há de recompensá-la. De modo que, *imagine só!*, espalhar o que a senhorita me contou! Prefiro botar minha cabeça no patíbulo.

Ao concluir seu relato, disse-me Adèle:

— Então, minha querida, está vendo como essa boa gente gosta de você. É bom ter amigos em todo lugar. Você deveria fazer alguma coisa por eles!

— Mas como eu poderia? — respondi, um pouco espantada.

— Sei que o marido está indo para Paris: tem esperança de conseguir uma colocação melhor. Você pode imaginar que, para corações bons e abertos como os deles, deve ser difícil estar sempre puxando ferrolhos e ter espiões por colegas. Você poderia escrever a Clémentine para que ela leve o bom homem até a sra. ***, que ficaria encantada, tenho certeza, de ajudá-lo com sua proteção.

— Adèle, você me conhece, não sou ingrata... essa súbita demonstração... essa fisionomia...

— Ora, francamente, está aí um raciocínio de parisiense. Porque um homem é feio quer dizer que é ruim?

— E se a feiúra estivesse por dentro?... Vejamos, diga-me: essa viagem a Paris, não foram eles que tocaram no assunto? Essa recomendação, não foi a mulher que a pediu e você não prometeu antes que ela fizesse sua profissão de fé?

— Ela pediu que eu falasse com você — disse Adèle, corando.

— Antes?

— Depois.

Puxei a cabeça de Adèle até meu ombro; sentia que ela precisava ser consolada.

— Meu Deus! Marie — exclamou ela —, agora que você me faz pressentir, percebo que estava mesmo com medo de ter sido confiante demais.

— Eu também estaria com medo, minha pobre menina, se tivéssemos alguma coisa a esconder; mas tantas foram as vezes em que rejeitei propostas de fuga que não temo nenhuma suspeita dessa natureza. De modo que o mal não é tão grande quanto poderia parecer. Talvez sejamos ingênuas. Mas vamos de boa vontade fazer o combinado: vou escrever a Clémentine e à boa, querida e perfeita sra. ***... Foi só o que você disse? — perguntei, após um instante de reflexão.

— Só... quer dizer...

— Vamos, seja sincera.

— Quer dizer, posso ter lhe contado que, durante sua doença, você sempre nos falava em Villers-Hélon, nas delícias de sua vida passada; e que, ao compará-las às torturas desta vida de agora, você causava lágrimas em minha mãe e em mim. Creio também ter lhe dito que um dia o prefeito veio visitá-la e você se ajoelhou aos pés dele, clamando em altos brados por sua liberdade.

— E aí...

— Já é mais que suficiente, meu Deus! Não me pergunte mais nada, não agüento mais.

— Está bem, menina, vamos ficar nisso... Esse homem, ao ver minha solicitude em servi-lo, não conceberia a idéia terrível de me prejudicar. Aliás, no que você lhe disse, não vejo nada que leve a uma incriminação qualquer. Não se denuncia o pensamento de um doente; não se enegrece uma palavra dedicada vinda do coração de uma amiga. Não vamos nos preocupar nem ser injustas. No fundo, um nariz torto, olhos vesgos, um sorriso amarelado podem muito bem pertencer a um homem honesto.... Vou escrever; e você, menina, não pense mais nisso" [H., livro XIII, I, pp. 258-63].

"A tempestade deixa dormir a onda que transporta o alcíon. A nuvem detentora do raio se ilumina com as cores da paz... A tempestade e a nuvem não têm trégua para mim... Sempre, ainda sofrer!!

Quantos sofrimentos eu ainda teria de suportar, mulher infeliz que sou, exilada do passado, deserdada do amanhã, condenada ao luto de todas as esperanças e à saudade de todas as lembranças? Que sofrimentos?... O pior dentre todos: o sofrimento íntimo, o sofrimento inútil, a alfinetada que torna a abrir a ferida da punhalada.

Já disse, a religião, a amizade, minha consciência tinham-me emprestado forças. Eu já não arrastava mais minha cruz, eu a carregava. Resignada a morrer sob os abraços da pedra e do ferro, fizera da minha inteligência a herdeira de meus lazeres... O estudo me salvava do tédio; as boas lembranças abafavam as ruins; o Calvário me lembrava o Tabor. Eu estava calma, e tudo estava calmo a meu redor. Ainda encontrava umas espigas por colher nos campos devastados de minha vida.

Assim é que cada dia eu esperava os carinhosos abraços de Adèle e sua mãe. Nossos primeiros momentos transcorriam em doces conversas. A inocente crônica do lar, a crônica da cidade, mais maliciosa que verdadeira, as tagarelices entre as quatro paredes dos salões, as fofocas *desvendadas* da rua, todos esses zumbidos do mundo vinham ressoar em meus ouvidos como os ecos perdidos dessas mil vozes da vida que eu já não ouvia. As pequenas malícias me faziam sorrir; as maldades me entristeciam. Era raro que desses relatos fizéssemos surgir alguma moralidade.

Depois desse relatório, Adèle me lia um dos nossos grandes autores. Quando minhas forças permitiam, eu pegava o livro, analisava-o, observava suas belezas para minha irmãzinha. Ensinei-a a amar esses bons e luminosos espíritos que eu amava.

Em seguida, cuidávamos de nossos bordados. Eu traçava os desenhos, Adèle os punha em relevo, no que eu às vezes me envolvia um pouco também, sem me sair muito mal.

Quando chegava a hora, a hora tão apressada da separação, eu acompanhava com os olhos, e mais ainda com o pensamento, essa querida família de meu coração. Eu a abençoava, e minhas lágrimas lhe diziam: 'Até amanhã!'.

Uma vez sozinha, eu espreitava o momento em que o sol, fugindo em direção às montanhas, vinha rir a minha janela, fazendo cantar meus pássaros, acariciar minhas campânulas, amornar o ferro de minhas grades. Depois, eu ia responder à triste saudação de um exilado. Ia dizer 'meu irmão' ao filho moribundo de uma nação morta.

Esses tantos nadas, que passariam despercebidos no dia da mulher da sociedade, ocupavam meu tempo, adormeciam meus dissabores, entretinham minha necessidade de viver com algo bastante parecido com a vida.

Mas, ai, esses pobres nadas foram-me invejados, foram-me tirados. Uma persiana, impenetrável à luz, foi selada, feito cortina de trevas, nas paredes de minha janela: a natureza inteira está velada para mim. Meus olhos têm de sofrer sua pena tal como meu coração... Minha família, minha família está condenada a não me ver mais... Compreenderão meu suplício?

E qual o motivo desses rigores cruéis? Qual o motivo de me seqüestrarem Adèle, sua mãe, o sol, minha fresta de visão do mundo?... Menos que nada: a vingança de um pérfido, a infelicidade de nascer pobre demais para pagar pelas veleidades da traição, a imprudência de julgar as coisas pelas palavras e acreditar no bem por instinto..." [H., livro XIII, II, pp. 263-5]

❧

"Falei, no capítulo anterior, de um guarda que conversara demoradamente a meu respeito com minha prima. Falei da mulher dele, que, decerto achando pouco mentir com as palavras, ainda mentia com prantos.

Contei as insinuações que fizeram a Adèle sobre um projeto de fuga e suas respostas, verdadeiras demais para terem sido prudentes. Contei o projeto de partida do guarda para Paris e o episódio das cartas de recomendação que lhe dei em sinal de gratidão pelo interesse que demonstrara por nós.

Quinze ou vinte dias depois, meus pressentimentos se realizavam. Uma de minhas mais caras amigas, amiga excelente como uma mãe, escreveu-me dizendo que recebera a visita de meu recomendado, que lhe falara de minha situação, de seu devotamento, de projetos misteriosos, de misteriosas confidências etc., e que no final desse preâmbulo, parecendo ficar perturbado, fizera um pedido de empréstimo de uma quantia de dez a quinze mil francos para o estabelecimento de um hotel mobiliado no Quartier Latin. A sra. *** acrescentava que, se os corações se pudessem amoedar, ela teria dado o seu para pagar aquilo que chamava de minhas esperanças; mas que, estando ela própria em situação difícil em virtude dos revezes por que atravessava, não pudera satisfazer o malfadado visitante, cuja ira, após sua recusa, fez com que ela tremesse por mim.

A carta da sra. *** causou-me extrema surpresa. A pobre Adèle ficou aterrorizada. No domingo seguinte, quando voltava da missa, sua ansiedade duplicou ao avistar o guarda, retornado de Paris, que se afastava lhe lançando um olhar zombeteiro e ameaçador.

No dia seguinte, minha família foi chamada ao gabinete do diretor." [H., livro XIII, II, p. 266]

✼

Prossegue a prisioneira:
"O chamado do diretor, como era de esperar, tinha como motivo a denúncia do guarda. Meu tio, alheio a toda essa intriga, ficou arrasado.

Minha prima era apontada como a autora de um plano de fuga completo, com disfarce, chaves falsas, cadeira de posta na rua, paquete em Cette, ouro para transpor os obstáculos, amigos para enfrentar os perigos. Censuravam minha tia por não ter feito nada para se opor ao complô. Não escapou nem sequer — era inacreditável — a pobre Basson, que, tantas vezes castigada por ter falado, era agora acusada por seu silêncio e ameaçada de ser jogada ao calabouço.

Meu tio pleiteou minha causa com a eloqüência de um pai. O diretor tinha pena de mim, pena de nós todos; mas a denúncia fora feita, estava lavrado o auto; ele era obrigado a reportar-se ao prefeito, e o prefeito estava em viagem durante um mês. 'Tenho entranhas de homem, como vocês', dizia, 'mas tenho também minhas obrigações de homem público e preciso proteger minha responsabilidade.

Sofro com o estado em que os vejo... Não insistam. É impossível revogar as medidas provisórias que tomei.'

Meu bom tio, desolado, transmitiu essas tristes palavras à família... Adèle, desolada, correu a interrogar as cercanias da prisão. Mas que triste resposta eram as grades e as janelas condenadas! Ela voltou seu olhar para minha cela... Mas, ai, poderia escutar meus soluços?... Já era noite, e não havia nenhuma voz caridosa e amiga para lhe dizer o que fora feito de mim. Ela resolveu ir até a casa de um irmão seu, que fica quase defronte à cadeia central. Mandou chamar uma mulher que trabalhara em casa de seu pai e encarregou-a de ir, com jeitinho, colher informações com os guardas. A pobre mensageira logo retornou com a sinistra resposta de 'que tinham me tirado de meu quarto e levado lá para baixo...'. Para baixo! O que, na linguagem da prisão, significava o calabouço ou a cela da morte.

Que golpe para meu tio! Foi correndo até o diretor. O sr. Chappus ausentara-se. Foi procurar o inspetor, a superiora. Queria me ver por um minuto, um momento. Estava pedindo de joelhos... Não contara com o medo. O inspetor, que era comumente muito bom, dessa vez não teve coragem de sê-lo. A superiora temia desobedecer à regra se obedecesse à caridade. Enfim, enquanto os guardas *zelosos* (eram uma minoria) riam à socapa, os demais, que o estado de meu tio entristecia, afastavam-se calados sem voltar a cabeça, como esquivando a aproximação de um pestífero. Pobre gente! Devemos ter pena deles. Se tivessem muito coração, ficariam sem pão.

Já soltei dez vezes minha pena para prosseguir a narrativa. Não gosto das frases; mas quero pensamentos, e só me vêem prantos. Quero computar minhas feridas e faço-as sangrar. Nas prisões, onde todas as horas se parecem, feito dois suspiros ou duas lágrimas; nessas antecâmaras da morte, onde se podem estudar agonias velhas de um quarto de século, é raro que sofrimentos agudos não venham reavivar sofrimentos crônicos. O hábito poderia, com o tempo, atenuar os espinhos da saudade, amainar as feições do desespero. A ciência do cárcere assim o garante. À perpetuação do infortúnio, acrescente-se a variedade dos tormentos. Dante tinha razão quando, ao chocar seu olhar nos cantos de sua prisão, escrevia esta terrível sentença:

'Vós que aqui entrais, deixai na porta a esperança'.[3]

....

A calúnia do porteiro, a um só tempo ambiciosa e má, ao abrir o espírito do diretor para a suspeita, abria para a espionagem os olhos e os ouvidos de todos os seus empregados. Antes de dar seguimento à denúncia, queriam reunir em torno dela todos os fatos, todas as circunstâncias que poderiam creditá-la. Foi recomendada aos guardas uma vigilância mais ativa, mais minuciosa; e como aquela pobre gente temesse muito mais ser acusada de negligência do que suspeita de exagero, como aqueles ínfimos cortesãos de seus patrões sabiam muito bem que uma das condições de seu ofício é ter a língua bem comprida e o ouvido bem afiado, tanto fizeram que cada uma de minhas palavras, passadas, presentes ou futuras, tornou-se a alma de um complô, e cada um de meus gestos, o sinal mímico de uma telegrafia suspeita.

Ler um jornal à janela, olhar através das grades, enxugar os olhos, estar com um lenço na mão, recuar e avançar, tossir levemente ou com estrépito era-me igualmente imputado como crime. Tudo e nada servia para alimentar a pavorosa espionagem que me cingia em sua rede de chumbo.

---

[3] Dante: "Lasciate ogne speranza, voi ch'entrate", *O Inferno*, canto III, verso 9.

É preciso ter sido prisioneiro, e prisioneiro de uma ordem excepcional, quero dizer, vigiado com duplo olhar, trancado a dupla chave, atado por duplas correntes; é preciso ter sido exposto como alvo a todas as suspeitas, a todos os interesses, às imprudentes simpatias de uns, aos ódios sagazes de outros, para compreender as incessantes torturas de uma vigilância sem freio que, na falta de realidade, cria no vazio e se abate sobre as quimeras.

Sem dúvida, a justiça, que tem seres humanos por intérpretes e auxiliares, pode se enganar ou bater com demasiada força. Sem dúvida, é terrível ver-se emparedado vivo no vazio de um cárcere... Mas não é o ferro que envenena as feridas, são os golpes velados, as picadas de insetos ou de répteis. A dor violenta e livre, ao exalar-se, alivia-se. O que mata é a dor comprimida e incessantemente atiçada, é a palavra que rasga e ao mesmo tempo desarma; é o contato que fere e que a toda hora se sofre. É a ameaça, a delação e o insulto alternados, perfurando com seus dardos o infeliz cativo.

....

Se falo tão demoradamente nesse dramático episódio de meu cativeiro, é porque as conseqüências foram tão persistentes quanto cruéis. Infeliz do prisioneiro que semeia ao acaso seus problemas, sofrimentos e sonhos! Uma palavra de Adèle despertou a cupidez; a cupidez desenganada armou o ódio, e o ódio gerou a delação.

Na época da denúncia do porteiro, o prefeito achava-se ausente. Permaneci incomunicável até seu retorno. Enquanto isso, meus planos de fuga, passando de boca em boca e de pena em pena, foram assumindo homéricas proporções.

Ao chegar, o sr. Roulleaux-Dugage tomou conhecimento do relatório do diretor e solicitou o que se chama, em linguagem administrativa, um complemento de informação.

O denunciante foi novamente chamado perante seus chefes. Ele, primeiro, dissera: 'Cuidado; se não for muito bem vigiada, a sra. Lafarge irá fugir'. Dessa vez, disse com segurança: 'Se não fosse eu, a sra. Lafarge teria fugido...'. Escutam-no e, inflado pelo sentimento da própria importância, à cata dessas palavras com ressonâncias metálicas que, de superior para subalterno, sempre soam tão alto, o depoente acrescenta: 'Sim, sem mim, a fuga teria se consumado, prova é que um navio estava fretado em Cette, cavalos de posta estavam reservados aqui, Basson conquistada e um guarda comprado'.

Nesse segundo relatório, o prefeito sancionou as medidas que haviam sido adotadas pelo diretor". [H., livro XIII, VII, pp. 267-71]

"Eu estava lendo em minha poltrona, quando passos pesados, vozes ásperas, o ruído de um fardo batendo alternadamente no ferro estridente do corrimão e na pedra surda da parede fizeram-me estremecer sem querer.

— O que está havendo, Basson? — exclamei, não ousando me aproximar da porta.

Minha guarda saiu e entrou instantes depois, com os olhos ardentes, a respiração ofegante pelo esforço que fazia para se calar.

— Quero saber o que está havendo — repeti, angustiada.

Basson olhava para mim, indecisa; então, impressionada com minha palidez, tirou-me da poltrona e levou-me até a cama, abriu ambas as portas com estardalhaço, derrubou uma cadeira e jogou-se feito louca a meus pés, murmurando entre os dentes: 'Oh! aquele miserável!'.

Enquanto isso, as vozes se aproximavam e o diálogo seguinte era travado entre elas; tive forças suficientes para escutar.

— Você está com os pregos e as braçadeiras de ferro?

— Estou, sim, major, só não sei se tenho corda suficiente.

— Acho que duas bastarão.

— Não sei ao certo: a máquina é de bom tamanho, principalmente depois que me mandaram erguê-la desse encaixe aqui até o outro.

Houve um instante de silêncio. Logo ouvi furarem a pedra, decerto para enfiarem quinas de madeira e em seguida colocarem ganchos de ferro.

Havia vários operários: uns martelavam, outros serravam. A cada certo tempo o chefe dizia em voz alta o nome de uma ferramenta, mandando que a trouxessem, e cada nome caía em meu coração com o mesmo peso do objeto indicado.

Aquele suplício durou cerca de quinze minutos. A máquina foi finalmente colocada.

— Vamos ver — disse o major —; não é para enxergar nada no bulevar.

— Diachos, e como poderia? — respondeu o marceneiro —; me disseram para não deixar quase nenhuma luz entre as lâminas e que, em vez de colocá-las como de costume, as inclinasse a contrapelo. Olhe, major, me dói o coração ver furarem assim os olhos da pobre senhora, que já vem sofrendo um bocado...

O major foi conferir, decerto, a execução de suas ordens e prosseguiu:

— Está bom. Só aperte um pouco a braçadeira esquerda, porque, apertando, dá para fazer uma fresta.

— E o que é que tem se ninguém lá ficar sabendo?

— Tem que eu seria punido. Quatro marteladas darão um jeito.

De fato, fizeram-se ouvir umas marteladas. Então o major disse:

— A casa da frente pode ser vista?... Não, e muito enganados ficarão os operários se quiserem cumprimentar mais que um rosto de madeira... E o jardim? Tampouco se vê alguma coisa. Está perfeito.

— O jardineiro e seus ajudantes também cumprimentavam? — perguntou o marceneiro num tom de troça.

— Mais que isso; uns amigos da senhora passeavam por ali, na hora em que ela costumava ficar à janela. Cumprimentavam, faziam sinais, cochichavam, era intolerável... E o seminário? E o campo? Muito bem, tampouco podem ser vistos. Dá para ver um pouco as árvores de Nazareth; mas, de tão longe, só um louco faria macaquices. Pronto, acabamos?

— Sim, e quero morrer se não é muito a contragosto. Sabe que isso cria uma bela escuridão: nos dias de chuva, fará noite aqui em pleno meio-dia. Pobre mulher! Os mortos têm mais luz e mais espaço que ela.

Enquanto durou aquela cena, contive minhas lágrimas; queria escutar tudo para saber de tudo. Quando os operários foram embora, pedi a Basson que não me seguisse e entrei sozinha em minha pobre cela, já tão distinta da de antes como o céu velado de névoa é distinto do céu sereno.

Um espetáculo muitíssimo mais triste, porém, me aguardava junto à janela.

Uma espécie de funil de madeira, cingido de ferro, agarrava-se às grades com a careta ruim que os pintores atribuem ao pesadelo. Esse funil, metade persiana, metade veneziana, não detinha o olhar, e sim o repelia. Longe de revelar a honesta intenção (que eu teria louvado) de proteger meu infortúnio da curiosidade ofensiva dos passantes, ele parecia denunciar a idéia de me arrancar uma última consolação, de contestar a meus olhares os sorrisos da natureza e os sinais compadecidos de meus amigos." [H., livro XIII, VII, pp. 279-81].

"Eu era vigiada; passei a ser controlada. Eu estava seqüestrada do mundo; seqüestraram-me a vida. As grades da janela deixavam filtrar um pedaço de céu azul, um raio de sol, um ponto de vista atraente; de uma penada, aprisionaram o céu, o sol e o horizonte. O ar e a luz do dia passaram a ser medidos. Não havia mais brisa da tarde para refrescar minha testa; não havia mais cumprimento furtivo de um passeador amigo para resignar meu coração. Para além do parapeito de ferro, um parapeito de madeira que tinha por missão furtar aos vivos a sombra da *morta*, e à prisioneira o fantasma de uma distração.

A natureza acaso não é o reflexo animado do Criador, e o poder que separa o homem do homem terá o direito de separar o homem de Deus? No cativo, a alma herda do corpo. Se os homens o carregam com correntes, a Providência lhe dá asas... Que o deixem contemplar a Deus em Suas obras e adorá-Lo em Seu poder, para que ele implore com mais fé por Sua bondade!" [H., livro XIII, III, p. 271]

※

"Anjo da guarda de minha infância, que minha oração, à noite, chamava até meu berço; anjo bom, de joelhos eu te imploro! Vai, volta sem mim para essa terra onde, trêmula, eu dava meus primeiros passos; onde, ai, moribunda, não hei de dar os últimos...

Tua asa rápida já te levou... anjo bom, responde!

A lagoa ainda é espelho das tílias? Os nenúfares dourados balançam nas ondas à chegada da noite? O anjo, teu irmão, ainda vigia à beira dessas águas que refletem a relva, para salvar de seus abismos as crianças pequenas?

Estás vendo o tronco nodoso do espinheiro-rosado que era o primeiro a florescer ao sol suave de maio? Querido espinheiro em que subíamos, minha irmã e eu, pelos braços de meu pai, para fazer um buquê nos aniversários do avô tão amado!

Será que o tempo respeita a igreja com arcadas góticas, cujo altar é de pedra e o cruzeiro, de ébano? Será que agora vem outra, depois de mim, pendurar as grinaldas de centáureas e rosas no dia três vezes abençoado em que a alma purificada se une com seu Deus?

Estás encontrando as roseiras que deram suas flores a minha mãe... os choupos que cresceram comigo? Ainda estão na pradaria as lindas macieiras que davam sombra ao caminho para a aldeia, quando, sob seu domo verde, eu levava o branco estandarte das santas festas de Maria?...

Entre as flores, atrás de uma cortina de salgueiros, vai rever o túmulo em que repousam meus mortos... Leva minha oração! Eles hão de ouvir!...

Anjo bom, volta e retorna depressa... leva em teus olhos todas as lágrimas que enchem os meus, e com elas rega essa terra em que deixei meu coração, e que meus pés, infelizmente, já não pisam mais!!!" [H., livro XIV, II, pp. 285-6]

❁

"Meus olhos já não vêem este mundo, que há muito tempo minhas mãos já não apertam... Em minha porta, ferrolhos; em minha janela, tábuas; à direita, à esquerda, defronte, a meus pés, apenas eu! Felizmente, acima da cabeça, tenho o céu e tenho Deus...

O movimento da rua era para mim uma distração cotidiana. No estado de indolência doentia em que eu me arrastava, o aspecto dos objetos externos, os paraísos ao vento do mundo, os panoramas de tantos coloridos que eu vislumbrava acalmavam meus sofrimentos, como outrora, em criança, adormeciam-me as histórias de minha babá. Eu sorria para aquelas visões longínquas, como quem dorme sorri para os próprios sonhos. Assim matava algumas horas de meu suplício.

Estava errada, o tempo nos é emprestado e dele temos de prestar contas. Ele é a seiva desse *talento* do Evangelho que não nos é permitido enterrar[4]. É o sereno nos campos cuja colheita nos será pedida ao final da estação morta que chamamos de vida.

Se é preciso que eu viva, é preciso também que meus esforços lavrem, que meus suores fertilizem esse *talento* que me foi confiado e que se desfaz em minhas lágrimas... O dedo de Deus deu impulso a meu coração. Não irei apressar nem reter um só de seus batimentos. A balança de Deus mediu o tempo de meu ser. Não vou perder mais nenhum de meus dias." [H., livro XV, pp. 310-1]

※

São essas as últimas linhas desse livro sombrio intitulado *Heures de prison*, livro no qual, a cada página, as mágoas da cativa se elevam e parecem, à medida que a alma se eleva, alçarem-se com ela para Deus.

Um único capítulo bastará para conter tudo o que nos resta dizer sobre ela. Teremos assim ido buscá-la desde o berço e só a deixaremos no túmulo.

---

[4] Mateus 25, 14.

Epílogo

Agora já não é mais Marie quem vai falar; são as vozes que iriam sussurrar em torno de sua segunda e derradeira agonia, e suspirar sobre seu túmulo.

Primeiro, seu querido tio, sr. Collard, pai de Eugène, ancião de setenta e cinco anos.

Ouçamos:

"Nos primeiros dias de outubro de 1848[1]" — diz ele —, "manifestou-se um definhamento significativo na saúde da prisioneira. A febre já não a deixava. Seu médico, tão bom, tão dedicado, comunicou seus receios ao prefeito. Quatro professores da faculdade de medicina foram encarregados de visitar a enferma e constatar seu estado. Concluíram que ser posta em liberdade era sua única chance de cura.

Esse relatório permaneceu sem resultado. Entretanto, o mal piorava rapidamente. Após quinze ou dezesseis meses de espera,

---

[1] Em sua apresentação de *Heures de prison*, pp. IV-VI, ele escreve: "Nos primeiros meses de 1848...".

uma nova avaliação teve lugar. As conclusões foram idênticas, e talvez mais prementes. Finalmente, foi ordenado o traslado da prisioneira para a casa de saúde de Saint-Rémy.

Ela lá chegou em 22 de fevereiro de 1851, acompanhada de minha filha.

Já era tarde demais!

Os bons e nobres ofícios do diretor, sr. de Chabran, os incessantes cuidados do médico, os caridosos préstimos do capelão e da irmã hospitaleira, a salubridade do clima, a beleza do lugar, foi tudo em vão: a doença continuou se agravando.

Alertado quanto à iminência do perigo, fui a toda pressa a Paris. Eu era portador de uma súplica ao príncipe-presidente: fiz mais outra, que assinei. Pus-me sob a proteção de um homem eminente, cujo nome me custa calar, e, três dias depois, uma carta me informou que minha filha estava livre.

Minha alegria seria mais curta que minha gratidão. Ao chegar trinta e seis horas depois a Saint-Rémy, já não foi uma mulher que apertei nos braços e sim um esqueleto vivo que a morte vinha disputar com a liberdade.

Em 1º de junho de 1852, a infortunada punha os pés libertos em minha morada. Minhas duas filhas estavam comigo. Em 7 de setembro, uma delas morria nas termas de Ussat, a outra fechava-lhe os olhos.

O humilde cemitério de Ornolac recebeu os despojos da morta; uma cruz tombada cobrirá seu túmulo: que não me perguntem mais nada".

E, de fato, o nobre ancião se cala; não dá nenhum detalhe sobre a morte de sua segunda filha. Não é a ele, portanto, que vamos nos dirigir para obtê-lo, não temos coragem para tanto; mas ao padre que fechou os olhos da moribunda.

Em meio às frases convencionais que um estranho sempre usa ao falar ao coração partido de uma família, reconhecemos os vestígios dessa estranha influência que tinha Marie Cappelle sobre tudo o que a cercava.

"Senhor,
Fui encarregado de uma missão bastante penosa para com o senhor. A interessante, a excelente srta. Adèle Collard acaba de ser mais uma vez abalada do modo mais cruel em suas mais íntimas afeições; Nosso Senhor acaba de exigir de seu coração o maior dos sacrifícios: sua querida e *digna* amiga, a pobre Marie Cappelle, foi-lhe tirada como por milagre. Deixo-o imaginar, senhor, que duro golpe não foi para um coração tão amoroso, tão perfeito, o senhor que tantas vezes teve oportunidade de apreciar, desde há muitos anos, sua sensibilidade e sua afeiçoada e incomparável dedicação à boa prima! Se os sentimentos religiosos que a animam não a tivessem sustentado, não creio que tivesse resistido à dor que lhe causou o terrível acontecimento que é minha obrigação lhe revelar.

A sra. Marie Cappelle, que tive a *honra* de encontrar diversas vezes, e que, por suas *virtudes religiosas* e outras distintas qualidades, cativara todas as minhas simpatias, entregou sua alma a Deus hoje pela manhã, às nove e meia. Teve a felicidade de receber todos os consolos que nossa santa religião pode conceder. Nesse momento supremo, *ela foi admirável em resignação, fé, piedade e, sobretudo, caridade. Nunca, nesses dezoito anos em que exerço o santo ministério, tive a felicidade de ser tão profundamente edificado. Nunca se testemunharam mais belos e piedosos sentimentos.* Nosso Senhor pareceu querer compensá-la, em sua derradeira hora, de tudo o que ela suportara de tormentos e mágoas durante doze anos. Mais uma vez, ela foi admirável à aproximação da morte.

Tenha a bondade, senhor e venerável colega, de dar parte disso tudo à boa família dessa pobre Adèle. Não preciso lhe pedir que tome todas as precauções para poupar a louvável sensibilidade de seus dignos pais. O senhor é demasiado sábio e prudente para não saber o que deve ser feito nesse sentido.

Queira tranqüilizar essa excelente família a respeito da situação da srta. Adèle. Vamos todos procurar contribuir da melhor maneira, no sentido de torná-la tão confortável quanto possível.

Que não se preocupem de modo algum sobre a maneira como a srta. Adèle irá até Montpellier. Primeiro ela irá, sem dificuldades, para Toulouse, onde ficará na casa da prima de Marie Cappelle e, de lá, prosseguirá sem problemas sua viagem para encontrar-se com a família.

Sua saúde está perfeita, e ela pede-lhe que transmita à família a expressão de seus melhores sentimentos.

Perdoe-me, senhor, por minha inoportunidade e queira aceitar os cumprimentos etc.

B.
Cura, capelão das termas de Ussat
Ornolac, 7 de setembro de 1852"

Eis, agora, a carta da pessoa em cujos braços Marie deu seu último suspiro, tendo a fiel amiga da prisioneira, Adèle Collard, sido obrigada a deixá-la duas horas antes de sua morte.

Já nas primeiras linhas, o leitor reconhecerá não mais o padre, consolador por ofício, mas a mulher, consoladora por natureza:

"Não é verdade que, ao ver minha longa demora em escrever-lhes[2], vocês em momento algum imaginaram que pudesse nisso haver culpa minha? Obrigada, queridos amigos. Se não os conhecesse, seria esse para mim um sofrimento a mais. Recebi,

---
[2] Nota de Dumas: A carta data de 27 de setembro, ou seja, foi escrita vinte dias após o acontecido.

na terça-feira passada, a visita do sr. D... A sensação que sua vista sempre me causa, a operação dolorosa que ele me fez sofrer, tudo isso fez de mim uma mulher bem infeliz e, nestes últimos dias, cheguei ao ponto de desfalecer a toda hora. Alguma melhora, no entanto, tem sido observada na doença principal. Daqui a três meses, dizem, não será mais preciso cauterizar. Por maior que seja minha confiança no sr. D..., confesso que acho difícil acreditar.

Mas falemos sobre *ela*. Eu a escutava com o coração, e essa recordação será para mim inapagável. Você era sua única dor. Somente por você ela lamentava a vida. 'Nisso está o sacrifício', ela dizia. 'Pobre Adèle, quando penso que amanhã estará sozinha, vê-la me faz mal. Mais, mais um pouco de vida, ó meu Deus! Para eu devolver a pobre Adèle a sua família. Por mim mesma, não lamento a vida. Estarei muito bem debaixo de minha pedra! [Como se sofre para viver!] Como se sofre para morrer! Não estou me queixando, ó meu Deus! Eu O bendigo; mas, suplico-Lhe, ao me enviar o mal, envie-me também a coragem de suportá-lo.'

Então, como as dores redobravam:

'Mas se é para sofrer... é demais! E no entanto, meu Deus, sabeis que não fiz nada. Oh! meus inimigos me fizeram muito mal; mas eu lhes perdôo e peço a Deus que lhes devolva em bem todos os sofrimentos que me causaram!'.

E era você, Adèle, que ela então chamava, que ela nos recomendava. E então vinha uma prece, e sempre a maior resignação.

Será que recolhi tudo? Não me atrevo a responder; sofria tanto ao vê-la sofrer! Sentia-me tão infeliz em minha impotência em reconfortá-la! E eu percebia tão bem tudo aquilo que estava perdendo; sentia tanto orgulho do afeto que ela demonstrava por mim; sentia-me tão grata porque ela soubera ler em mim o que, com minha natureza tímida, eu não teria ousado lhe dizer, a ela que era tão superior.

Que bondade a sua ter-me enviado essa preciosa lembrança! Vai escrever-me vez ou outra, não é? Falaremos sobre ela. Você falará igualmente bastante sobre si mesma como à mais verdadeira amiga.

Transmita, por favor, a sua tão boa família meus mais respeitosos sentimentos.

Minha irmã e minha mãe encarregam-me de dizer-lhe toda a simpatia que têm por você! É que eu lhes contei que anjo é você.

Até logo, não é, querida amiga? Um abraço, com toda minha afeição.

Clémence
segunda-feira, 27"

Um ano depois, ou seja, em 20 de setembro de 1853, o sr. Collard recebia esta segunda carta do honesto cura de Ussat.

Nós a citamos aqui integralmente; é característica de sua ingênua bondade:

"Meu caro senhor,

O embaraço que sinto pelo longo silêncio que mantive para consigo só é igualado pela contrariedade que ele lhe terá causado. O senhor deve ter julgado bem pouco honesto eu não ter respondido antes a sua amável carta de 22 de julho. Confesso que nunca nenhuma acusação foi mais bem fundamentada que essa. No entanto, quando souber dos motivos que me forçaram ao silêncio, convirá que fui apenas infeliz, mas não culpado.

Assim que tive conhecimento de suas intenções em relação aos objetos que deseja colocar sobre o túmulo da pobre sra. Marie, tratei rapidamente com Blazy a confecção e o preço da grade. Ele exigiu cento e vinte francos: consenti em dá-los. Ele a fabricou dentro do prazo combinado e conforme o projeto; assim, ela foi colocada antes do final de julho.

O trabalho desse operário me conviria perfeitamente não tivesse ele usado de esperteza recusando-se a pintar a grade, alegando que só tinha obrigação de fazer o que fora combinado; e como eu esquecera de alertar que o ferro seria pintado, de modo a não oxidar, ele não quis dar esse último toque a sua obra. Mas que isso não o preocupe; mandarei pintar essa grade, e será apenas uma pequena despesa a mais. O fato é que estou muito chateado com Blazy, a quem faltou delicadeza nesse ponto.

Quanto à cruz, foi o objeto que causou toda minha dor e me impediu de lhe dar notícias mais cedo.

Para que fosse bem confeccionada, tive a infelicidade de consultar um artesão de Pamiers que se encontrava em Ussat por volta da última quinzena de julho. Ficou combinado que eu pagaria doze francos por ela, com a condição de que ele faria um trabalho cuidadoso e a remeteria no final da semana. Tratamos na terça-feira; longe de recebê-la no tempo indicado, duas semanas depois ela ainda não tinha chegado. Contrariado com esse atraso, mandei uma carta para reclamar. Ele me respondeu que ela chegaria no sábado seguinte, e que eu mandasse apanhá-la no fim da ponte dos Banhos. Tampouco chegou dessa vez. Muitíssimo chateado com mais esse atraso, escrevi outra carta, na qual lhe expressava minha indignação com sua falta de palavra. Por fim, depois de me enfurecer durante um mês e meio, acabou ele próprio trazendo a cruz e, sem dúvida, não fez igual a Blazy; acabou seu trabalho em todos os aspectos, e posso lhe garantir que fabricou uma peça bonita. Já está posta em seu lugar e produz um lindo efeito pela originalidade da colocação e pela confecção do objeto.

A todas essas contrariedades ainda vou acrescentar outra, ou muitas outras, em que o senhor será envolvido. Eu tinha lhe informado que o salgueiro plantado por mim sobre o túmulo tinha crescido bem e que estava muito bonito. Pois bem, ele teria sua participação na mágoa que senti. Cada estranho que veio visitar o túmulo, e todo mundo veio, a estrada de Ornolac está sempre repleta, cada pessoa, eu dizia, quis ficar com um pedaço do pobre salgueiro, e ele acabou secando. Por mais que suplicasse, que ralhasse para que o respeitassem, ameaças e pedidos, foi tudo em vão. As flores foram igualmente tiradas; cada qual quis levar uma relíquia. Mas que isso não o aflija; pelo contrário, deve sentir-se lisonjeado pela veneração com que são honrados os despojos da pobre falecida. O mal causado à árvore e às flores é fácil de ser reparado.

Plantarei outro salgueiro e outras flores, e pronto."

O que acrescentar a isso?

As últimas linhas escritas pelo digno sr. Collard, por esse ancião que protesta, em nome de seus setenta e cinco anos e seus cabelos brancos, contra o julgamento que abateu sua sobrinha.

"E agora querem saber se eu achava essa mulher culpada?
Respondo:
Mantida prisioneira, eu lhe dei minha filha por companheira.
Livre, teria lhe dado meu filho por marido.
Nisso está minha convicção.

Collard
Montpellier, 17 de junho de 1853"

Em todo caso, culpada ou inocente, Marie Cappelle morreu após doze anos de cativeiro: tem hoje, a seu favor, a expiação do cárcere, a reabilitação do túmulo. Recolhamos, portanto, as lágrimas que durante onze anos³ rolaram, gota por gota, de seus olhos. Quer tenha sido o remorso, a injustiça ou o desespero que as fizeram correr, quem as vertia, pecadora ou mártir, está agora à direita do Senhor; suas lágrimas são puras como o líquido cristal que jorra do rochedo.

Alexandre Dumas

---

[3] As diferentes durações (doze e depois onze anos) parecem constituir uma inadvertência de Dumas.

Dicionário Onomástico

Abelardo ou Abailar/Abeilard, Pierre (Le Pallet, 1079 – abadia de Saint-Marcel, 1142), professor de filosofia, apaixonou-se por Heloísa, sobrinha do cônego Fulbert, que mandou castrá-lo pelos esbirros: entrou para a religião e retirou-se na abadia de Saint-Denis enquanto sua aluna Heloísa tomava o véu em Argenteuil.

Alibaud, Jean (Nîmes, 1810 – Paris, 11 de julho de 1836), antigo seminarista, auxiliar de um comerciante de tecidos, soldado reformado em 1834, tenta assassinar Luís Filipe em 25 de junho de 1836, na entrada do guichê das Tulherias, com um tiro de pistola. Condenado à morte pela corte dos pares, foi executado.

Anckarström, Jacob Johan (Lindö, 11 de maio de 1762 – Estocolmo, 27 de abril de 1792), de início pajem, suboficial da guarda, porta-bandeira dos seguranças, retirou-se para o campo, de onde voltou para assassinar Gustavo III com um tiro de pistola.

Andryane, Gangulphe Philippe François Alexandre (Paris, Jouy-le-Comte, 1º de germinal do ano V/1797 – Coye-la-Forêt, Oise, 12 de janeiro de 1863), filiado à Carbonária, deixou a França após a queda do Império, conspirou na Itália contra a Áustria; detido, condenado à morte (janeiro de 1824), viu sua pena comutada em detenção perpétua na cidadela de Spielberg. Libertado em 1832, retornou à França, onde publicou *Mémoires d'un prisonnier d'Etat* (1837-1838).

Annat, republicano envolvido no complô de Neuilly, condenado a cinco anos de prisão.

Arago, François Victor *Emmanuel* (Paris, 6 de agosto de 1812 – 27 de novembro de 1896), filho do astrônomo François Arago, advogado, defensor de Laure Grouvelle no processo do chamado complô de Neuilly, vaudevilista, orientou-se para a política; foi representante do povo em 1848-1849, deputado em 1869 e 1871, senador em 1876, embaixador na Suíça de 1880 a 1894.

Arnault, Antoine Vincent (Paris, paróquia de Saint-Jean-de-Grève, 22 de janeiro de 1766 – Goderville, 16 de setembro de 1834). Filho de Nicolas Vincent A. e de Marie Jacqueline Le Duc, primeiro-lacaio do guarda-roupa de *Monsieur* e secretário do gabinete de *Madame*, autor do famoso *Marius à Minturnes* (Théâtre-Français, 19 de maio de 1791), de *Lucrèce* (Comédie-Française, 4 de maio de 1792). Realista, exilou-se e, retornando a Paris, deveu sua vida à memória de *Marius*. Compôs duas óperas e três tragédias (*Quintus Cincinnatus*, tragédia em três atos, Théâtre de la République, 11 de nivoso do ano III/31 de dezembro de 1794; *Oscar, fils d'Ossian*, Théâtre de la République, 14 de prairial do ano IV/1º de junho de 1796; *Blanche et Montcassin ou les Vénitiens*, Théâtre-Français, 25 de vendemiário do ano VII/12 de setembro de 1798), antes de apoiar Bonaparte, em 18 de Brumário: foi nomeado chefe da Divisão da Instrução Pública (1800 e depois secretário-geral da Universidade, cavalheiro do Império (6 de setembro de 1811), donatário no Trasimeno (30 de junho de 1811). Sob o Consulado e o Império, escreveu três tragédias: *Le Roi et le Laboureur ou Don Pèdre*, Théâtre-Français, 16 de prairial do ano X/5 de junho de 1802, *Scipion Consul*, drama heróico em um ato, frutidor do ano XIII/agosto-setembro de 1805, e *La Rançon de Duguesclin ou les Moeurs du XIVe siècle*, comédia em três atos, Théâtre-Français, 17 de março de 1814. Deputado em 1815, exilado em Bruxelas durante a Restauração, enviou a Paris epigramas publicados em *Le Miroir de Paris* e encenou uma tragédia, *Germanicus* (22 de março de 1817), que suscitou uma verdadeira batalha. Chamado de volta em novembro de 1819, assumiu a direção de uma *Nouvelle* *biographie des contemporains* (1820-1825) e foi reintegrado à Académie Française (1829), da qual se tornou secretário perpétuo quando da morte de Andrieux. Sua última tragédia, *Pertinax* (Théâtre-Français, 27 de maio de 1829), foi cancelada depois da segunda apresentação. Deixou *Les souvenirs et les regrets d'un vieil auteur dramatique*, de 1829. Dumas foi introduzido no Salão bonapartista e liberal dos Arnault assim que chegou a Paris e se tornou amigo do filho mais velho, o dramaturgo Lucien Arnault. Arnault casou-se em primeiras núpcias com Elisabeth Alexandrine Desforges (divórcio em 31 de agosto de 1800) e em segundas núpcias com Marie Jeanne Catherine Guesnon de Bonneuil.

Basson era prisioneira por falsificação na prisão de Montpellier havia quatro anos, quando foi colocada a serviço da sra. Lafarge; era originária de Saint-Etienne-en-Forez e casada com Meinbar, com o qual tivera um menino e uma menina.

Beaujolais, Louis Charles d'Orléans, conde de (Paris, 7 de outubro de 1779 – Malta, 29 de maio de 1808), mais novo dos filhos de Filipe-Igualdade, foi detido em 1793 e encarcerado em Marselha, no forte Saint-Jean, com seu irmão, o duque de Montpensier, até 1796, data em que foram autorizados a partir para a América. Passou uma temporada na Inglaterra e em Malta, onde morreu de uma doença pulmonar.

Berry, Maria Carolina Luigia Ferdinanda de Nápoles, duquesa de (Palermo, 5 de novembro de 1798 – Brünnsee, 16 de abril de 1870), filha de François, duque de Calábria, e Maria Clementina da Áustria, casou-se em 1816 com o duque de Berry. Dumas relatou sua epopéia na Vendée em 1832 nos capítulos CCXXIX a CCXLIV de *Mes mémoires*, depois de redigir *La Vendée et Madame*, memórias do general Dermoncourt, o qual efetuara em Nantes a prisão da duquesa.

Bertin, Antoine de, dito o cavaleiro (Sainte-Suzanne, ilha Bourbon, 10 de outubro de 1752 – São Domingos, final de junho de 1790), poeta, compatriota e rival de Parny, obteve um sucesso estrondoso com sua coletânea de elegias, *Amours* (1780).

Berwick, Jacques Fitz-James, marechal-duque de (Moulins, 21 de agosto de 1670 – Felipesburgo, 12 de junho de 1734), filho natural de Jaime

II da Inglaterra e Arabella Churchill, irmã do duque de Marlborough, colocou seus talentos militares a serviço de Luís XIV depois da revolução inglesa de 1688. Comandou o exército espanhol (1703), o exército de Cévennes (1706), retornou à Espanha, onde obteve a brilhante vitória de Almanza (1709), e defendeu a fronteira dos Alpes (1709). Governador da Guiana em 1716, retomou as armas em 1719 contra Felipe V de Espanha e foi morto com uma bala de canhão durante a guerra de sucessão da Polônia, no cerco de Felipesburgo.

Billiard, François Jacques Marc Auguste (Courtomer, Orne, 3 de outubro de 1788 – após 1857), entrou, uma vez concluído o curso de direito, para o Ministério do Interior, auxiliando na redação dos relatórios de Montalivet (1811), antes de assumir a chefia do departamento dos guardas nacionais fixos; nomeado subprefeito de Yvetot e de Lannion durante a primeira Restauração, foi, durante os Cem Dias, enviado a Nantes como secretário-geral do governo. Obrigado a deixar a França em 1816, fez uma estada na Ilha Bourbon (1817-1820), onde tentou se eleger deputado. Tirado da redação do *Temps*, assinou o protesto dos jornalistas contra as ordenanças de Carlos X; foi nomeado, em 1º de agosto de 1830, secretário-geral do Ministério do Interior, depois diretor das guardas nacionais. Nomeado prefeito do Finistère em 1831, e depois de Landes, foi rapidamente revocado. Em 1848, foi, por alguns dias, secretário provisório do Ministério do Interior e membro do Conselho de Estado.

Bonaparte, Pauline (Ajaccio, 20 de outubro de 1780 – 9 de junho de 1825), "irmã querida" de Napoleão, famosa por sua beleza e galanteria, casou-se em 1797 com o general Leclerc e, após a morte deste, com o príncipe Camille Borghese.

Bossuet, Jacques Bénigne (Dijon, 27 de setembro de 1627 – Paris, 12 de abril de 1704), cognominado "Águia de Meaux", é citado entre os "meus velhos amigos" que a sra. Lafarge lê na prisão.

Boulanger, Louis (Verceil, Piemonte, 21 de março de 1806 – Dijon, 5 de março de 1867). Aluno de Lethière e de Achille Devéria, revelou-se no Salão de 1827 com *Le supplice de Mazeppa*; tornou-se amigo de Dumas e Hugo, cujas obras ilustrou. Cf. A. Dumas, *L'art et les artistes contemporains au Salon de 1859* (Paris, Librairie Nouvelle, A. Bourdilliat et Cie, 1859).

Bourgoing, Marie Benoîte Joséphine de Prévost de La Croix, baronesa de († 10 de fevereiro de 1838), viúva em 1811 de um embaixador, barão do Império, foi nomeada por decreto de 11 de julho de 1820 superintendente da Casa Educadora da Legião de Honra em Saint-Denis; recebeu o título de condessa em 14 de outubro de 1827, e sua aposentadoria foi aceita em 31 de dezembro de 1837.

Brack, Antoine Fortuné (Paris, 8 de abril de 1789 – Evreux, 21 de janeiro de 1850), formado na Escola de Fontainebleau, ajudante de campo do general Edouard de Colbert (1809), tornou-se em 1811 amante de Pauline Borghese; capitão do 2º corpo de cavalaria ligeira (1813), foi reformado em 1815. Em 1830, foi nomeado tenente-coronel do 3º regimento; publicou seu breviário do cavaleiro, *Avant-postes de cavalerie légère*, e fez uma brilhante carreira: coronel do 4º regimento de hussardos (1832-1838), marechal-de-campo (24 de agosto de 1838), comandante da Escola de Cavalaria (1838-1840), comandante do departamento de Eure (1840-1849).

Brindeau, Pierre Achille (Paris, 1795 – 18 de maio de 1859), em 1834, comprou de Véron, com Félix Bonnaire e Buloz, a *Revue de Paris*; em setembro de 1837, tornou-se acionário e gerente do *Messager*, no qual o conde Waleski tinha interesses.

Buckingham, George Villiers, duque de (Brookesby, Leicestershire, 28 de agosto de 1592 – Portsmouth, 23 de abril de 1628), favorito de Jaime II, e depois de Carlos I, lorde alto-almirante, dispunha a bel-prazer de todos os empregos; apaixonou-se pela rainha Ana da Áustria durante uma embaixada na França para negociar o casamento de Carlos I com Henriette Marie de Bourbon, irmã de Luís XIII. É o herói enamorado dos *Três mosqueteiros*.

Buffière, Marie *Aména* Pouch-Lafarge, sra. Léon. Irmã de Charles Pouch-Lafarge.

Calas (Lacabrède, Tarn, 19 de março de 1698 – Toulouse, 10 de março de 1762), comerciante de roupas calvinista, foi acusado de estrangular o próprio filho, que teria manifestado o desejo de se converter ao catolicismo e que, na verdade, se suicidara. Calas foi supliciado na roda. A campanha de Voltaire, que acolheu em Ferney sua viúva e dois de seus filhos, resultou na reabilitação de Calas (9 de março de 1765).

Cambacérès, Adèle Napoléone Davout d'Auerstaedt, condessa de (Paris, 21 de junho de 1807 – Paris, rua Saint-Dominique, 55, 21 de janeiro de 1885), filha do marechal Davout e de Louise Aimée Julie Leclerc, casou-se em 14 de março de 1827 com Napoléon *Etienne* Armand, conde de Cambacérès (1804-1878), filho do general Jean Pierre Hubert de Cambacérès, meio-irmão do arquichanceler do Império, deputado de Aisnes de 1842 a 1848, representante na Legislativa de 1849, deputado de 1852 a 1857.

Cappelle, Antoine Laurent, barão (Toulouse, 8 de agosto de 1777 – Estrasburgo, 10 de novembro de 1828), filho de Jean Pierre Cappelle, advogado no parlamento de Toulouse, e de Jeanne Lastrape, politécnico, major, depois coronel de artilharia, tornou-se barão por carta patente de 3 de março de 1815; casou-se com Caroline Collard e foi o pai de *Marie* Fortunée, futura sra. Lafarge, e de Antonine. Durante a Restauração, foi sucessivamente adjunto do comandante da escola de artilharia de La Fère (31 de outubro de 1816), tenente-coronel do 1º regimento de artilharia de La Fère (15 de julho de 1818 – agosto de 1823), coronel do corpo real de artilharia em Douai (julho de 1823), diretor de artilharia em Mézières (9 de julho de 1823 – 18 de abril de 1825), comandante do 2º regimento de artilharia a pé de Estrasburgo (2 de maio de 1825).

Cappelle, Jacqueline Pauline Hermine Alexis *Antonine* (nascida em Villers-Hélon, 2 de agosto de 1821), filha de Antoine Laurent, barão Cappelle, e de Edmée *Caroline* Fortunée Alexis Collard, casou-se em 29 de dezembro de 1838, em Paris (casamento religioso em Notre-Dame-des-Victoires), com Michel Félix Deviolaine, inspetor das florestas da coroa (com residência em Dourdan), a quem deu uma filha, Hermine, e um filho. Félix era primo de A. Dumas.

Celles, Antoine Philippe Jean Ghislain, conde de Vischer de (Bruxelas, 20 de outubro de 1779 – Paris, 2 de novembro de 1844), participou dos Estados-gerais do Brabante e, quando da junção dessa província com a França, foi chamado por Napoleão para o Conselho de Estado; prefeito da Loire-Inferior, e depois de Amsterdã, retomou a vida militar em

1815 junto de Guilherme I, que o encarregou de negociar uma concordata com o papa; embaixador dos Países Baixos em Roma, foi nomeado, depois de 1830, ministro plenipotenciário da Bélgica na França, onde se naturalizou, tornando-se conselheiro de Estado. Casamento religioso com Louise Philippine Félicité Timbrune-Thiembrone de Valence (Paris, 29 de junho de 1787 – Roma, 13 de janeiro de 1828).

Chabran, diretor da casa de saúde de Saint-Rémy.

Chappus, diretor da prisão de Montpellier.

Carlos XII da Suécia (Estocolmo, 27 de junho de 1682 – Fredrikshald, 30 de novembro de 1718), filho de Carlos XI, rei da Suécia em 1697, invadiu a Polônia, a Prússia e a Rússia (1707), mas, derrotado em Poltava (1709), refugiou-se em Bender, no território otomano, onde teve de permanecer cinco anos antes de voltar à Suécia. Foi morto com um tiro no cerco de Fredrikshald.

Charpentier, Henri François Marie, conde (Soissons, 23 de junho de 1769 – Oigny, 14 de outubro de 1831), conde do Império (14 de fevereiro de 1810), comandou a 7ª divisão da guarda jovem durante a campanha da França.

Charpentier, *Charles* Esprit François, conde (Paris, 25 de setembro de 1810 – 29 de janeiro de 1879), filho do general e de Félix Constance Euphrosine Aubert du Bayet, proprietário de Oigny.

Christiern ou Cristiano II (Nyborg, 1º de julho de 1481 – Kalundborg, 25 de janeiro de 1559), ao suceder seu pai, Cristiano I, nos tronos da Dinamarca e Noruega em 1513, apoderou-se da Suécia após vários anos de guerra. Sua crueldade provocou a sublevação de Gustavo Wasa (1521) e, abandonado pela nobreza dinamarquesa, o tirano retirou-se para a Alemanha (1523). Foi surpreendido por seu sucessor, Frederico I, durante uma incursão na Noruega (1531) e mantido em cativeiro até a morte.

Coehorn, Edmond Gustave de (Ittenwiller, Saint-Pierre, 21 de junho de 1803 – Estrasburgo, 2 de maio de 1885), irmão caçula do seguinte, foi diplomata e viajante, empregado na legação da França em Munique

(1822), ligado à de Stuttgart (1824), supranumerário na divisão política dos Assuntos Estrangeiros, secretário interino em Haia, primeiro secretário em Munique, segundo secretário em Berlim (1831), Constantinopla (1831-1835), Viena (1835-1836), secretário da legação em Frankfurt (1837-1840), encarregado de assuntos em Darmstadt (1841).

Coehorn, Louis *Eugène*, barão de (Saint-Pierre, Baixo-Reno, 2 de maio de 1801 – Ittenwiller, próximo a Barr, 14 de novembro de 1881), filho do general Louis Jacques, barão de Coehorn, morto em Leipzig, dedicou-se à agricultura até ser eleito, em 31 de janeiro de 1853, deputado do Baixo-Reno e constantemente reeleito até 1869.

Coinchon de Beaufort. Pai da primeira esposa de Charles Pouch-Lafarge.

Collard, Adèle. Filha de Simon François Martin Collard, de Montpellier, tio-avô da sra. Lafarge, e de Marie Lacroix.

Collard, Edmée *Caroline* Fortunée Alexis (Paris, 17 de frimário do ano V/7 de dezembro de 1796 – Estrasburgo, 5 de fevereiro de 1835), filha de Jacques Collard e Fortunée Elisabeth *Hermine* Compton, casou-se em primeiras núpcias, em Villers-Hélon, em 8 de novembro de 1814, com Antoine Laurent, barão Cappelle (Toulouse, 8 de agosto de 1777 – Estrasburgo, 10 de novembro de 1828), com o qual teve duas filhas, *Marie* Fortunée (futura sra. Lafarge) e Hermine Alix *Antonine*; mais tarde, em segundas núpcias, em Villers-Hélon em 24 de novembro de 1829, casou-se com *Eugène* Luis, barão de Coehorn, com quem teria duas filhas: Louise *Jeanne* (1831-1834) e Mélanie *Elisabeth* de Coehorn, nascida em 24 de dezembro de 1834, meias-irmãs de Marie Cappelle.

Collard, Jean Joseph *Edouard* (nascido em Sète, 29 de outubro de 1809), filho de Simon François Martin Collard, de Montpellier, tio-avô da sra. Lafarge, e de Marie Lacroix, ingressou no exército aos vinte anos e fez carreira na administração militar: adjunto da administração de víveres (18 de outubro de 1840), oficial da administração de segunda classe (20 de fevereiro de 1855), oficial da administração de primeira classe (13 de agosto de 1862), aposentando-se em 13 de junho de 1871. Depois de servir na Argélia de 1840 a 1847, assumiu cargos em Montpellier, em Bastia, serviu no exército do Oriente durante a guerra do Oriente (1854-1856), encerrando sua carreira em Toul e Belle-Isle.

Collard, Jean François *Eugène* (Montpellier, 17 de setembro de 1807 – 28 de novembro de 1885), filho mais velho de Simon François Martin Collard, de Montpellier, tio-avô da sra. Lafarge, e de Marie-Thérèse Lacroix. Exercia a profissão de negociante, de acordo com seu registro de casamento com Marie-Antoinette Elisabeth Auzillon (Montpellier, 21 de julho de 1816 – Mèze, Hérault, antes de 1885), celebrado em 14 de outubro de 1834.

Collard, Fortunée Elisabeth *Hermine* Compton (cerca de 1777 – Villers-Hélon, 2 de setembro de 1822), filha de Philippe Joseph d'Orléans e da sra. de Genlis, de acordo com A. Dumas (oficialmente, do coronel Compton), órfã em 1786, acolhida pelo duque de Orléans, casou-se com Jacques Collard em Paris (segundo *arrondissement*), em 20 de setembro de 1795, dando-lhe quatro filhas e um filho; cf. *Le curieux*, tomo I, pp. 33 e seguintes.

Collard, *Hermine* Emma (Paris, 30 de nivoso do ano VII/17 de janeiro de 1798 – Paris, 6 de abril de 1864), filha de Jacques Collard e de Fortunée Elisabeth *Hermine* Compton, casou-se em Villers-Hélon, em 29 de outubro de 1818, com Frédéric, barão Mertens, major de cavalaria do exército prussiano, embaixador da Prússia em Portugal (em residência em Paris), no grão-ducado da Toscana, em Constantinopla. Horace Vernet fez seu retrato em Florença.

Collard, Jacques (Saint-Privat, Moselle, 20 de fevereiro de 1758 – Villers-Hélon, 30 de agosto de 1838), filho de Claude Collard, inspetor de Obras Públicas, e de Madeleine Dudot, foi fornecedor dos exércitos da República sob o Diretório, presidente do conselho cantonal de Villers-Cotterêts (1806), deputado do Corpo Legislativo (17 de fevereiro de 1807-1811), prefeito de Villers-Hélon entre 1813 e maio de 1817, foi nomeado tutor das crianças Dumas em 10 de maio de 1806. Sobre a família Collard, cf. *Histoire des seigneurs & châtelains de Villers-Hélon*, reunida e coligida pelo sr. de C[hauvenet] (Soissons, Tipografia-Livraria G. Nougarède, 1907), pp. 84-94.

Collard, *Louise* Félicie Jacqueline (Paris, 8 de germinal do ano XII/28 de março de 1804 – Vauxbuin, Aisne, 8 de dezembro de 1880), filha de Jacques Collard e de Fortunée Elisabeth *Hermine* Compton, casou-se em 6 de outubro de 1820 em Villers-Hélon com François Noël *Paulin*, barão Garat (26 de maio de 1793 – 30 de abril de 1866), secretário-geral do Banco da França, filho de Martin Garat, diretor do Banco da França, a quem ela deu duas filhas: Martine Hermine *Caroline*, nascida em Villers-Hélon, em 30 de agosto de 1821, e Gabrielle, que se casou com Jean Henri Félix, barão Morio de L'Isle.

Collard, Paul *Maurice* (Paris, rua d'Anjou, 974, 19 de pluvioso do ano IX/8 de fevereiro de 1801 – Villers-Hélon, 21 de março de 1886), filho de Jacques Collard e de Fortunée Elisabeth Hermine Compton; trazido ao mundo por Baudelocque (testemunhas do nascimento: Louis Marquet de Montbreton e Jacques Marquet de Norvins), levou uma existência de fidalgo do campo; casou-se com *Blanche* Augustine de Montaigu, filha de Louis Gabriel de Montaigu, antigo coronel de cavalaria, que lhe deu dois filhos: Auguste Arthur Henry (Villers-Hélon, 28 de fevereiro de 1838 – 1906) e Delphine Valentine (Villers-Hélon, 24 de dezembro de 1836 – 28 de outubro de 1889).

Collard, *Simon* François Martin (Adge, Hérault, 1779 – Montpellier, 12 de maio de 1862), filho de Claude Collard e de Marie-Joseph Legrand, meio-irmão caçula de Jacques Collard, era negociante, segundo o registro de casamento de seu filho Eugène (1834), ou preposto responsável do asilo dos alienados de Montpellier, de acordo com seu atestado de óbito. Foi, com sua esposa Marie-Thérèse Lacroix (falecida antes do marido em Salsbourg, Moselle), pai e mãe para a sra. Lafarge durante seu cativeiro.

Collot d'Herbois, Jean Marie Collot, dito (Paris, 19 de junho de 1749 – Caiena, 8 de junho de 1796), cabotino, autor medíocre, convencional montanhês que se destacou durante o massacre da planície dos Brotteaux, em Lyon; fez parte dos conjurados que derrubaram Robespierre. Contudo, os excessos de sua missão em Lyon fizeram com que fosse condenado ao degredo na Guiana, no forte de Sinnamari, onde morreu.

Corday, Marie Anne *Charlotte* (Saint-Saturnin-des-Ligneries, Orne, 27 de julho de 1768 – Paris, 17 de julho de 1793), de família religiosa e monarquista, apunhalou Marat a fim de "salvar o mundo e restabelecer a paz": foi guilhotinada.

Corneille, Pierre (Rouen, 6 de junho de 1606 – Paris, 1º de outubro de 1684). "Livre por seu gênio, cativo por sua fortuna, águia que se teria constantemente perdido no céu caso não fosse, vez ou outra, acorrentada à terra pelo ínfimo fio de uma dedicatória. Corneille decerto planava a uma altura suficiente para enxergar mais longe que Richelieu e Luís XIV" (A. Dumas, discurso pronunciado durante a inauguração da estátua de Corneille em Rouen, em 19 de outubro de 1834). É citado entre os "meus velhos amigos" que a sra. Lafarge lê na prisão.

Crémieux, Isaac Adolphe (Nîmes, 30 de abril de 1798 – Paris, 10 de fevereiro de 1882), advogado famoso em sua cidade, eleito deputado de Chinon em 1842, reeleito em 1846, fez uma oposição moderada ao governo de Julho, desempenhando papel importante na agitação reformista. Membro do Governo Provisório, manteve-se na pasta da Justiça até 7 de junho de 1848; eleito para a Constituinte, reeleito para a Legislativa, votava com a extrema esquerda. Encarcerado em Mazas, depois em Vincennes quando do 2 de dezembro, voltou à vida política em 1869 como deputado de Paris. Sob a Terceira República, deputado, autor da lei que dava a condição de francês aos judeus da Argélia, foi nomeado senador inamovível.

Cuvier, Jean Léopold Nicolas Frédéric, dito Georges, barão (Montbéliard, 23 de agosto de 1769 – Paris, 13 de maio de 1832), está na origem da biologia moderna, estrutural e funcionalista: formulou os princípios anatômicos fundamentais dos órgãos e a correlação entre as formas nos animais; a partir desses princípios, tentou estabelecer uma classificação zoológica e logrou reconstituir os vertebrados fósseis, provando a existência de espécies desaparecidas e fundando a paleontologia. Sua filha, Clémentine, nascida em 1805 de Sophie Anne Marie Coquel-Dutrazail, viúva de Louis Philippe Duvaucel, faleceu em 28 de setembro de 1827.

Damoreau-Cinti, *Laure* Cinthie Montalant, sra. (Paris, 6 de janeiro de 1801 – 25 de fevereiro de 1863), *seconda donna* no Théâtre des Italiens

(1816), notada por Rossini, contratada em 1826 para a Opéra, onde participou de todas as grandes criações de Rossini, Meyerbeer, Auber; em 1835, passou para a Opéra-Comique e deixou os palcos em 1843.

Darcet ou d'Arcet, Jean Pierre Joseph (Paris, 31 de agosto de 1777 – 2 de agosto de 1844), filho do famoso químico Jean d'Arcet (Doazit, 1725 – Paris, 1801), multiplicou memórias e invenções: a arte de temperar a aliagem de cobre e estanho para a fabricação de címbalos, a fabricação do bicarbonato de sódio, da escama artificial etc.

Daumesnil, Pierre (Périgueux, 14 de julho de 1776 – Vincennes, 17 de agosto de 1832), serviu no exército italiano, depois no Egito, chefe de esquadrão em 1806, perdeu uma perna em Wagram. General-de-brigada, comendador da Legião de Honra, governador de Vincennes, reassumiu seu cargo após 1830 e morreu de cólera.

Daumesnil, Saubade *Marie* Honorine (nascida em 28 de junho de 1811), filha do anterior e de Anne Fortunée Léonie Garat, superintendente da Legião de Honra, casou-se com Timoléon Amédée Plessis-Guichard de Noas.

Deplaces. Rico fundidor do Limousin.

Desbarrolles, Adolphe (Paris, 22 de agosto de 1801 – 11 de fevereiro de 1886). Pintor (*L'auberge d'Alcoy*, 1850; *Un prêche breton dans l'église de Sainte-Croix à Quimperlé*, 1852), encontrara com Dumas na Espanha e o acompanhara em seu périplo pelo norte da África (cf. seu *Deux artistes en Espagne*, 1855); mas sua celebridade era devida à quiromancia: *Les mystères de la main*, 1859.

Deviolaine, Michel *Félix* (nascido em Villers-Cotterêts, 4 de messidor do ano XIII/23 de junho de 1805), filho de Jean Michel Deviolaine e de Cécile Bruyant (prima-irmã da sra. Dumas), ingressa, tal como o pai, na Administração das Florestas da Coroa, nomeado inspetor residente em Dourdan (1838). Casou-se em 29 de dezembro de 1838 com Jacqueline Pauline Alexis *Antonine* Cappelle, filha do barão Cappelle e de Caroline Collard. Em 1840, era inspetor dos domínios da Coroa em Lorris.

Deviolaine, Jean *Michel* (Nanteuil-sur-Marne, 8 de julho de 1765 – Neuilly-sur-Seine, rua des Fontaines, n. 5, 8 de março de 1831), escrivão da capitania real, depois inspetor da floresta de Villers-Cotterêts, diretor da administração dos domínios florestais do duque de Orléans (1822), depois conservador das florestas (1823-1830), casou-se em segundas núpcias em 6 de messidor do ano V (24 de junho de 1797) com Louise *Cécile* Bruyant, filha de Madeleine-Nicole Labouret e prima da sra. Dumas, que lhe deu quatro filhos: Alexandrine *Cécile* (31 de março de 1798), Augustine (11 de outubro de 1801), Michel *Félix* (23 de junho de 1805), Louise Antoinette *Eléonore* (1º de outubro de 1814).

Dorus-Gras, Julie Aimée Joseph van Steenkiste (Valenciennes, 7 de setembro de 1805 – Paris, 6 de fevereiro de 1896), primeiro prêmio de canto no Conservatório (1823), começou no Théâtre de la Monnaie em Bruxelas antes de ser contratada na Opéra, onde fez brilhante carreira, criando, entre outros, Alice de *Robert le Diable*, Elvire de *Don Juan*, Marguerite de *Huguenots*. Retirou-se dos palcos em 1850.

Dorval, Marie Thomas Amélie Delauney, dita Marie (Lorient, 6 de janeiro de 1798 – Paris, 20 de maio de 1849), ingressou no teatro da Porte-Saint-Martin aos vinte anos, conquistando grande popularidade no melodrama antes que os românticos a transformassem na criadora de alguns de seus mais belos papéis: Adèle em *Antony* de A. Dumas, papel-título em *Marion de Lorme* de V. Hugo, Kitty Bell em *Chatterton* de A. de Vigny.

Dulauloy, Agathe Desfossez, sra. Esposa de Charles François Dulauloy, conde de Randon (Laon, 9 de dezembro de 1764 – Villeneuve-Saint-Germain, Aisne, 30 de junho de 1832), oficial de artilharia (1788), general-de-brigada, depois general-de-divisão (27 de agosto de 1803), inspetor-geral da artilharia, camareiro do Imperador, foi feito cavaleiro do Império (carta patente de 9 de março de 1810), depois conde do Império (13 de fevereiro de 1811).

Dumas filho, Alexandre Dumas Davy de La Pailleterie, dito (Paris, 27 de julho de 1824 – Marly-le-Roi, 27 de novembro de 1895), filho natural de Laure Labay ou Labeye, reconhecido pelo pai em 17 de março de 1831 e colocado num colégio interno, na instituição Goubaux; teve boa formação no liceu Bourbon, que deixou aos dezesseis anos. Seu relacionamento com o pai era dificultado pelo ódio que sentia por sua madrasta, Ida Ferrier. Após o rompimento do casal Dumas, tornou-se o companheiro preferido do pai na vida mundana e artística, lançando-se por sua vez na carreira das letras (*Les péchés de jeunesse*, poemas, 1847; *Aventures de quatre femmes et d'un perroquet*, 1846-1847; *La dame aux camélias*, 1848; *Le roman d'une femme*, 1848). Após o triunfo da adaptação teatral de *La dame aux camélias* (Vaudeville, 1852), que preludiava outros sucessos dramáticos (*Diane de Lys*, 1853; *Le demi-monde*, 1855; *La question d'argent*, 1857; *Le fils naturel*, 1858; *Le père prodigue*, 1859 etc.), tornou-se o orgulho do pai.

Dumas, Thomas *Alexandre* Davy de La Pailleterie, dito (Jérémie, São Domingos, 25 de março de 1762 – Villers-Cotterêts, 26 de fevereiro de 1806), pai do escritor, entrou para os Dragões da rainha em 3 de junho de 1786; experimentou um rápido avanço sob a Revolução: general-de-brigada (30 de julho de 1793), depois de divisão (3 de setembro de 1793) do exército do Norte; foi nomeado comandante-chefe do exército dos Pirineus, depois recebeu a ordem de passar para a Vendée, onde integrou seu posto em 28 de outubro de 1793; em 22 de dezembro do mesmo ano, a Convenção o nomeou general-chefe do exército nos Alpes, com o qual expulsou os piemonteses das elevações alpinas; chamado de volta a Paris, suspeito de moderantismo, dias depois da queda de Robespierre foi feito comandante da escola do Champ-de-Mars antes de ser mandado a Fontenay-le-Comte como general-chefe do exército do Oeste (16 de agosto) e depois comandante do exército da costa de Brest (24 de outubro); em 7 de dezembro foi-lhe concedida uma licença de convalescença que duraria até 4 de outubro de 1795, data em que a Convenção o chamou de volta para combater o movimento insurrecional. Enviado às Ardennes, pediu demissão, depois pediu outra licença antes de ser nomeado para o exército dos Alpes e para o exército da Itália; ocupou o monte Cenis, defendeu a ponte de Klausen (24 de março de 1797), o que lhe valeu o apelido "Horatius Coclès do Tirol", e, à frente dos 1º e 7º regimentos de hussardos, conquistou o Trevisan. Após o tratado de Campio Formio, foi por um tempo designado para o exército da Inglaterra e posteriormente nomeado por Bonaparte, com vistas à expedição do Egito, comandante da cavalaria do Oriente. Desfavorável à expedição, decidiu deixar o Egito e, ao voltar, precisou fazer escala na costa de Pouilles; considerado prisioneiro de guerra pelas autoridades napolitanas, foi encarcerado no castelo de Brindisi até o armistício de Foligno e só retornou a Villers-Cotterêts em 1º de maio de 1801, fisicamente muito debilitado. Abandonado por Bonaparte, morreu, aos quarenta e quatro anos, de um câncer no estômago.

Dumas, Marie Louis Elisabeth Labouret, sra. Alexandre (Villers-Cotterêts, 3 de julho de 1769 – Paris, 1º de agosto de 1838), filha do estalajadeiro Claude Labouret e de Marie-Josèphe Prévost, casou-se em 28 de novembro de 1792 com o tenente-coronel Thomas Alexandre Davy de la Pailleterie. Em razão das campanhas e da detenção do general, viveu apenas seis anos de vida conjugal: oito meses entre dezembro de 1794 e outubro de 1795, quatro meses entre fevereiro e junho de 1796, três meses entre novembro de 1796 e janeiro de 1797 e os anos de doença e de desgraça do general, de 1º de maio de 1801 até sua morte. Após a viuvez (26 de fevereiro de 1806), lutou para sobreviver e educar os dois filhos, obtendo uma tabacaria em 1814. Em 20 de fevereiro de 1824, foi para Paris juntar-se ao filho, que conseguira um emprego nos escritórios do duque de Orléans.

Dumouriez, Charles François Du Périer, dito (Cambrai, 26 de janeiro de 1739 – Turville Park, 14 de março de 1823), ministro das Relações Exteriores (15 de março – 13 de junho de 1792), conquistou, à frente do exército revolucionário, as vitórias de Valmy e Jemmapes, antes de passar para a Áustria (5 de abril de 1793).

Eckmuhl, Louise Aimée Julie Leclerc, princesa Davout d' (Pontoise, 1782 – Paris, rua Saint-Dominique, n. 129, 17 de dezembro de 1868), irmã de generais, do conde do Império, casou-se em 12 de novembro de 1801 com o futuro marechal, a quem deu cerca de dez filhos.

Elmore. Inglês, vizinho de campo dos Collard, esposo de Zoé Seguin.

Esculápio. Deus da medicina, Asclépio para os gregos.

Essen, Hans Henric, conde d' (Kavlås, 26 de setembro de 1755 – Uddevalla, 28 de julho de 1824), ajudante de campo de Gustavo III, o qual alertou em vão sobre a conspiração tramada contra ele (1792). Governador de Estocolmo (1795) e da Pomerânia (1800), deteve os franceses diante de Stralsund (1807). Após a revolução de 1809, embaixador em Paris, concluiu com a França o acordo de paz de 1810.

Eugênia, Eugenia Maria Augustina de Montijo de Guzmán, imperatriz (Granada, 5 de março de 1826 – Madri, 11 de julho de 1920), após uma juventude cosmopolita, foi notada pelo príncipe Luís Napoleão, que, uma vez imperador dos franceses, a desposou em 29 de janeiro de 1853, em casamento celebrado no dia seguinte em Notre-Dame. Ela exerceu sobre os franceses uma verdadeira sedução, graças a sua beleza e benevolência, mas politicamente sua influência foi nefasta: favoreceu as usurpações do clero, instigou a guerra do México e, provavelmente, a de 1870. Após a queda do Império, deixou a França pela Bélgica e, mais tarde, pela Inglaterra.

Fénelon, François de Salignac de la Mothe- (Château de Fénelon, 6 de agosto de 1651 – Cambrai, 7 de janeiro de 1715), arcebispo de Cambrai em 1695, foi nomeado seis anos antes preceptor do duque de Bourgogne, herdeiro da Coroa, para quem escreveu *Les aventures de Télémaque*. É citado entre os "meus velhos amigos" que a sra. Lafarge lê na prisão.

Fersen, Hans Axel, conde de (Estocolmo, 4 de setembro de 1755 – 20 de junho de 1810), oficial de dragões da guarda sueca, tornou-se em 1779 coronel do regimento francês da Real-Baviera; participou da campanha da América como ajudante-de-campo de Rochambeau. Coronel proprietário do Real Sueco, conquistou todas as patentes na Suécia, tornando-se marechal do reino e membro do governo. Estando em graça em Versalhes, era devotadíssimo a Maria Antonieta e participou da fuga de Varennes fantasiado de cocheiro. Voltando à Suécia, permaneceu em graça até 1807, quando caiu em desgraça, o que não o impediu de condenar a revolução de 1809. Muito impopular, foi massacrado pela multidão quando presidia os funerais do príncipe Cristiano-Augusto, o qual foi acusado de ter assassinado.

Fieschi, Giuseppe (Murato, Córsega, 13 de dezembro de 1790 – Paris, 19 de fevereiro de 1836), duas vezes traidor em Murat, condenado na Córsega por roubo e fraude, escapou da polícia e só reapareceu em Paris, com nome falso, após 1830; elaborou o atentado de 28 de julho de 1835 contra Luís Filipe, quando da celebração dos dias de junho. A explosão de sua máquina infernal fez numerosas vítimas; ele próprio ferido, foi guilhotinado com seus cúmplices. O atentado de Fieschi serviu de pretexto para a votação das assim chamadas leis de setembro, que restringiam a liberdade de imprensa e dos teatros.

Fontanille, sra. de. Tia do sr. de Coehorn pai.

Fontanille, sr. Esposo da anterior.

Foy, Maximilien Sébastien (Ham, 3 de fevereiro de 1775 – Paris, 28 de novembro de 1825), alistou-se no exército republicano, mantido em suas funções durante o Império, não obstante seu relacionamento com Moreau e sua hostilidade ao regime; participou das diferentes campanhas napoleônicas. Nomeado por Luís XVIII inspetor-geral do exército, aliou-se a Napoleão durante os Cem Dias. Demissionário em 1815, deputado do Aisne a partir de 1819, conquistou grande popularidade por seu posicionamento a favor das liberdades. A primeira obra publicada de A. Dumas foi inspirada na morte de Foy: *Elégie sur la mort du général Foy* (Sétier et Lemoine, 1825).

Garat, François Noël Paulin, dito Paul, barão (Paris, 26 de maio de 1793 – 30 de abril de 1866), secretário-geral do Banco da França, filho de Martin Garat, diretor do Banco da França até 1848, esposo de Louise Collard, de quem teve duas filhas: Martine Hermine *Caroline* (Villers-Hélon, 30 de agosto de 1821 – Paris, 1885), que se casou com Louis Edouard Sabatié em 11 de outubro de 1838, e *Gabrielle* Gertrude Marie Odile (Paris, 21 de outubro de 1829 – 3 de março de 1854), que se casou com Jean Henri Félix, barão Morio de L'Isle.

Garnier. Segeiro da sra. de Valence, que a salvou do cadafalso.

Gautier, Baptiste Etienne Guillaume, dito Gautier d'Uzerche (Uzerche, 31 de dezembro de 1783 – Paris, 1º de fevereiro de 1861), filho de um deputado nos Quinhentos e no corpo legislativo, participou como cirurgião-mor de todas as campanhas do Império e se consagrou após 1815 no comércio. Prefeito de Vaugirard em 1830, foi eleito deputado de Corrèze em 1831 e reeleito nas seis legislaturas seguintes, em geral apoiando a política ministerial.

Genlis, Charles Alexis, conde Brulart de, marquês de Sillery, conde de (Paris, 20 de janeiro de 1737 – 10 de brumário do ano II/31 de outubro de 1793), guarda da marinha, porta-bandeira de navio, coronel dos granadeiros de França, foi eleito deputado da nobreza de Rennes; assíduo do clube dos jacobinos, foi deputado da Somme na Convenção (1792) e guilhotinado com os girondinos. Casou-se em 8 de novembro de 1763 com Caroline Stéphanie Félicité du Crest de Saint-Aubin, de quem teve duas filhas e um filho.

Genlis, Caroline Stéphanie Félicité du Crest de Saint-Aubin, condessa de (Champcéri, 25 de janeiro de 1746 – Paris, 31 de dezembro de 1830), dama de honra da duquesa de Chartres (1772), tornou-se a amante do futuro duque de Orléans e a notável preceptora de seus filhos. Entusiasta da Revolução desde o início, participou das intrigas orleanistas antes de ser forçada a emigrar.

Gérard, Maurice *Etienne*, marechal-conde (Damvilliers, Meuse, 4 de abril de 1773 – Paris, 17 de abril de 1852), general do Império que combateu em Austerlitz, em Wagram, na Rússia e em Waterloo; esteve exilado até 1817. Eleito, em Paris, deputado da oposição liberal em 1822 e 1827, foi ministro da Guerra de Luís Filipe, que o nomeou marechal, ministro da Guerra e presidente do Conselho entre 18 de julho e 10 de novembro de 1834, depois comandante-geral das guardas nacionais do Sena (1838).

Gilbert, Nicolas Joseph Laurent (Fontenoy-le-Château, 15 de dezembro de 1750 – Paris, 12 de novembro de 1780), poeta adversário dos filósofos, manifestou bela sensibilidade elegíaca na *Ode imitée de plusieurs psaumes*, não raro intitulada *Adieux à la vie*. Rezava a lenda que morreu na miséria no Hospital de Caridade depois de ter, num momento de delírio, engolido uma chave.

Girardin, Delphine Gay, sra. de (Aix-la-Chapelle, 26 de janeiro de 1804 – Paris, 29 de junho de 1855), filha de Sophie Gay, nascida Nichault de La Valette, que manteve durante a Restauração um importante salão literário, revelou-se moça de grande beleza, dons poéticos ampliados pelos salões, onde declamava seus versos, o que lhe valeu o apelido de "Musa da pátria". Noiva, por um tempo, de Alfred de Vigny, casou-se com Emile de Girardin em 1º de junho de 1831 e, sob o nome de visconde de Launay, após a criação de *La Presse*, publicou nesse jornal umas *Lettres parisiennes*, finamente espirituosas e por vezes mordazes. Seu salão era freqüentado por grandes escritores (Hugo, Balzac, Dumas) e artistas. Voltou-se para o teatro, no qual também obteve sucesso (*Lady Tartuffe*, 10 de fevereiro de 1853; *La joie fait peur*).

Giraud, Pierre François *Eugène* (Paris, 9 de agosto de 1806 – 28 de dezembro de 1881), *prix de Rome* em 1826, pintor pastelista, caricaturista, amigo de Dumas, autor do retrato do escritor que foi gravado para a primeira edição ilustrada do *Comte de Monte-Cristo;* acompanhou-o à Espanha e ao norte da África. Cf. A. Dumas, *L'art et les artistes contemporains au Salon de 1859* (Paris, Librairie Nouvelle, A. Bourdilliat et Cie, 1859), pp. 137-41.

Goethe, Johann Wolfgang von (Frankfurt-am-Main, 28 de agosto de 1749 – Weimar, 22 de março de 1832). *Os sofrimentos do jovem Werther* e seu teatro (*Fausto, Goetz von Berlichingen*) angariaram-lhe fama em toda a Europa.

Grouvelle, Laure (Paris, rua du Pont de Lodi, n. 2, 14 de nivoso do ano X/4 de janeiro de 1801 – Tours, Hospício Geral, 21 de dezembro de 1856), bisneta do químico Guillaume François Rouelle, neta de Darcet pai, inspetor da moeda, filha de Philippe Antoine Grouvelle e de Angélique Claude Pauline Darcet, abraçou sob Luís Filipe a causa revolucionária e foi envolvida no complô Huber: condenada em maio de 1838 a cinco anos de prisão, enlouqueceu na prisão de Clairvaux e foi transferida para a de Montpellier, onde chegou em 10 de agosto de 1838 (*Gazette des Tribunaux*, 12 e 22 de agosto); cf. G. Lenotre, *Paris révolutionnaire: Vieilles maisons, vieux papiers* (série 5, Perrin, 1824).

Grouvelle, Philippe (Copenhague, 7 de frutidor do ano VII/25 de agosto de 1799 – Paris, rua d'Enfer, n. 86, 30 de maio de 1866), engenheiro civil, implicado nos círculos republicanos após a revolução de Julho, dedicou-se às aplicações do calor (*Guide du chauffeur et du propriétaire de machine à vapeur*, com Jaunez, Paris, Malher, 1830; *Rapports et notes sur les travaux de Ph. Grouvelle, ingénieur civil*, Sceaux, tipografia de Munzel, 1855). Casou-se em 12 de janeiro de 1839 com Louise Claire Hélène Coffin, que lhe deu três filhos: Philippe Jules (21 de novembro de 1840), Antoine Henry (17 de janeiro de 1843) e Philippe Louis (19 de agosto de 1850), nascidos os dois primeiros à rua du Regard, n. 19, e o último, à rua Racine, n. 22.

Grouvelle, Philippe Antoine (Paris, 27 de fevereiro de 1757 – Varennes-Jarcy, 30 de setembro de 1806), ajudante de notário, secretário de Chamfort e depois do príncipe de Condé, literato, adotou as idéias revolucionárias, tornando-se em 10 de agosto de 1792 secretário do Conselho Executivo provisório. Recebeu, em maio de 1793, o cargo de ministro em Copenhague, onde permaneceu até 1800, com interrupção de 1794 a 1796. Partidário do governo consular, foi escolhido para o Senado como deputado do Sena no Corpo Legislativo, onde atuou até setembro de 1802. Casou-se em 28 de termidor do ano VI/15 de agosto de 1798 com Angélique Claude Pauline Darcet.

Guilherme I dos Países Baixos (Haia, 24 de agosto de 1772 – Berlim, 12 de dezembro de 1843), filho do último *stathouder* Guilherme V, emigrado durante a revolução, recebeu do congresso de Viena a coroa dos Países Baixos, reunindo Holanda e Bélgica (9 de junho de 1815). Dotou o país de uma Constituição liberal, mas alienou os belgas, que, rebelando-se, recobraram a independência em 1830. Abdicou em 1840.

Guilherme II dos Países Baixos (Haia, 6 de dezembro de 1792 – Tilburg, 17 de março de 1849), filho do anterior, destacou-se ao lado de Wellington durante a campanha da França, sendo ferido em Waterloo. Chamado ao trono em 1840, depois da abdicação do pai, foi forçado a conceder uma Constituição parlamentar em 1848.

Gustavo III da Suécia (Estocolmo, 24 de janeiro de 1746 – 29 de março de 1792), filho de Adolfo-Frederico, cedo assumiu a frente do partido liberal dos chapéus em luta contra os bonés aristocráticos, cujos chefes mandou prender após o golpe de Estado de 19 de agosto de 1772; déspota esclarecido, reduziu mais ainda os direitos da nobreza com o golpe de Estado de 20 de fevereiro de 1789, o que acarretou a tentativa de assassinato por parte de Anckarström, durante um baile de máscaras (15 para 16 de março de 1792); morreu duas semanas depois.

Hamadríades. Ninfas dos bosques afeiçoadas aos carvalhos, nasciam com uma árvore e morriam com ela.

Heloísa (Paris, 1101 – Le Paraclet, 16 de maio de 1164). Cf. Abelardo.

Huber, Louis, dito Aloyse ou Aloysius (Ittlenheim, Baixo-Reno, 22 de fevereiro de 1815 – Autun, 8 de janeiro de 1865), operário de curtume filiado à Sociedade das Famílias, depois à Sociedade das Estações, fez parte do complô que visava derrubar Luís Filipe. Em 1848, no 15 de maio, quando foram comprometidos Raspail, Blanqui e Barbès, seu papel parecia confuso. Condenado pela Alta Corte de Bourges, foi encarcerado em Doullens e depois em Belle-Île; mais tarde pediu e obteve clemência após o golpe de Estado de 2 de dezembro, recebendo, além disso, concessões de obras públicas.

L..., sr. de. Pretendente de Marie Cappelle.

Lachaud, Charles Alexandre (Treignac, Corrèze, 25 de fevereiro de 1818 – Paris, 9 de dezembro de 1882), advogado em Tulle, ficou conhecido ao defender a sra. Lafarge; em 1844, inscreveu-se na Ordem dos Advogados de Paris, onde se colocou entre os melhores criminalistas, intervindo em causas célebres (casos Bocarmé, Troppmann, Bazaine etc.). Suas principais defesas foram publicadas sob o título *Plaidoyers de Lachaud* (1885).

Lacombe. Notário de Tulle, apoio da sra. Lafarge.

Lafarge, Marie *Adélaïde* Pontier, sra. Pouch- (nascida em 1777), esposa de Jean-Baptiste Pouch-Lafarge († 25 de setembro de 1833), juiz de paz. Mãe do seguinte.

Lafarge, *Charles* Joseph Dorothée Pouch- (1811 – Le Glandier, 14 de janeiro de 1840), viúvo de Félicie Coinchon-Beaufort, dono de uma fundição em Glandier, próximo de Tulle, e prefeito de Beyssac.

Lafarge, *Marie* Fortunée Cappelle, sra. Pouch- (Paris, 15 de janeiro de 1816 – Ornolac, próximo de Ussat, Ariège, 7 de setembro de 1852), filha de Antoine Laurent, barão Cappelle, e de Edmée *Caroline* Fortunée Alexis Collard, casou-se em 12 de agosto de 1839, na igreja de Saints-Pères, com Charles Pouch-Lafarge, fundidor em Glandier (Corrèze), por quem se tomou de aversão, a tal ponto que, quando ele morreu, em

14 de janeiro de 1840, foi acusada de tê-lo envenenado: foi condenada aos trabalhos forçados perpétuos antes de ser agraciada em 1852.

Laffitte, Jacques (Bayonne, 24 de outubro de 1767 – Paris, 26 de maio de 1844), associado ao banqueiro Perregaux, tornou-se regente do Banco da França, presidente do Tribunal do Comércio e, sob a Restauração, deputado da oposição.

La Fontaine, Jean de (Château-Thierry, batizado em 8 de julho de 1621 – Paris, 13 de abril de 1695) é citado entre os "meus velhos amigos" que a sra. Lafarge lê na prisão.

Laigle, sr. de. Provavelmente Louis Espérance des Acres, conde de Laigle (Paris, 5 de agosto de 1754 – Tracy-le-Val, 1851), que foi deputado de Oise entre 1824 e 1830.

Larrey, *Dominique* Jean, barão (Beaudéan, 8 de julho de 1776 – Lyon, 25 de julho de 1842), cirurgião-chefe do Grande Exército em 1812, foi feito prisioneiro em Waterloo. Destacou-se por sua dedicação e coragem; sob a Restauração, foi cirurgião-chefe do Hospital de Gros-Caillou.

Lawoestine, Charles Ghislain Antoine François de Paule de Bacelaere, marquês de (nascido em 19 de novembro de 1759), porta-bandeira (17 de maio de 1776), subtenente das guardas francesas (1782), mestre-de-campo (1784), capitão das guardas do duque de Chartres, casou-se em 18 de abril de 1780 com Charlotte Jeanne Brulart de Genlis, filha da sra. de Genlis.

Lawoestine, Charlotte Jeanne, dita Caroline, Brulart de Genlis, marquesa de (nascida em 4 de setembro de 1765). Filha da sra. de Genlis, esposa do anterior.

Leclerc, Charles Victor Emmanuel (Pontoise, 17 de março de 1772 – Cap-Français, Haiti, 2 de novembro de 1802), alistou-se como voluntário em 1791, ligou-se a Bonaparte no cerco de Toulon e foi com ele para a Itália (1796). Nomeado general-de-brigada, depois de divisão, casado com Pauline Bonaparte, contribuiu para o 18 de brumário; comandou o exército do Reno (1799), depois o exército encarregado de submeter Portugal. Nomeado chefe da expedição de São Domingos, morreu de febre amarela depois de ter provisoriamente submetido a ilha.

Lecouffe, dona. Mãe de Louis Marie Lecouffe. Louis, aos vinte e quatro anos, degolou num jardim da rua de Ponthieu uma mulher octogenária, dona Jérôme, para roubá-la, aparentemente incitado pela mãe. Cf. *Examen médical des procès criminels des nommés Léger, Lecouffe, Feldtman, Lecouffe, Jean-Pierre et Papavoine, dans lesquels l'aliénation mentale a été alléguée comme moyen de défense*, pelo dr. Georget, Paris, Migneret, 1825. O processo diante do Tribunal de Paris iniciou-se em 11 de dezembro de 1823; mãe e filho foram condenados à pena capital; cf. *Journal des Débats*, 11, 12, 13 e 14 de dezembro de 1823.

Leroy, Romain, dito Hippolyte (nascido em Villers-Cotterêts, 6 de dezembro de 1793), guarda montado florestal, casou-se em 4 de janeiro de 1821 com Augustine Devialaine (Villers-Cotterêts, 11 de outubro de 1801 – 25 de março de 1874), filha de Jean-Michel Deviolaine e de Cécile Bruyant, prima de Alexandre Dumas. Em 1840, era inspetor-geral das florestas da Coroa.

Leuven, Adolphe Ribbing de (Paris, 20 de setembro de 1802 – Marly-le-Roi, 9 de agosto de 1874), amigo de adolescência de Dumas, foi seu mais antigo colaborador: compôs com ele suas primeiras peças (*Le Major de Strasbourg, Un dîner d'amis, Les Abencérages*) antes de *La chasse et l'amour* (Ambigu-Comique, 22 de setembro de 1825), primeira peça a ser encenada. Alcançou grande sucesso com *Vert-Vert* e *Le Postillon de Longjumeau*, representados respectivamente no Palais Royal, em 15 de março de 1832, e na Opéra-Comique, em 13 de outubro de 1836, antes de se associar novamente a Dumas: *Le mariage au tambour*, Variétés, 9 de março de 1843; *Les demoiselles de Saint-Cyr*, Comédie-Française, 25 de julho de 1843; *Louise Bernard*, Porte-Saint-Martin, 18 de novembro de 1843; *Le Laird de Dumbicky*, Odéon, 30 de dezembro de 1843; *Une fille du Régent*, Comédie-Française, 1º de abril de 1845; *Un conte de fées*, Variétés, 29 de abril de 1845; *Ouistiti*, Vaudeville, 1º de outubro de 1851; escreveram, finalmente, para a Opéra-Comique, dois libretos: *Thaïs*, 4 de novembro de 1858, e *Le roman d'Elvire*, 4 de fevereiro de 1860. Leuven foi durante muito tempo diretor da Opéra-Comique.

Leuven, Adolph Ludvig (Estocolmo, 10 de janeiro de 1765 – Paris, 1º de abril de 1843), condenado à morte, e em seguida ao banimento perpétuo, após o assassinato de Gustavo III; acolhido em Coppet pela sra. de Staël, apareceu nos salões do Diretório em 1796. Viveu retirado durante o Império e juntou-se aos proscritos em Bruxelas, em 1816; redator do *Vrai Libéral* em 1819.

Luís XVIII, Louis Stanislas Xavier (Versalhes, 17 de novembro de 1755 – Paris, 16 de setembro de 1824). Retornando à França em 1814 "nos furgões do estrangeiro" para reinar, errou de exílio em exílio através da Europa durante a Revolução e o Império.

Luís Filipe I, Luís Filipe, duque de Orléans, depois (Paris, 6 de outubro de 1773 – Claremont, 20 de agosto de 1850). Filho de Louis-Philippe Joseph, duque de Orléans (Filipe-Igualdade), o futuro Luís Filipe I usou o título de duque de Orléans entre 1793 e 1830, data de sua proclamação como rei dos franceses. Dumas ingressara como escrevente supranumerário nos escritórios do duque de Orléans e, após ter sido confirmado em suas funções (1º de janeiro de 1824), foi nomeado para o Departamento dos Socorros. Depois do sucesso de *Henri III et sa cour*, foi nomeado bibliotecário-adjunto do duque e apresentou sua demissão em 15 de fevereiro de 1831. Dumas recebera a monarquia de Julho sem grande desgosto, até que se apartou e passou para o lado dos republicanos moderados. Após a queda de Luís Filipe, publicaria *Le dernier roi* (Souverain, 1852, 8 v.), reeditado no mesmo ano com o título *Histoire de la vie politique et privée de Louis-Philippe* (Dufour, 2 v.) e, em 1853, com o título *Histoire de dix-huit ans, depuis l'avènement de Louis-Philippe jusqu'à la Révolution de 1848* (Kolb, 2 v.), violento requisitório contra a política do rei deposto.

***Louise* Marie-Thérèse de Bourbon** (Paris, 21 de setembro de 1819 – Wartegg, 1º de fevereiro de 1864), filha de Charles Ferdinand, duque de Berry, e de Maria-Carolina de Nápoles, casou-se em 1845, em Frohsdorf, com Carlos III, duque de Lucques, depois duque de Parma e Plaisance, assassinado em 1854. Ela então assumiu a Regência em nome de seu filho Roberto I. Teve de abandonar Parma em 1859, e os habitantes imediatamente proclamaram sua anexação ao reino da Itália.

Louvet de Couvray, Jean-Baptiste (Paris, 12 de junho de 1760 – 25 de agosto de 1797), autor de *Amours du chevalier de Faublas*, foi convencional e girondino.

Macdonald, Etienne Jacques Joseph Alexandre (Sedan, 17 de novembro de 1765 – castelo de Courcelles-le-Roi, comuna de Beaulieu-sur-Loire, 25 de setembro de 1840), na legião irlandesa de Dillon em 1784, tenente em outubro de 1791, ajudante-de-campo de Beurnonville em junho de 1792, capitão e ajudante-de-campo de Dumouriez em agosto, destacou-se em Jemmapes (6 de novembro). General-de-brigada do exército do Norte, em 26 de agosto de 1793, combateu em Tourcoing, tomou Werwicq e Menin e foi nomeado general-de-divisão em novembro de 1794. Perseguiu as tropas do duque de York para além do Ems e fez prisioneira a frota holandesa encalhada no gelo. No exército da Itália a partir de 1798, conquistou a vitória de Civita Castellana e em seguida substituiu Championnet à frente do exército de Nápoles em fevereiro de 1799. Apoiou o golpe de Estado de 18 de brumário, mas sua amizade com Moreau lhe valeu a desconfiança de Napoleão até 1809. Marechal depois de Wagram, duque de Tarente, combateu na Catalunha, na Rússia, em Leipzig. Luís XVIII tornou-o ministro de Estado e membro do Conselho privado.

Malibran, Maria Félicité García, La (Paris, 24 de março de 1808 – Manchester, 23 de setembro de 1836). Meio-contralto, estreou em 1825 em Roma, apresentando-se posteriormente em Nova York entre 1825 e 1827, antes de triunfar no Théâtre-Italien e em todos os palcos da Europa. Morreu em conseqüência de uma queda de cavalo.

Maquet, *Auguste* Jules (Paris, 13 de setembro de 1813 – Saint-Mesme, 8 de janeiro de 1886), professor suplente de história no colégio Charlemagne, foi apresentado por Nerval a Dumas, a fim de que este remanejasse a peça do debutante, *Bathilde* (Théâtre de la Renaissance, 14 de janeiro de 1839). Foi o início de uma colaboração importante que produziu dezoito romances: *Le chevalier d'Harmental*, *Sylvandire*, *Les trois mousquetaires*, *Le comte de Monte-Cristo*, *La reine Margot*, *Vingt ans après*, *La guerre des femmes*, *Le chevalier de Maison-Rouge*, *La dame de Monsoreau*, *Le bâtard de Mauléon*, *Joseph Balsamo*, *Le collier de la reine*, *Ange Pitou*, *Les quarante-cinq*, *Le vicomte de Bragelonne*, *Olympe de Clèves*, *La* *tulipe noire, Ingénue.* A falência do Théâtre-Historique, que apresentara essencialmente adaptações assinadas com o nome de ambos, acarretou o fim da colaboração e da amizade, até que em 1857 Maquet deu início a uma série de processos para que fosse reconhecida sua co-paternidade nessas obras.

Maria Antonieta (Viena, 2 de novembro de 1755 – Paris, 6 de outubro de 1793). Filha mais moça da imperatriz Maria Tereza, a trágica rainha da França é a principal heroína de *Mémoires d'un médecin*, de Dumas.

Mars, Hippolyte Boutet, dita Monvel, dita srta. (Paris, 9 de fevereiro de 1779 – Paris, 20 de março de 1847), societária da Comédie-Française, acumulou a partir de 1812 os papéis principais e os de mocinha ingênua, representando três peças de Dumas: *Henri III et sa cour*, *Le mari de la veuve* e *Mademoiselle de Belle-Isle*, última criação da atriz.

Méchin, Alexandrine Marie Raoulx, baronesa († Paris, 10 de outubro de 1863) casou-se com Alexandre Edme Méchin (1772-1849), que foi, do ano IX até 1814, prefeito de Landes, la Roër, Aisne e Calvados, e, durante os Cem Dias, prefeito de Ille-et-Vilaine. Enviado pelos eleitores de Aisne para a Câmara (1819), foi um dos mais acerbos oradores da oposição liberal.

Mérimée, Anne Moreau, sra. Léonor (Avallon, 1775 – Paris, 30 de abril de 1852), pintora como o marido, mãe de Prosper Mérimée.

Mérimée, Jean François *Léonor* (Broglie, 16 de setembro de 1757 – Paris, 27 de setembro de 1836), pintor histórico, secretário vitalício de Belas-Artes, pai do escritor.

Mérimée, Prosper (Paris, 5 de vendemiário do ano XII/28 de setembro de 1803 – Cannes, 23 de setembro de 1870). Escritor, arqueólogo, epicurista. Dumas lhe dedicou a edição original de *Les frères corses* (1844).

Mertens, Frédéric, barão, major da cavalaria no exército prussiano, embaixador da Prússia em Portugal (residente em Paris), Florença e Constantinopla; esposo de Hermine Collard.

Michelet, Jules (Paris, 21 de agosto de 1798 – Hyères, 9 de fevereiro de 1874) foi, desde *Ange Pitou*, o inspirador admirado de Dumas: "Michelet, meu mestre, o homem que mais admiro como historiador e, até mesmo, como poeta, acima de todos", *Le docteur mystérieux*.

Missa. Médico de Soissons.

Molière, Jean-Baptiste Poquelin (Paris, batizado em 15 de janeiro de 1622 – 17 de fevereiro de 1673), é citado entre os "meus velhos amigos" que a sra. Lafarge lê na prisão.

Monmouth, James Scott, duque de (Roterdã, 20 de abril de 1649 – Londres, 25 de julho de 1685), filho natural do futuro Carlos II e de Lucy Walter, foi chamado à corte da Inglaterra quando seu pai foi proclamado rei (1662) e beneficiou-se da generosidade paterna; casado com uma rica herdeira, cujo nome adotou, foi duque de Monmouth (1663), capitão da guarda montada real (1668), conselheiro particular (1670), comandante de todas as forças reais que atuaram contra os holandeses e depois na Escócia, para sufocar uma rebelião. Envolvido num complô que visava matar Carlos II, retirou-se para a Holanda antes de desembarcar na costa de Dorset, na morte de seu pai (1685), proclamando-se capitão-geral das forças protestantes contra o católico Jaime II. Foi feito prisioneiro e executado.

Montaigne, Michel Eyquem de (Montaigne, 28 de fevereiro de 1533 – 13 de setembro de 1592) é citado entre os "meus velhos amigos" que a sra. Lafarge lê na prisão.

Montbreton, Marie Claudine Walon, Wallon ou Vualon, condessa de († Paris, 2 de agosto de 1851).

Montbreton, Louis Marquet, conde de (Paris, 3 de novembro de 1764 – 21 de outubro de 1834), filho mais velho de Jean Denis Marquet de Montbreton, recebedor-geral das finanças, barão do Império por carta patente de 14 de fevereiro de 1810, escudeiro da princesa Pauline, duquesa de Guastalla, conde hereditário por decreto real de 15 de fevereiro de 1823.

Montbreton, Jean François *Jules* Marquet, visconde de (Paris, 1789 – Paris, rua d'Aguesseau, n. 7, 17 de maio de 1864), morreu solteiro.

Montbreton, *Eugène* Claude Marquet, visconde de (Paris, 21 de junho de 1792 – Hyères, 9 de março de 1860), fidalgo da câmara do rei, cavaleiro da Legião de honra.

Montbreton, Clémence *Caroline* Félicité Octavie Marie de Nicolaï, viscondessa de († 2 de novembro de 1889), esposa do anterior, teve uma única filha, Louise Angélique Cécile Marie, que se casou com Odet, marquês de Montault.

Montesquiou, os. Trata-se de Pierre François de Montesquiou-Fezensac (1793 – 1881) e de sua esposa, Gabrielle Amicie de Mornay-Montchevreuil (1800 – 26 de julho de 1851), que moravam na abadia de Longpont. Tiveram um filho, Fernand (26 de julho de 1821 – 22 de abril de 1896).

Montesson, Charlotte Jeanne Béraud de La Haie de Riou, marquesa de (Paris, 18 de outubro de 1738 – 6 de fevereiro de 1806), viúva do idoso com quem fora casada aos dezesseis anos, conseguiu casar-se secretamente em 1773 com o duque de Orléans e ofereceu brilhantes festas e apresentações teatrais. Detida durante o Terror, saiu da prisão após o 9 de termidor, usufruindo posteriormente da consideração de Napoleão.

Montpensier, Antoine Philippe d'Orléans, duque de (3 de julho de 1775 – Twickenham, 18 de maio de 1807), filho de Philippe de Orléans, dito Filipe-Igualdade, e de Louise Marie Adélaïde de Bourbon Penthièvre, participou das vitórias de Valmy e Jemmapes; quando servia na fronteira do Var, no corpo do exército de Biron, foi detido em Nice em abril, em decorrência do decreto de 7 de abril de 1793, e encarcerado no palácio de Justiça (13 de abril de 1793), depois no forte Notre-Dame de La Garde, na companhia de seu pai, seu irmão, o duque de Beaujolais, de sua tia, a duquesa de Bourbon, e do príncipe de Conti, e, por fim, no forte Saint-Jean. Foi libertado após quarenta e três meses de cativeiro e exilou-se na Inglaterra.

Montrond, Philippe François *Casimir*, conde de Mouret de (Besançon, 20 de fevereiro de 1769 – Fontainebleau, 18 de outubro de 1843), ajudante-de-campo dos generais Mathieu Dumas, Théodore de Lameth, Latour-Maubourg, foi um dos *muscadins** mais destacados do Diretório.

---

* Assim eram chamados os *dândis monarquistas* durante a Revolução; janotas. (N. de T.)

O "belo Montrond" casou-se com Aimée de Coigny, a "jovem cativa" de André Chénier, e era amigo e confidente de Talleyrand; cf. Henri Malo, *Le beau Montrond* (Emile-Paul, 1926).

Moret, Pierre (Chassaigne, Côte-d'Or, 1774 – Paris, 19 de fevereiro de 1836), correeiro-seleiro, implicado no atentado de Fieschi, foi guilhotinado.

Mornay, os. Mais particularmente Auguste Joseph Christophe *Jules*, marquês de Mornay-Montchevreuil (Doué, Seine-et-Marne, 1º de junho de 1798 - Paris, 2 de junho de 1852), capitão, deputado do Oise (1830-1849).

Nemours, Charles Philippe Raphaël d'Orléans, duque de (Paris, 25 de outubro de 1814 – Versalhes, 26 de junho de 1896), segundo filho de Luís Filipe e cientista da família de Orléans; depois de assistir ao cerco de Anvers (novembro de 1832), tomou parte da expedição e da difícil retirada de Constantina (1836); no ano seguinte comandou as tropas no cerco à mesma cidade, que se rendeu em 13 de novembro de 1837; em 1841, apoderou-se do acampamento de Abd el-Kader. Viveu no exílio após 1848, só retornando à França em 1871.

Nicolaï ou Nicolaÿ, *Marie* Clémence Alexandrine de, filha de Louis Scipion Jules Marin Marie Elisabeth, conde de Nicolaÿ, e de Jean Baptiste Marie Louise de Lameth, amiga de Marie Cappelle – que foi condenada por ter lhe roubado, em junho de 1839, um colar de diamantes; casou-se em 8 de fevereiro de 1838 com Adalbert Louis Raoul de Léautaud-Donine, filho de Louis Auguste Xavier, conde de Léautaud-Donine e de Agricole Julie Joséphine Eugénie Gabrielle de Pertuis.

Nourrit, Adolphe (Paris, 3 de março de 1802 – Nápoles, 8 de março de 1839), estreou na Opéra em 1821 como Pylade do *Iphigénie en Tauride*, de Glück; foi reconhecido como o maior tenor de sua época, criando *Le siège de Corinthe* e *Moïse* de Rossini (1826). Pediu demissão da Ópera em 1837, em decorrência de sua rivalidade com Duprez, e suicidou-se em Nápoles.

Orfila, Mathieu Joseph Bonaventure (Mahón, 24 de abril de 1787 – Paris, 11 de março de 1853), após estudos de medicina em Valença,

Barcelona e Paris, abriu em 1811, na rua Croix-des-Petits-Champs, um curso de química, física, botânica e medicina legal, que alcançou grande sucesso, e publicou *Traité des poisons tirés des règnes minéral, végétal et animal* (1813-1815). Naturalizado francês, tornou-se professor de medicina legal na Faculdade (1819), professor de química (1823), decano da Faculdade (1831), e exerceu forte influência sobre o corpo médico da época. Publicou igualmente: *Recherches sur l'empoisonnement par l'acide arsénieux* (1841).

Orléans, Eugénie Louise Adélaïde d'Orléans, dita sra. Adélaïde (Paris, 25 de agosto de 1777 – 31 de dezembro de 1847), irmã de Luís Filipe, incitou o irmão a aceitar o trono em 1830 e exerceu, durante seu reinado, influência conciliatória.

Orléans, Ferdinand Philippe Louis Charles Henri, duque de Chartres, depois de (Palermo, 3 de setembro de 1810 – Neuilly-sur-Seine, 13 de julho de 1842), filho mais velho de Luís Filipe, que Dumas conheceu quando era bibliotecário no Palais Royal, foi para Dumas um amigo muito querido e uma esperança política: "Havia na voz do duque de Orléans, em seu sorriso, em seu olhar, um charme magnético que fascinava. Nunca encontrei em outra pessoa, nem sequer na mais sedutora das mulheres, nada que se aproximasse daquele olhar, daquele sorriso, daquela voz [...]. Quando tinha uma dor, eu o procurava; tinha uma alegria, eu o procurava, e da alegria e da dor ele ficava com a metade. Uma parte de meu coração está encerrada em seu féretro", *La Villa Palmieri*.

Orléans, Luís Filipe, duque de (Versalhes, 12 de maio de 1725 – 18 de novembro de 1785), filho de Luís, duque de Orléans, seguiu a carreira militar até a guerra dos Sete Anos, encerrando-a com a batalha de Hastembeck (1757); viúvo em 1759 de Louise Henriette de Bourbon-Conti – que lhe dera Louis Philippe Joseph e uma filha –, tornou a se casar em 1773 com a marquesa de Montesson, passando seus últimos anos em sua deliciosa residência de Bagnolet.

Orleáns, Louis Philippe Joseph, dito Filipe-Igualdade (Saint-Cloud, 13 de agosto de 1747 – Paris, 6 de novembro de 1793), duque de Chartres, depois duque de Orléans com a morte do pai (1785), imensamente rico e gastador, grão-mestre da maçonaria, jogador, amante das mulheres e dos cavalos, aderiu às novas idéias. Detido em 6 de abril de 1793, encarcerado em Marselha, foi levado de volta a Paris para ser julgado e enviado à guilhotina.

Orleáns, Louise Henriette de Bourbon-Conti, dita srta. de Conti, duquesa de (1726-1759), filha de Louis Armand, príncipe de Conti (1695-1727), e de Louise de Condé, filha de Luís III de Condé, casou-se em 1743 com Louis-Philippe, duque de Chartres, depois de Orléans (1752).

Orléans, Louise Marie Adélaïde de Bourbon-Penthièvre, duquesa de (Paris, 23 de março de 1753 – Ivry-sur-Seine, 22 de junho de 1821), única filha do duque de Penthièvre, casou-se em 1769 com Louis-Philippe d'Orléans, duque de Chartres, depois de Orléans. Dele teve três filhos: o futuro Luís Filipe I e os duques de Montpensier e de Beaujolais. Encarcerada em Luxemburgo entre 1793 e 9 de termidor, deportada em 1797, refugiou-se na Espanha até 1808, depois em Palermo, e finalmente em Mahon (Minorca), só retornando a Paris em 1814, dedicando-se então a obras de caridade.

Oudard, *Jacques* Parfait (Lamblore, Eure-et-Loir, 6 de janeiro de 1791 – Neuilly-sur-Seine, 20 de setembro de 1835), filho de Jean Baptiste, agricultor da região de Beauce, empregado como secretário pelo barão de Laistre, prefeito de Chartres, depois de Versalhes, tornou-se secretário particular da duquesa de Orléans (1822-1829), dirigindo de fato o secretariado do duque, atribuído nominalmente a Manche de Broval. Inteiramente dedicado a Luís Filipe, casou-se em 22 de dezembro de 1830 com Blanche Stéphanie Dejean, filha do conde e par de França. Em 1831, secretário do gabinete do rei e da casa da rainha, foi nomeado diretor da administração dos filhos do rei e, em 1832, secretário dos comandos da rainha e administrador do domínio privado do rei.

Ouvrard, Gabriel Julien (Clisson, 11 de outubro de 1770 – Londres, outubro de 1846), especulador sob a Revolução, multiplicou as operações de comércio após o 9 de termidor, tornando-se em 1797 municionário-geral da marinha. Detido durante algum tempo em 1800, tornou-se depois banqueiro, licitador dos fornecimentos do exército e acumulou considerável fortuna. Forçado, pelo imperador, a declarar falência em 1807, foi encarcerado entre 1809 e 1813; não obstante, em 1817 o duque de Richelieu adotou o plano que ele propunha para saldar as despesas de ocupação e, em 1823, Ouvrard obteve o fornecimento geral do exército da Espanha. Acusado de fraude, foi detido em Sainte-Pélagie (1825) e sofreu a partir de 1830 uma série ininterrupta de processos.

Paillet, *Alphonse* Gabriel Victor (Soissons, 17 de novembro de 1795 – Paris, 16 de novembro de 1855), advogado da Ordem dos Advogados de Paris, de que foi diversas vezes o representante, foi o defensor da sra. Lafarge. Representante de Aisne na Assembléia Legislativa de 1849, foi encarregado pela família Orléans de combater, perante a corte de Paris, o decreto de confisco de seus bens.

Parny, Evariste Désiré de Forges, visconde de (Ilha Bourbon, 6 de fevereiro de 1753 – Paris, 5 de dezembro de 1814), poeta ligeiro, adquiriu grande popularidade com suas *Poésies érotiques*.

Pascal, Blaise (Clermont en Auvergne, 19 de junho de 1623 – Paris, 19 de agosto de 1662). Autor de *Pensées* e *Provinciales*, é citado entre os "meus velhos amigos" que a sra. Lafarge lê na prisão.

Pellico, Silvio (Saluzzo, 25 de junho de 1789 – Turim, 31 de janeiro de 1854), literato, foi condenado à morte por ter tido contato com o movimento carbonário, pena comutada em quinze anos de *carcere duro* (1822), que ele cumpriu em Spielberg. Libertado em 1830, escreveu o relato de seu cativeiro, *Mie prigoni* (1833), que obteve sucesso em escala européia.

Pépin, Pierre Théodore Florentin (Remy, Aisne, 1780 – Paris, 19 de fevereiro 1839), merceeiro, eleito capitão da guarda nacional após 1830, demissionário após os dias de 1832 (publicou *Relation des journées de juin*, 1833), foi condenado à morte como cúmplice de Fieschi e decapitado.

Pleyel, *Marie* Félicité Denise Moke, sra. (Paris, 4 de julho de 1811 – St. Josseten-Noode, 30 de março de 1875), casada com o editor de música e fabricante de pianos Jospeh Etienne Camille Pleyel, só estreou em Paris em 1845, depois de conquistar fama em escala européia; assim, em Viena, foi o próprio Liszt quem a conduziu ao piano.

Pontier, *Raymond* François Denis (Uzerche, paróquia Saint-Nicolas, 9 de outubro de 1788 – Varna, 10 de agosto de 1854), filho de Jean Pontier e de Jeanne Besse du Peyrat, ajudante de cirurgião-auxiliar (14 de abril de 1809) e primeiro cirurgião-auxiliar (22 de setembro de 1812), serviu na Itália, na Áustria, no Tirol e no Grande Exército, na Rússia, onde foi feito prisioneiro em 1º de fevereiro de 1813; médico-adjunto (8 de setembro de 1823), foi reformado em 3 de agosto de 1824; novamente chamado à ativa em 4 de dezembro de 1839, pertenceu ao corpo de ocupação da Argélia (23 de dezembro de 1839 – 4 de maio de 1848); médico comum em 4 de abril de 1848; cavaleiro da Legião de honra em 4 de setembro do mesmo ano, foi enviado para os hospitais militares de Valenciennes e Cambrai, morrendo de cólera como médico de 2ª classe do exército do Oriente; cf. seu relatório da retirada da Rússia, publicado pela Société Archéologique du Midi de la France.

Pontier, Emma (1830-1853), filha do anterior, prima de Lafarge, pedida em casamento por um inglês que assistira ao processo, casou-se em 4 de janeiro de 1842 com Auguste de Lamaze (1808-1884), prefeito de Lascaux, que lhe deu sete filhos.

Pourché. Médico da prisão de Montpellier.

Rachel, Elisabeth Félix, dita (Mumpf, Suíça, fevereiro de 1821 – Le Cannet, 3 de janeiro de 1858), filha de um mascate judeu e quase analfabeta, foi instruída primeiro por Saint-Aulaire, depois por Samson, no Conservatório. Sua estréia na Comédie-Française em 1838 constituiu um acontecimento e reavivou o interesse do público pela tragédia clássica, que estivera eclipsada pelo drama romântico. Societária em 1842, aposentou-se em 1849, mas permaneceu na Comédie-Française com um contrato de pensionista excepcional, o que lhe permitiu consagrar longas férias a frutíferas turnês. Permaneceu na memória coletiva como a mais prodigiosa atriz trágica da primeira metade do século XIX, cuja popularidade foi reforçada por sua vida sentimental agitada, sua morte prematura e sua personalidade fora do comum. Embora seu repertório a limitasse principalmente às princesas de tragédia, interpretou Gabrielle em *Mademoiselle de Belle-Isle*, de A. Dumas.

Racine, *Jean* Baptiste (La Ferté-Milon, batizado em 22 de dezembro de 1639 – Paris, 21 de abril de 1699) é citado entre os "meus velhos amigos" que a sra. Lafarge lê na prisão.

Rafael, Raffaello Sanzio, dito (Urbino, 26 ou 28 de março de 1483 – Roma, 6 de abril de 1520), pintor das madonas e da feminilidade ideal, é para Dumas, assim como para seus contemporâneos, o gênio pictórico por excelência. O escritor lhe dedicou uma biografia, recolhida em *Trois maîtres* (1845).

Raspail, *François* Vincent (Carpentras, 29 de janeiro de 1794 – Arcueil, 7 de janeiro de 1878), precursor da teoria celular e da histoquímica, combatente de Julho e oponente republicano da monarquia de Julho, foi um dos primeiros a proclamar a República em 1848; implicado nos acontecimentos do 15 de maio, foi encarcerado. Candidato dos socialistas à presidência da República, foi condenado a cinco anos de prisão e em seguida proscrito na Bélgica (1854-1859). Ao voltar, foi eleito deputado de Bouches-du-Rhône (1869, 1876-1878), cf. seu artigo sobre o aparelho de Marsh em *Le National*, domingo 13 de setembro de 1840.

Régulo, Marco Atílio, cônsul em 256 a.C., foi feito prisioneiro pelos cartagineses, os quais, após dois anos de cativeiro, o mandaram de volta a Roma, a fim de negociar o resgate dos prisioneiros e a paz, com a promessa de que retornaria em caso de fracasso. Ele dissuadiu seus concidadãos de negociar e voltou a se entregar aos cartagineses, que o fizeram perecer em suplício.

Roland, Manon Jeanne Philipon, sra. (Paris, 17 de março de 1754 – 8 de novembro de 1793), reuniu em torno de si, à rua Guénégaud, a partir de junho de 1791, um grupo de políticos notáveis (Brissot, Barbaroux, Fréron) que atuou sob sua influência, antes de ser incluído na derrota dos girondinos.

Roulleaux-Dugage, Charles Henri (Alençon, 16 de abril de 1802 – Rouelle, Orne, 21 de novembro de 1870), advogado em Caen, depois na Ordem dos Advogados de Paris (1822-1830); após a revolução de Julho tornou-se subprefeito de Domfront e depois, nomeado prefeito, administrou as regiões de Ardèche (1835), Aude (1837), Nièvre (1841), antes de ser nomeado prefeito de Hérault (23 de novembro de 1841) até 24 de fevereiro de 1847, data em que foi nomeado prefeito de Loire-Inferior; destituído pelo governo provisório, entrou em 1852 no Corpo Legislativo como deputado de Hérault, reeleito em 1857, 1863 e 1869.

Saint-Albin, abade Louis-Philippe de (1750-1829), filho de Louis-Philippe d'Orléans e da sra. de Villemomble, legitimado por Luís XVIII.

Saint-Phar, abade Louis Etienne de (1750-1825), irmão gêmeo do anterior, também legitimado por Luís XVIII.

Sand, Amandine Lucie *Aurore* Dupin, dita George (Paris, 1º de julho de 1804 – Nohant, 8 de junho de 1876), célebre desde 1832 com *Indiana* e *Valentine*, mantinha com Dumas um relacionamento constante, iniciado com uma brincadeira galante e tempestuosa e encerrado com uma briga. Quando Dumas filho recuperou, na Polônia, as cartas que ela enviara a Chopin e as devolveu, a boa senhora de Nohant ("Nossa-Senhora de Nohan", escrevia Dumas) passou a brincar de "ser a mamãe" de Dumas filho, enquanto o velho pai não perdia uma oportunidade de elogiar o "talento hermafrodita" de sua velha amiga – a qual, privadamente, se compadecia das extravagâncias do velho menino. A Alexandre Dumas é dedicada sua obra *Molière*.

Schiller, Johann Christoph *Friedrich* (Marbach, 10 de novembro de 1759 – Weimar, 9 de maio de 1805). Poeta, historiador e, principalmente, dramaturgo alemão, cuja obra teve profunda influência sobre o romantismo francês.

Serva, Clémentine. Sobrinha da honesta Lalo, criada dos Collard em Villers-Hélon, serviu como camareira à sra. Lafarge após seu casamento. De acordo com Marcelle Tinayre, op. cit., teria morrido em Blanzy, acometida de loucura mansa, repetindo apenas estas três palavras: "Ela é inocente..."; os registros dessa comuna, porém, não contêm seu atestado de óbito.

Sévigné, Marie de Rabutin-Chantal, marquesa de (Paris, 5 de fevereiro de 1626 – Grignan, 17 de abril de 1696). A famosa epistológrafa é citada entre os "meus velhos amigos" que a sra. Lafarge lê na prisão.

Sicard, abade Roch Ambroise Cucurron, dito (Le Fousseret, Haute-Garonne, 20 de setembro de 1742 – Paris, 10 de maio de 1822), colocado pelo arcebispo de Bordeaux na direção do instituto dos surdos-mudos da cidade, após ter sido iniciado no método do abade de l'Epée; sucedeu a este último como diretor do estabelecimento de Paris (1789). Ameaçado durante a Revolução, foi reconduzido após o 1º de brumário à direção dos surdos-mudos, deixando diversas obras especializadas, tais como: *Mémoire sur l'art d'instruire des sourds-muets de naissance* (1789), *Catéchisme à l'usage des sourds-muets* (1796) ou *Théorie des signes pour l'instruction des sourds-muets* (1808).

Staël-Holstein, Anne Louise *Germaine* Necker, baronesa de (Paris, 22 de abril de 1766 – 17 de julho de 1817). Filha de Necker, fizera de seu salão da rua du Bac, depois de termidor, o centro do partido constitucional e liberal, mas, suspeita, retornou para Coppet, de onde lançou sua primeira grande obra: *De l'influence des passions sur le bonheur des individus et des nations* (1796).

Steuble, Jacob (nascido em Krenighen, cantão de Aarau, em 1816), mecânico suíço implicado no complô de Neuilly, condenado a cinco anos de prisão, cortou a garganta enquanto estava preso.

Talleyrand-Périgord, Charles Maurice de, príncipe de Bénévent (Paris, 13 de fevereiro de 1754 – 17 de maio de 1838), ordenado padre e se beneficiando da proteção de seu tio, arcebispo de Reims, tornou-se agente-geral do clero em 1780 e depois bispo de Autun em 1788; deputado do clero nos Estados-gerais, propôs a nacionalização dos bens de sua ordem e aprovou a Constituição civil do clero, aceitando sagrar novos bispos. Celebrou a missa da festa da Federação no Champ-de-Mars, em 14 de julho de 1790. Enviado para Londres, emigrou para os Estados Unidos (1794-1796). Ministro das Relações Exteriores do Diretório, do Consulado e do Império (1797-1807), foi feito príncipe de Bénévent (1806) e caiu em desgraça em 1808. Chefe do governo provisório (1º de abril de 1814), ministro das Relações Exteriores, representou a França no Congresso de Viena antes de presidir o Conselho após os Cem Dias (julho de 1815). Encerrou sua carreira política como embaixador em Londres (1831-1835).

Talleyrand-Périgord, Catherine Noël Worlhee, sra. Georges Francis Grant, depois duquesa de (1732 – Paris, 10 de dezembro de 1834), aventureira inglesa nascida em Pondichéry, esposa em primeiras núpcias do suíço Grant, introduziu-se na sociedade de classes mescladas do Diretório e viveu publicamente com Talleyrand, até que o primeiro-cônsul obrigasse este último a regularizar sua situação em troca de uma pensão de sessenta mil libras. O papa desobrigou-o de seus votos eclesiásticos de celibato e Talleyrand casou-se em 10 de setembro de 1802 com sua amante, que ele acabou por confinar em Londres em razão de sua indizível estupidez.

Tallien, Jeanne Marie Ignace *Thérésa* Cabarrus, sra. (Carabanchel Alto, Madri, 31 de julho de 1773 – castelo de Chimay, 15 de janeiro de 1835), filha do financista Cabarrus, de origem francesa, casou-se em 1788 com o sr. de Fontenay e entusiasmou-se pelas novas idéias; em novembro de 1792, divorciou-se, mas foi mesmo assim detida em Bordeaux em virtude da lei dos suspeitos. Tallien, seduzido por sua beleza, mandou que a libertassem, e assumiu-a publicamente. Apelidada de Nossa Senhora de Termidor, foi amante de Barras e de Ouvrard. Após o golpe de Estado de brumário, divorciou-se de Tallien e tornou a casar-se, dessa vez com o conde de Caraman, futuro príncipe de Chimay.

Talma, François Joseph (Paris, 15 de janeiro de 1763 – 19 de outubro de 1826). O ator trágico, que reinou soberano no Comédie-Française de 1787 até sua morte, exercera influência considerável na renovação de sua arte, em especial na dicção, na gestualidade e no figurino.

Tellier, *Aglaé* Victoire, nascida em Villers-Cotterêts em 12 de maio de 1798, de Jean-Joseph Tellier e Marie-Josèphe Violette, encarregada da roupa branca em casa das srtas. Rigoulot, chamada Adèle Dalvin, de *Mes mémoires*: "Ela era rosada e loira. Eu nunca tinha visto cabelos dourados mais bonitos, olhos mais amáveis, sorriso mais gracioso; antes baixa que alta; antes roliça que magra, antes alegre que triste"; foi, durante três anos, amante do jovem Alexandre antes de se casar, em 1º de outubro de 1821, com Nicolas Louis Sébastien Hanniquet, confeiteiro, treze anos mais velho que ela. Pôs no mundo seis filhos: Louise Aglaé, nascida em 11 de julho de 1822; Louis Victor, nascido em 21 de junho de 1823, morto em 5 de janeiro de 1825; Henriette, nascida em 1º de agosto de 1824, morta em 6 de setembro de 1824; Julie Aline, nascida em 31 de janeiro de 1827; Armande Eugénie, nascida em 7 de julho de 1828, morta dia 19 do mesmo mês; Victor Ernest, nascido em 13 de setembro de 1832.

Valençay, Napoléon Louis de Talleyrand-Périgord, duque de Talleyrand e de (Paris, 12 de março de 1811 – 21 de março de 1898), filho de Alexandre Edmond de Talleyrand-Périgord, conde do Império, e de Dorothée de Biren, sobrinho-neto de Talleyrand, casou-se em 26 de fevereiro de 1829 com Anne Louise Charlotte Alix de Montmorency.

Valence, Jean-Baptiste Cyrus Marie Adélaïde de Timbrune Thiembone, conde de (Agen, 22 de setembro de 1757 – Paris, 4 de fevereiro de 1822), genro da sra. de Genlis e primeiro escudeiro do duque de Orléans, coronel do regimento de dragões-Chartres, foi eleito deputado suplente nos Estados-gerais de Paris; comandante da reserva em Valmy, seguiu Dumouriez em sua deserção e só retornou à França durante o Consulado, juntando-se a Bonaparte antes de ser nomeado par por Luís XVIII.

Valence, Edmée Nicole, *Pulchérie* Brulart de Genlis (1767 – Paris, 21 de janeiro de 1847), filha da sra. de Genlis, casou-se em 3 de junho de 1784 com o anterior, do qual se divorciou em junho de 1793, depois de ter lhe dado três filhos, um menino, Charles Emmanuel Sylvestre (Paris, 24 de dezembro de 1785 – 21 de janeiro de 1786), e duas meninas: a primeira, Louise Philippine Félicité Séraphine (Paris, 29 de junho de 1787 – Roma, 13 de janeiro de 1828), casou-se com o conde do Império Vischer de Celles; a segunda, Louise Rose Aimée, dita Rosamonde (Paris, 7 de outubro de 1789 – 20 de novembro de 1860), com Maurice Etienne Gérard, marechal da França.

Valentin, Louis Didier (nascido em Saint-Loup, Deux-Sèvres, em 1814), sem profissão, dizendo-se estudante de direito, mentiroso, ladrão, manipulado pela polícia, tratado pela srta. Grouvelle no hospital de La Pitié, denunciou o complô de Neuilly. Residia em Paris, Cloître Saint-Benoît, n. 24.

Vaublanc, provavelmente Vincent Marie Viénot de (São Domingos, 2 de maio de 1756 – Paris, 20 de agosto de 1845), oficial (1788), deputado de Seine-et-Marne (1791), nos Quinhentos (1796), no Corpo Legislativo (1801), prefeito, ministro de Estado (1815-1816), deputado do Calvados.

Vauquelin, Amédée Hercule Léopold de (nascido em Algy, *arrondissement* de la Falaise, em 1792). Antigo oficial, proprietário do Eure, residente em Verneuil ou Verneusse, próximo a Bernay, republicano implicado no complô de Neuilly.

Ventajou, doutor. Médico em Brive.

Vieuxtemps, Henry François Joseph (Verviers, 20 de fevereiro de 1820 – Mustafá, próximo a Argel, 6 de junho de 1881), violinista, aluno de Charles de Bériot, percorreu a Europa a partir de 1837 (Áustria, Prússia, Rússia), obteve sucesso estrondoso em Paris, em 1840, antes de retomar suas turnês (Bélgica, Holanda, Alemanha, Polônia, Rússia, América); desenvolveu paralelamente notável trabalho de composição. Em 1871, foi nomeado professor no Conservatório de Bruxelas.

Vivier, Eugène (Brioude, 4 de dezembro de 1817 – Nice, 24 de fevereiro de 1900), dotado de raro talento para a trompa de harmonia, abandonou as contribuições indiretas em 1844 e iniciou frutífera série de concertos por toda a Europa; o trompista humorista ("uma trompa engraçada", segundo A. Karr) usufruiu durante o Império da amizade de Napoleão III.

Voltaire, François Marie Arouet, dito (Paris, 21 de novembro de 1694 – 30 de maio de 1778). Dumas, como a maioria dos românticos, detestava o pai tutelar da Revolução.

BIBLIOGRAFIA

Obras de Marie Lafarge
Heures de prison (Paris, Librairie Nouvelle, 1853-1854).
Lettres de Marie Cappelle, veuve Lafarge, à M. Hugues de Sentenac (Toulouse, impr. de la Vve Corne, 1842).
Mémoires de Marie Cappelle, veuve Lafarge, escritos por ela mesma, 2 v. (Paris, A. René, 1841).
Correspondance, publicado e anotado por sr. Boyer d'Agen, 2 v. (Paris, Mercure de France, 1913).

Obras sobre Marie Lafarge e o caso do envenenamento
De la condamnation de Mme Lafarge (Paris, Desessart, 1840).
Histoire de Marie Cappelle, veuve Lafarge (Paris, Montereau, 1840).
L'innocence de Marie Cappelle, veuve Lafarge, démontrée (Paris, J. Laisné, 1840).
ADLER, Laure. *L'amour à l'arsenic* (Paris, Denoël, 1986).
ANDRÉ, Louis [Le vrai Gueux]. *Mme Lafarge, voleuse de diamants* (Paris, Plon-Nourrit, 1914. Grands procès oubliés).
BOUCHARDON, Pierre. *L'affaire Lafarge* (Paris, Albin Michel, 1924).
CASTROVIEJO, Gilles. *Marie Lafarge, empoisonneuse et écrivain?* (Nîmes, Lacour, 2002).

CHADENET, Pascal. *Mariage sous arsenic, ou l'affaire Lafarge* (Monaco, Ed. du Rocher, 1985).

DU BOURG, Frédéric. *L'affaire Lafarge, ou Mort sans arsenic* (Limoges, L. Souny, 1990).

LIPRANDI, Claude. *Au coeur du Rouge: l'affaire Lafarge et le Rouge et le Noir* (Lausanne, Ed. du Grand Chêne, 1961).

MARCHÉ, Jules [presidente honorário da Corte de Justiça de Orléans]. *Une vicieuse du grand monde. Mme Lafarge,* com duas gravuras extra-texto, documentos inéditos. (Paris, Ramlot et Cie, Ed. Radot).

PASSILLÉ, Guy de. *Madame Lafarge* (Paris, Emile-Paul, 1934).

REMPLON, Lucien. *Les noces d'arsenic* (*Gazette du Midi,* Toulouse, 1998).

ROBIN, Gérard. *L'affaire Lafarge* (Paris, De Vecchi, 1999).

TINAYRE, Marcelle. *Château en Limousin* (Paris, Flammarion, 1934).

1ª edição Janeiro de 2007 | **Diagramação** Megaart Design
Fonte Adobe Caslon | **Papel** Pólen Soft
Impressão e acabamento Vida e Consciência Gráfica e Editora